Sigrid Heuck

Colleen

Sigrid Heuck
begann ihre Laufbahn als Grafikerin. Später kam sie über das Illustrieren von Kinderbüchern zum Erzählen und fand dabei große Anerkennung. So erhielt sie unter anderem den Deutschen und den Österreichischen Jugendbuchpreis. Die Motive ihrer zahlreichen Kinder- und Jugendbücher findet sie sowohl auf den Reisen in ferne Länder als auch in der näheren Umgebung, in der Vergangenheit wie in der Gegenwart.

»Ganz anders als viele kitschige Pferde- und Mädchenbücher!«
Bayerischer Rundfunk

»Vorsicht! Pferdemädchen, die das lesen, werden noch sehnsuchtsvoller vom großen Glück träumen, das draußen auf der Koppel wartet.«
Familie & Co

»Pflichtlektüre für alle potenziellen PferdebesitzerInnen.«
1000 und 1 Buch

Sigrid Heuck

Colleen

Zwei Erfolgsromane in einem Band

Arena

FSC
Mix
Produktgruppe aus vorbildlich bewirtschafteten Wäldern, kontrollierten Herkünften und Recyclingholz oder -fasern
Zert.-Nr. SGS-COC-003210
www.fsc.org

1. Auflage als Sammelband im
Arena-Programm 2010
Colleen: Lizenzausgabe des Thienemann Verlags,
Stuttgart/Wien
Die Erstausgabe des Buches erschien 1985.

Umschlaggestaltung: knaus. büro für konzeptionelle
und visuelle identitäten, Würzburg, unter Verwendung
eines Fotos von Christiane Slawik, www.slawik.com
Gesamtherstellung: Westermann Druck Zwickau GmbH
ISSN 0518-4002
ISBN 978-3-401-50197-0

www.arena-verlag.de
Mitreden unter forum.arena-verlag.de

Colleen
Die Geschichte eines Pferdes

Und Allah nahm
eine Handvoll Südwind,
hauchte ihm seinen Atem ein
und erschuf so das Pferd.

Beduinen-Legende

Das 1. Kapitel
steht anstelle eines Vorworts. In ihm führe ich zwei Telefongespräche.

Eines Tages klingelte bei mir das Telefon. Ich lag gerade draußen auf der Wiese im Liegestuhl und beobachtete die Wildenten auf dem Weiher. Das Klingeln des Telefons störte sie nicht. Der Apparat stand mit der Zwölf-Meter-Schnur neben mir im Gras.

»Ja«, sagte ich. Ich sage immer nur Ja, denn unter meiner Nummer gibt es nur mich. Sonst niemand.

»Frau Heuck, sind Sie's?«

»Ja.« Wer sollte es sonst sein?

»Arbeiten Sie?«

»Ja.« Immer schon kommen mir die besten Einfälle, wenn ich auf der Wiese oder in der Badewanne liege und nichts tue. Das verstehen nur wenige Leute, aber das ist mir gleich.

Am Telefon war der Lektor meines Verlages. (Ein Lektor setzt die Kommas, die man vergessen hat, bringt einem höflich bei, wenn das, was man geschrieben hat, schlecht ist, und außerdem regt er einen an, etwas mehr zu arbeiten.)

»Frau Heuck?«

»Ja.«

»Schreiben Sie uns ein Pferdebuch.«

»Um Gottes willen! Noch eines!«

»Es soll anders als die anderen werden.«
»Anders? Inwiefern? Pferdebücher handeln doch immer von Pferden.«
»Ich meine, anders als ein Buch wie ›Britta reitet zum großen Sieg‹.«
Ich wusste sofort, was er damit meinte. Es sollte keine Geschichte werden wie die, in der im Frühling ein Mädchen ein lahmes Pferd vor dem Schlachten rettet, es gesund pflegt, um dann im Herbst ein großes Rennen mit ihm zu gewinnen.
»Das kann ich nicht«, sagte ich.
Die Wahrheit war, dass ich keine Lust dazu hatte, das neunhundertneunundneunzigste Pferdebuch zu schreiben. Man wird so schnell zur »Pferde«-Autorin.
»Wie schade!«, seufzte der Lektor auf der anderen Seite der Leitung. »Alle Welt schreit nach Pferdebüchern. Und ich wollte mal eins herausbringen, das anders ist.«
Es tat mir leid. Aber wenn ich zu etwas keine Lust habe, dann fällt mir auch nichts ein.
»Vielleicht später einmal«, versuchte ich, ihn zu trösten, und hängte ein.
Die Wildenten auf dem Weiher hatten Junge. Die kleinen braunen Küken paddelten in Kiellinie hinter der Mutter her, die sie in der Nähe der Uferböschung hielt. Bei Gefahr huschten sie unter die dicken Grasbüschel und waren verschwunden.
Die Sonne stand über den Fichten auf der Westseite des Grundstücks. Ihre Schatten näherten sich unaufhaltsam

meinem Liegestuhl. Kurz bevor sie mich erreichten, fiel mir Colleen ein.

Colleen heißt meine alte Connemara-Ponystute. Außerdem gibt es noch Cashel, ihre Tochter, Begonia, die peruanische Pasostute, und seit Kurzem Begonias Tochter Benisa.

Colleen ist die ungekrönte Königin in meinem Stall. Sie hat ein hinreißendes Gesicht und einen Senkrücken, außerdem noch eine Menge anderer Unkorrektheiten.

Aber sie hat den schwungvollsten Trab, den ich jemals bei einem Pony ihrer Rasse gesehen habe, obwohl sie mindestens viermal eine Huflederhautentzündung überstehen musste. Ihr Fell ist ein mit Fliegenpunkten durchsetztes Weiß und ihr Schweif und ihre Mähne waren lange Zeit dunkel. Colleens Leben verlief anders als die Pferdeleben in den üblichen Pferde-Mädchenbüchern.

Deshalb nahm ich den Telefonhörer wieder zur Hand und wählte schweren Herzens (ich telefoniere schrecklich ungern) die Nummer des Verlags.

»Hier Sigrid Heuck.«

»Ja?«

»Ich hätte vielleicht eine Pferdegeschichte für Sie.«

»Prima.«

»Zum Beispiel eine Lebensbeschreibung meiner Stute Colleen.«

Und dann erzählte ich ihm, was ich mir ausgedacht hatte. Er war sofort einverstanden und es fiel mir ziemlich schwer, ihn davon zu überzeugen, dass er noch eine

Weile warten musste. Da war erst noch dieser Vertrag zu erfüllen und dann jener, aber dann würde ich mich bestimmt dransetzen.
Dann bestimmt.

Im 2. Kapitel
wird von einer Haflingerstute und
von Irland die Rede sein.

Die Sache mit Colleen begann langsam.

Ich hatte mir von meinem ersten selbst verdienten Geld eine hübsche Haflingerstute gekauft. Sie war eine gute Zuchtstute, aber stinkend faul. Jedes Mal wenn der Reiter im Gelände einen Galopp von ihr verlangte, zeigte sie ihm nach spätestens zehn Galoppsprüngen, dass sie dieses Tempo eigentlich als eine Zumutung empfand. Sie fiel in Trab und wäre nur mit der Peitsche wieder zum Angaloppieren zu bringen gewesen. Weil ich die Peitsche aber nicht gerne benütze, ritten wir meist im Schritt durch die Gegend.

Doch ab und zu, wenn ich einen schönen, geraden Wiesenweg vor mir sah, überkam es mich, ihn hinunterzugaloppieren, und dann tat es mir jedes Mal sehr leid, dass meine Haflingerstute und ich über das gewünschte Tempo verschiedener Ansicht waren.

Nun war in meinem Bekanntenkreis ein junges Ehepaar – Thomas und Ute –, das schon seit vielen Jahren seinen Urlaub in Irland verbrachte.

»Dort gibt es wunderschöne, sehr große Ponys«, erzählte mir Ute.

»Sie erreichen eine Höhe von 148 cm am Widerrist gemessen und können von Erwachsenen geritten werden.

Sie sind schnell und springen gern. Eines von ihnen hat schon einmal eine Silbermedaille auf einer Olympiade gewonnen.«

Damals hatte kaum jemand in Mitteleuropa schon etwas von Connemara-Ponys gehört. Die Landschaft Connemara liegt an der wild zerklüfteten Westküste Irlands. Es gibt nur wenig Vegetation dort, dafür aber viel Wind und Regen.

»Die Leute dort glauben, dass vor langer Zeit spanische Schiffe vor der Küste gestrandet sind«, fügte Thomas hinzu. »Die Pferde, die auf den Schiffen waren, hätten schwimmend das Ufer erreicht. Und weil sie den Iren gut gefielen, kreuzten sie sie mit ihren Pferden. Auch heute noch sieht man fast allen Connemara-Ponys ihre arabischen und andalusischen Vorfahren an.«

Dieser Bericht traf einen Nerv bei mir. Ich war mit arabischen Pferden aufgewachsen und das hatte mich geprägt. Ihre Klugheit und ätherische Schönheit hatten es mir angetan und das wird wohl mein Leben lang so bleiben.

Nur leisten konnte ich sie mir nicht.

Und deshalb fing ich an, meine Ersparnisse zusammenzukratzen, als das junge Ehepaar mir vorschlug, mit ihnen nach Irland zu fahren und einige Fohlen zu kaufen.

Für ein Connemara-Fohlen würde mein Geld reichen. Mit den beiden, die Thomas und Ute kaufen wollten, und noch zwei Fohlen für andere Freunde würden es fünf sein. Das würde den Transport verbilligen.

Und so machten wir uns auf den Weg.
Ich packte das Zelt in meinen alten VW und fuhr nach Irland. Das war eine ziemlich mühsame Unternehmung. Damals gab es noch keine direkte Fährverbindung vom Kontinent hinüber. Ich fuhr nach Ostende und ließ mich von dort mit der Fähre nach Dover übersetzen. Dann musste ich mich um London herumquälen und kurvte schließlich durch das schöne Wales bis zum Ende der englischen Welt, nach Holy Head. Von Holy Head brachte mich die Fähre über die Irische See nach Dublin.
Am dritten Donnerstag im August sollte in Clifden, mitten im Herzen der Connemara, ein großer Pferdemarkt stattfinden.
Dort wollte ich mich mit meinen Freunden treffen.
Aber bis dahin hatte ich noch etwas Zeit.
Ich fuhr also durch Irland, vorbei an kleinen strohgedeckten Hütten und efeuüberwachsenen Burgruinen. Niedere Steinmäuerchen zerhackten das Land in kleine Stücke und ich musste mehr als einmal Schafe und Esel wecken, weil sie sich mitten auf der Straße niedergelassen hatten und eingeschlafen waren. In Parks voller uralter Bäume ruhten aus Naturstein erbaute Herrenhäuser. Übermannshohe Rhododendronbüsche säumten die Einfahrten. Der Wind zerrte an niederen Krüppelkiefern und in den schwarzen moorigen Tümpeln spiegelten sich große Findlingsblöcke. Ich sah mir keltische Hochkreuze an und alte Priestertürme, Runensteine und verfallene Klöster. Ein paar Tage verbrachte ich auf einer Farm, die Freunden ge-

hörte, ritt am Ufer entlang, manchmal auch ins Wasser, hockte am Abend vor dem Kaminfeuer und las irische Märchen. Von Fionn McCumhaill, dem Helden, las ich, von Grainne, der Königstochter, und Diarmuid, dem Freund. Es waren unglaublich grausame Märchen. Sie handelten von Kriegen, Armut und Hunger. Sie waren hart und karg wie das Land, in dem sie spielten. Ab und zu ging ich auch in Pubs, nur um festzustellen, dass mir das dunkle irische Bier nicht schmeckte und dass die irischen Balladen, die fast überall gesungen werden, zu den schönsten Volksliedern der Welt gehören. So schnell der Wind die Regenwolken von Westen her über das Land jagte, so schnell vertrieb er sie auch wieder. Dann standen über den Hügeln oft mehrere Regenbögen gleichzeitig.
Überall dort, wo auf den Weiden neben der Straße Stuten mit Fohlen oder Jungpferden grasten, hielt ich an und betrachtete sie.
Manchmal fragte ich auch den Besitzer, ob er eines von ihnen verkaufen würde, aber entweder wollte er nicht oder der Preis war zu hoch. Es half alles nichts: Ich musste bis zum dritten Donnerstag im August warten.
Schließlich war ich schon zwei Tage vorher da und es ergab sich, dass in unmittelbarer Nähe der von meinen Freunden gemieteten Hütte eine zweite Hütte zu mieten war.
»Das Dach ist ein bisschen undicht«, sagte Martin Conneely, dem das Haus gehörte. »Es ist ziemlich feucht, aber der Torf reicht, um ein Feuer zu machen.«

Also zog ich ein.
Ich lernte, ein Torffeuer zu erhalten, holte in einer nahe gelegenen Quelle Wasch- und Teewasser und spannte mein Zelt im Inneren der Hütte auf, weil Martin Conneely in Bezug auf das Dach wirklich nicht übertrieben hatte. Da halfen auch die vielen Heiligenbildchen nichts, die unter den Dachsparren steckten.
Ab und zu ließen sich Kellerasseln von der Decke fallen, aber das durfte einen nicht stören.
Die Luft schmeckte nach Salz, Algen und verbranntem Torf und der Wind verfing sich heulend im Kamin. Nachdem ich meine Campinglampe gelöscht hatte, rauschte mich die Brandung in den Schlaf.

Das 3. Kapitel
handelt von einem Pferdemarkt.

Natürlich war ich an diesem dritten Donnerstag im August viel zu früh auf dem Marktplatz in Clifden. Das Wetter war, wie es in Irland meistens ist: Mal regnete es, mal schien die Sonne. Ich war ziemlich aufgeregt und meine Freunde versuchten, mich zu beruhigen. Sie hatten sich schon früher entschieden. Zwei Jährlingsstuten gehörten ihnen, eine große, etwas grobknochige braune und eine dunkelgraue.

Es dauerte ziemlich lange, bis sich alle Besitzer mit ihren Pferden auf dem Ausstellungsplatz eingefunden hatten, und danach noch einmal eine halbe Ewigkeit, bis die ersten Fohlen in den Ring geführt wurden. Jeder Züchter hoffte auf eine gute Platzierung. Bevor die Jury ihr Urteil bekannt gegeben hatte, ließ keiner mit sich reden.

Wenn überhaupt, dann wurden die Preisträger nur sehr teuer verkauft, und da sich jeder einen Preis erhoffte, bedeutete das für mich nur warten, warten und nochmals warten. Ich lief zwischen Menschen und Pferden herum, stolperte über Kinder und müde Saugfohlen. Mitten im Getümmel entdeckte ich ein in unerschütterlicher Ruhe dastehendes, zierliches graues Fohlen.

»Wie viel soll es kosten?«, fragte ich den Mann, der das Pferd hielt.

»Einhundertfünfzig Pfund.«

Es hatte die Katalognummer siebenundfünfzig: Stute, ein Jahr alt, Vater Clonkeehan Auratum, Mutter Truska Molly, Besitzer John McDonnell, Louisburgh.
»Einhundertfünfzig sind mir zu viel«, sagte ich. Es war doppelt so viel, wie ich ausgeben konnte. Und außerdem war die Stute ziemlich klein.
»Wie groß wird sie sein, wenn sie ausgewachsen ist?«, fragte ich.
Der Mann zuckte mit den Schultern. »Dreizehn zwei, vielleicht dreizehn drei«, erwiderte er. In Irland werden die Pferde in *hands* gemessen. In *hands* und *inches*. Ein *hand* war etwa so viel wie zehn Zentimeter und ein *inch* ungefähr zwei Komma fünf.
Ich rechnete nach. Sie würde zu klein für mich sein. Schade. Es ging schon gegen Mittag. Die Prämierung der Pferde und der Schafe war beendet. Der große Ring war leer. Überall wurde gehandelt. Draußen auf der Straße schrie ein Losverkäufer: »Kaufen Sie ein Los! Es wird Ihr Glück sein!« Und dann wiederholte er immer wieder: »Ihr Glück! Ihr Glück! Ihr Glück!«
Die kleine Stute war müde. Sie hatte jedes Interesse an ihrer Umwelt verloren und schlief im Stehen. Ihr Kopf sank langsam nach unten. Sie gefiel mir. Aber einhundertfünfzig irische Pfund waren zu viel.
»Sie hat den ersten Preis bekommen«, sagte der Mann, der mein Interesse bemerkte. »In Louisburgh auf der Landwirtschaftsschau.«
Er zog eine zerknitterte rote Schleife aus der Jackenta-

sche und steckte sie der Stute ans Halfter. Für einen Moment öffnete sie die Augen. Dann schlief sie wieder ein. Die Schleife in ihrem Nasenriemen wirkte ein wenig lächerlich.

Ich ging weiter. Es hatte keinen Sinn. Die kleine Stute war ungeeignet für mich.

Über dem Gemurmel der Leute, ängstlichem Wiehern und dem Blöken der Schafe schwebte das monotone Gefiedel der Geigen. In Gedanken versunken tanzten drei kleine Mädchen auf einem Podium alte Tänze. Sie bemerkten nicht die Menge der Menschen und Pferde. Sie beachteten nicht die aufmunternden Zurufe ihrer Verwandten oder das Geschrei des Losverkäufers. Ihre Augen blickten ins Leere. Nur die Geigen waren wichtig. Die Geigen gaben den Takt an. Mit ruhigem Oberkörper und herabhängenden Armen tanzten die kleinen Mädchen auf der Stelle. Ihre Füße wirbelten auf und ab, steppten und klapperten nach geheimnisvollen Regeln. Für die Einwohner der kleinen Stadt war dieser Wettbewerb ebenso wichtig wie die Prämierung der Tiere, der Feldfrüchte oder der Handarbeiten.

»Hat John McDonnell Ihnen das Pferd nicht verkauft?«, sprach mich der Tierarzt an. Ich hatte mich mit ihm wegen des später auszustellenden Gesundheitsattestes in Verbindung gesetzt.

»Es war mir zu teuer«, antwortete ich.

»Hoffentlich finden Sie das Richtige«, sagte er.

»Ihr Glück! Ihr Glück! Ihr Glück!«, schrie der Losverkäufer.

Der Wind trug den Klang seiner Stimme in Stößen über den Platz. Einige Touristen machten sich über die ausgestellten Sachen lustig. Kuchen lagen da und Gläser mit Marmelade, Gemüse und handgestrickte Pullover, kleine Schüsseln mit frischen Eiern oder Kartoffeln und Spitzendeckchen. Mrs Eileen Hynes hatte einen Preis für ihre Butter bekommen und die Benediktinerinnen aus der Kylemore Abbey siegten mit den Tomaten aus ihrem Klostergarten.

Wieder machte ich mich auf die Suche nach einem Fohlen. Gestern war mir in den Klippen eine Stute begegnet. Sie hatte ein Saugfohlen und einen Jährling bei sich gehabt. Bei der Prämierung hatte ich den Jährling wiederentdeckt.

Katalognummer zweiundsechzig: Stute, ein Jahr alt, Vater Dun Lorenzo, Besitzer Sean O'Toole, Clifden. Sie war mager. Das karge Gras zwischen den Steinen hatte zu wenig Kraft für ein heranwachsendes Pferd. Doch unter dem stumpfen, windzerzausten Fell verbarg sich die Schönheit ihrer Ahnen.

»Wird das Fohlen verkauft?«

»Ja«, sagte Sean O'Toole.

»Für wie viel?«

»Einhundertfünfzig.«

»Es hat einen weichen Rücken.«

»Hundertfünfzig und kein Pfund weniger.«

»Achtzig«, sagte ich.

»Kein Pfund weniger. Sonst nehme ich es wieder mit heim.«

Sean O'Toole war arm und stolz. Er wohnte in einer kleinen strohgedeckten Hütte unten am Strand. Ich hatte ihn gestern dabei beobachtet, wie er seine Schafe zusammengetrieben hatte.
Auf einmal stand John McDonnell neben mir.
»Wenn Sie wollen, gebe ich Ihnen mein Stutfohlen für hundert«, sagte er schnell. In seinem Gesicht stand die Angst, ich könnte das O'Toole-Fohlen kaufen. »Wissen Sie, im vergangenen Jahr hatte ich Pech«, fuhr er fort. »Als man mir hundert Pfund für ein Stutfohlen geben wollte, lehnte ich ab und verkaufte es für hundertfünfzig an einen Engländer.«
»Das war doch gut so«, sagte ich.
»Nein, das war es nicht. Ich habe bis heute noch keinen Cent von der Kaufsumme gesehen. Wenn Sie die graue Stute wollen, gebe ich sie Ihnen für hundert. Sie wird ein gutes Springpferd.«
Das wird sie nicht, dachte ich. Dazu war ihre Hinterhand zu steil und die Sprunggelenke waren zu wenig ausgeprägt.
»Achtzig«, sagte ich laut. Die Heimfahrt mit dem Pferd würde viel Geld kosten.
»Das ist mir zu wenig«, erwiderte John McDonnell. »Das ist zu wenig für ein Stutfohlen, das in Louisburgh einen Preis gewonnen hat.« Er drehte sich um und ging zu seinem Pferd zurück, das von einem kleinen Jungen gehalten wurde.
Er war besser gekleidet als Sean O'Toole. Es sah so aus, als sei er auf das Geld nicht angewiesen. Er würde ein

Haus mit einem festen Dach haben. Vielleicht besaß er sogar einen Laden und der Handel mit Pferden war nur eine Nebeneinnahme. Louisburgh war ein kleines Nest weiter im Norden. John McDonnell war dort sicher ein angesehener Mann. Die Sache mit dem Engländer hatte ihn getroffen.

»Kaufen Sie lieber mein Pferd. Es ist besser als seines«, sagte Sean O'Toole. Sein zahnloser Mund verzog sich zu einem Grinsen.

»Nein. Für hundertfünfzig hat es einen zu weichen Rücken«, sagte ich.

John McDonnell war wieder bei seinem Pferd angekommen. Er nahm dem Jungen den Strick aus der Hand. Müde hockte er sich auf den Boden. Die kleine Stute schlief immer noch.

Inzwischen hatte sich der Wind gedreht. Er kam jetzt vom Meer und brachte den Geruch nach faulen Fischen mit. Es wurde spät. Ich musste mich beeilen. Einige Händler hatten den Platz schon wieder verlassen. Ich fragte den Besitzer eines kräftigen gelben Jährlings: »Verkaufen Sie?«

»Nein.«

Es begann zu regnen. Für kurze Zeit verstummte die Stimme des Losverkäufers und die kleinen Mädchen drängten sich ängstlich in einer Ecke ihres Podiums zusammen. Im Nu war der Platz fast leer. Die Männer suchten mit ihren Pferden im Windschatten der Einfassungsmauer Schutz.

John McDonnell hatte den Kragen seiner Jacke hochgestellt. Er und die kleine Stute ergaben sich in ihr Schicksal. Sie würden nass werden und später würde die Sonne alles wieder trocknen. So war das eben. Da konnte man nichts ändern.

So plötzlich der Regen begonnen hatte, so schnell hörte er auch wieder auf. Der Wind trieb die Wolken fort. Die Leute kamen unter den Ständen hervor und der Losverkäufer begann von Neuem: »Kaufen Sie ein Los! Es ist Ihr Glück! Ihr Glück! Ihr Glück!«

Ich sah Mister Kelly über den Platz gehen. Er sprach zuerst mit einem Mann aus Ballyconneely und dann mit Sean O'Toole. Allmählich musste ich mich entscheiden. Das Geschrei der Männer, die ihre Pferde verluden, machte mich unruhig.

Katalognummer siebenundfünfzig: Stute, ein Jahr alt, Vater Clonkeehan Auratum, Mutter Truska Molly, Besitzer John McDonnell, Louisburgh. Ich machte mich auf die Suche. Auf dem Podium tanzten wieder die kleinen Mädchen. Sie bemerkten nicht, dass der Regen ihre Zuschauer vertrieben hatte. Sie tanzten vor einem Stück leerer Wiese. In einer Ecke kauerte ein kleiner Junge auf einem Pony und schlief, während sein Vater sich mit einigen Männern unterhielt. Mitten in einer Gruppe anderer Pferde entdeckte ich die kleine graue Stute wieder. Sie war jetzt munter und spitzte die Ohren. Die Schleife an ihrem Nasenriemen war nass geworden. Von ihren kümmerlich herabhängenden Enden tropfte rot gefärbtes Wasser auf den Boden. Ich nahm mir ein Herz.

»Achtzig«, sagte ich.
»Neunzig«, antwortete John McDonnell grinsend. »Aber sagen Sie es nicht meiner Frau!«
Ich tat, als wollte ich gehen. »Das ist zu viel. Sie bleibt klein.«
»Ihre Mutter war vierundzwanzig Jahre alt, als sie geboren wurde. Und wenn sie sich nicht vor einem halben Jahr ein Bein gebrochen hätte, wäre sie heute noch am Leben.«
»Fünfundachtzig?«
John McDonnell fuhr mit den Fingern durch die Mähne der kleinen Stute. Er überlegte. Die Chance, noch einen anderen Kaufinteressenten zu finden, wurde immer geringer und die Erfahrung vom letzten Jahr hatte ihm gezeigt, dass man vorsichtig sein musste.
»Gut«, sagte er schließlich. »Ich verkaufe sie Ihnen für fünfundachtzig Pfund. Aber ich brauche einen Scheck über hundert. Sie bekommen fünfzehn Pfund in bar zurück.« Und als ich ihn erstaunt ansah, flüsterte er mir leise zu, dass er überall herumerzählt habe, er werde das Fohlen nicht unter hundert verkaufen. Der Scheck sollte ein Beweis für seine Standhaftigkeit sein.
Das konnte er haben. Während ich schrieb, kramte er drei Fünfpfundnoten heraus.
»In Ordnung?«, fragte er.
»In Ordnung«, sagte ich.
Er faltete den Scheck zusammen und schob ihn in die Brieftasche.

»Und was ist mit der Schleife?«, fragte ich.
»Die muss ich behalten«, sagte er und grinste wieder. »Als Andenken.«
»Aber sie gehört doch zum Pferd?«
»Nein, nein.« Er schüttelte den Kopf. »Sie gehört dem Züchter. Sie bringt Glück.«
Jetzt begriff ich, was er mit der Schleife vorhatte. Sie würde im nächsten Jahr abermals am Nasenriemen eines Pferdes stecken und er würde wieder jedem erzählen, dass es ein besonders gutes Pferd sei und dass es gerade eben irgendwo einen ersten Preis gewonnen habe und dass er deshalb auch einen hohen Preis dafür verlangen müsse. Dasselbe würde im übernächsten Jahr geschehen und so weiter, so lange, bis die Schleife ihr glaubwürdiges Aussehen völlig eingebüßt hätte.
Ich lachte.
Der Halfterstrick des kleinen grauen Stutfohlens wechselte die Hand, die ihn hielt.

Im 4. Kapitel
erhält das kleine graue Stutfohlen einen Namen.

Nachdem Mister Kelly sie untersucht hatte, nahm John McDonnell die kleine graue Stute wieder mit nach Hause. Wir hatten noch zwei andere Jährlinge gekauft. Bevor wir alle Pferde zu unseren Hütten holen konnten, von wo sie dann die Reise nach Deutschland antreten sollten, mussten wir noch eine Menge zeitraubender Formalitäten erledigen. Einmal musste Thomas, ein anderes Mal ich den weiten Weg nach Dublin fahren, um bei der Reederei die Schiffsplätze zu buchen und alles vorzuplanen. In der Zwischenzeit ging ich viel am Strand spazieren. Zwischen den Felsen lag das stinkende Gerippe eines Wales. Ich zeichnete es. Später versuchte ich, den Schädel auf das Dach meines Volkswagens zu bugsieren. Aber er war viel zu groß und zu schwer. So begnügte ich mich damit, ein paar Rippen mitzunehmen. Eine von ihnen hängt heute noch über der Stalltüre.
Einmal überführten Thomas und ich mit John, den wir den »Fischermann« nannten, einen irischen Curragh um die Landspitze der Halbinsel Ballyconneely in seine Heimatbucht. Ein Curragh ist ein mit Haut bespanntes und mit Teer wasserdicht gemachtes großes und sehr leichtes irisches Fischerboot. Am Heck war ein zwölf PS starker Außenbordmotor befestigt. Fünf bis sechs Meter hohe Wellen nahm das Boot damit spielend. Wichtig war nur, wie John

die Welle ansteuerte und dass er, je rauer die See, umso langsamer fuhr. Besonders gefährlich waren die Kreuzseen am Sline Head. Der vorspringende Felsen mit dem Leuchtturm teilte die Strömung und das zurückfließende Wasser prallte aufeinander. Wind und Strömung ließen die Wellen unberechenbar werden. Sie brachen sich über vielen, für uns unsichtbaren, unter der Wasseroberfläche liegenden Felsen. John musste sehr aufpassen.

»Hat dein Fohlen eigentlich schon einen Namen?«, schrie er mir zu, nachdem ich ihm von meiner kleinen grauen Stute erzählt hatte.

»Nein.«

»Dann musst du dir bald einen einfallen lassen«, mahnte er. »Einen irischen.«

»Zum Beispiel?«, fragte ich.

»Zum Beispiel Rose oder Mary«, schlug er vor. »Rose und Mary heißen viele Pferde bei uns. Aber Polly und Daisy sind auch schöne Namen.« Er überlegte angestrengt.

»Pass auf!«, rief ich ängstlich, weil wieder einmal eine Riesenwelle auf den Bug des Curragh zurollte. Wir mussten ihren Kamm erreicht haben, bevor sie brach. Sonst würde es uns schlecht ergehen. Für einen kurzen Augenblick tauchte die Motorschraube aus dem Wasser. Sie drehte sich leer.

»Rainbow wäre doch ein guter Name!«, schrie John ungerührt durch das Getöse.

»Rainbow«, Regenbogen. Das war wirklich sehr schön und sehr irisch.

»Wie wär's mit einem gälischen Namen?«, schlug Thomas vor. Danach verwehte der Wind unser Gespräch.

Ein gälischer Name. Das war es. Es musste ein gälischer Name sein. Ich stellte eine Wortliste zusammen.
Doch ich wurde mir schnell darüber klar, dass es schwer werden würde, einen gälischen Namen zu finden, der für mitteleuropäische Zungen aussprechbar wäre.
Ich lief die Buchten entlang und dachte nach. Außer einem kleinen Seehund oder aufgeschreckten Kaninchen, die, so schnell sie konnten, in einem ihrer unzähligen Löcher verschwanden, außer schreienden Möwen oder einzelnen grasenden Ponys begegnete mir nur ein alter Fischer mit einem Sack auf dem Rücken, der mit zahnlosem Mund »Good Luck« wünschte. Wer brauchte nicht »viel Glück«?
Der Sturm zerrte an dem mageren Strandgras, als wollte er es zwingen, ihn zu begleiten.
Gälisch sollte der Name sein. Er sollte mich immer an Irland erinnern.
Wolke fiel mir ein. Blume, Fischersfrau, Welle, Brandung, Muschel, Sandkorn, Möwe, Krabbe, kleines Mädchen, Nebelfee, Windsbraut, Prinzessin.
Nachdem ich wieder in meiner Hütte angekommen war, schrieb ich alles gleich auf. Später brachte ich den Zettel Martin Conneelys Frau. Sie stammte aus der Ortschaft Cashel und dort wurde nur gälisch gesprochen. Ich bat sie, die Übersetzungen dahinterzuschreiben.

Am nächsten Tag holte ich mir meinen Zettel wieder ab. Die meisten Worte waren unaussprechbar. Konsonant reihte sich an Konsonant, und selbst wenn es mir gelang, eines auszusprechen, dann konnte man es noch lange nicht rufen.
Doch auf einmal fiel mein Blick auf das Wort »Colleen«. Es stand hinter dem Ausdruck »Kleines Mädchen«. Klein war das Fohlen, zu klein auch für ein Connemara-Pony, das stimmte. Und weiblich war es auch.
Colleen, kleines Mädchen.
Es fiel mir nicht schwer, mich zu entscheiden.

Im 5. Kapitel
besuche ich Colleen in Louisburgh.

Am Sonntag nach dem Markt in Clifden sollte in Louisburgh in der Grafschaft Mayo ein Pferderennen stattfinden. Ich wollte die Gelegenheit dazu benützen, John McDonnell und Colleen zu besuchen. Um nach Louisburgh zu kommen, fuhr ich von Clifden zuerst ein Stück nach Norden, dann nach Osten, am Nordhang der Twelve Bens entlang. Die Twelve Bens sind zwölf kahle Hügel, bedeckt mit großen Steinen, zwischen denen nur Moos und Farnkraut wachsen. Sie werden bevölkert von einer Unzahl Schafe, denen man rote Zeichen aufgemalt hat, damit ihre Besitzer sie auseinanderhalten konnten. Links von der Straße am Rand eines Hochmoores lag die berühmte Kylemore Abbey, deren Nonnen auf dem Markt den ersten Preis für ihre Tomaten erhalten hatten.
Ich fuhr am Killary Harbour entlang, zuerst immer noch nach Osten, dann am Nordufer auf einer Nebenstraße zurück nach Westen und später durch die Murrisk Mountains nach Louisburgh. Das Rennen fand am Strand statt. Das Ufer war dort flach und sicher zweihundert Meter breit, bevor es durch einen natürlichen Abbruch begrenzt wurde. Die Markierung der Rennbahn bestand aus zwei Stöcken, die in einigen Hundert Metern Abstand in den Sand gesteckt worden waren. Sie mussten – je nach Starterklasse – ein oder mehrere Male um-

rundet werden. Starten durften alle Pferde, sofern sie in der Lage waren zu galoppieren.
Natürlich konnte das Rennen nur bei Ebbe stattfinden, aber es fand sich schon in jedem Jahr ein Sonntag im August, an dem zur passenden Zeit Ebbe herrschte.
Oben, auf dem Deich, war ein kleiner Jahrmarkt im Gang. Luftballons wurden verkauft und die Kinder konnten auf einem einfachen Karussell fahren. An sechs sternartig zusammengefügten Stangen waren kleine Karussellpferde angeschweißt. Das Ganze wurde von einem starken, in den Boden gerammten Pflock gehalten. Jede zweite Stange hatte in der Nähe dieses Pflocks einen Griff. An diesen Griffen schoben drei Männer das Karussell im Kreis herum.
Das Geschrei der Buchmacher tönte über das Ufer. Sie schrieben die Nummern der Pferde auf Schiefertafeln und riefen die angebotenen Quoten über die Köpfe der Menschen hinweg.
Einige Leute drängten sich um zwei Männer. Einer von ihnen legte einen Gürtel in Schlaufen. Der zweite forderte die Umstehenden zu einer Wette auf: Wer mit einem Stöckchen in diejenige Schlaufe des Gürtels stieß, an der er beim Loslassen hängen blieb, erhielt den doppelten Einsatz zurück. Niemand traf die richtige Schlaufe. Als sich ein Polizist der Gruppe näherte, schnallte der Mann schnell den Gürtel um und verschwand mit seinem Freund in der Menge. Diese Art Glücksspiel war verboten.
Die Rennen wurden in verschiedenen Klassen gestartet,

die Klassen nach dem Alter der Pferde, der vermutlichen Rasse, der Größe und dem Gewicht des Reiters eingeteilt. Die Rennleitung vertraute den Angaben der Besitzer. Es ging unbürokratisch zu. Auch für Esel gab es ein Rennen. Sie wurden von den Zuschauern ebenso angefeuert wie vorher die Vollblüter. Nach Beendigung des Rennens fuhr ich zurück ins Dorf und suchte das Haus, in dem John McDonnell wohnte.

Louisburgh lag an zwei Durchgangsstraßen, die sich in der Ortsmitte kreuzten. Dort an der Kreuzung wohnte John. Er besaß einen Metzgerladen. Als ich hineinkam, stand er gerade hinter der Theke und schnitt Fleisch.

»Hallo, wie geht's?«, sagte er freundlich, als er mich sah.

»Danke, gut. Ich würde gern mein Fohlen besuchen.«

»Sofort.« Er wischte sich die Hände an der Schürze ab und rief seiner Frau zu, dass er kurz wegfahren müsse und dass sie in der Zwischenzeit auf den Laden aufpassen solle. Dann nahm er seine graue Kappe vom Haken und ging mit mir hinaus. Wir fuhren durch ein Labyrinth kleiner Wege, die alle gleich aussahen. Rechts und links wurden sie von niederen Steinmauern gesäumt und ab und zu reckte eine Hecke ihre Zweige über die Brüstung. Fast überall waren sie mit einem Stacheldraht erhöht worden. Die Steinmauern verfielen allmählich. Die Kunst des Steineaufeinandersetzens beherrschten nur noch die Alten. Den Jungen fehlten der Blick und die Geduld.

»Haben Sie noch mehr Pferde?«, fragte ich John McDonnell.

»Jaja, viele«, sagte er und wischte mit einer großzügigen Handbewegung über die Landschaft. »Dort hinten und hier auf dem Hügel da!«

Aber ich konnte nichts erkennen.

Es begann zu regnen.

Colleen graste auf einer kleinen, leicht ansteigenden Weide. Neben ihr stand ein Esel. Ein dicker Strick verband sein rechtes Vorderbein mit seinem rechten Hinterbein.

»Sie sind tricky«, erklärte mir John auf meinen erstaunten Blick hin. »Finden überall ein Loch in der Mauer oder brechen eines heraus, wenn keines da ist. So gefesselt kommen sie nicht weit.«

Der Esel hatte schnabelartig nach oben stehende Hufe. Irgendwann würde er mit ihnen nicht mehr laufen können. Esel sind einem Iren ziemlich gleichgültig. Sie sind seiner Meinung nach nicht die Mühe wert, ihnen die Hufe zu schneiden.

»Wir benutzen sie als Gesellschaft für allein stehende Pferde«, erklärte mir John McDonnell.

Colleen beäugte uns misstrauisch. Sie kam nicht her. Dort, wo der Regen ihr Fell befeuchtete, erschien es dunkler, fast schiefergrau. Sie gefiel mir. Ihr kluges, aufmerksames Gesicht hatte es mir angetan und ich war voller Verständnis für ihr Misstrauen uns gegenüber.

John McDonnell trieb sie in eine Ecke und legte ihr ein Halfter an. Dann fotografierte ich ihn mit ihr.

»Hat sie schon einen Namen?«, fragte er.

»Ich möchte sie Colleen nennen«, sagte ich.
»Colleen, das ist gut. Das gefällt mir. Ihre Mutter hat sich bei einem Autounfall das Bein gebrochen.« Und er erzählte mir eine verwirrende Geschichte von einem umgekippten Lastwagen. Ich wurde nicht ganz klug daraus, ob dabei die Stute angefahren oder mit dem Auto in den Graben gestürzt worden war. Sie musste getötet werden. Vielleicht war der Fahrer betrunken gewesen.

Später lud John mich noch zum Essen ein. Obwohl ich eigentlich keinen Hunger hatte, wagte ich nicht, es abzulehnen.

Wir saßen in seiner guten Stube hinter dem Laden. Seine Frau bediente uns. Ich hatte den Eindruck, dass sie es nicht wagte, sich zu uns zu setzen. Mit mir zu essen, schien das Vorrecht ihres Mannes zu sein. Sie hatte eine Sonntagstischdecke aufgelegt und die Bilder John F. Kennedys und des Papstes schauten wohlgefällig auf uns herab.

Natürlich gab es Hammelfleisch und Kartoffeln. Und natürlich gab es Whiskey. Ich trank ihn mit viel Soda.

Nachdem wir ausgemacht hatten, dass er Colleen am nächsten Tag nach Ballyconneely bringen sollte, verabschiedete ich mich.

Es waren noch zwei Stunden Fahrt bis zu meiner Hütte.

Im 6. Kapitel
verlässt Colleen Irland.

Am nächsten Morgen schien die Sonne. Und als gegen Mittag der Kleinlastwagen mit dem grauen Fohlen auf der offenen Ladefläche über die flachen Felsen zu meiner Hütte hochrumpelte, schien sie immer noch. Sie meinte es gut mit Colleen. Ich war ziemlich aufgeregt. Von jetzt an hatte ich die Verantwortung für ein zweites Pferd.

John lud Colleen aus. Sie sprang über die Laderampe ins Gras und lief zu den anderen Fohlen, die schon früher gebracht worden waren. Sie würdigte mich keines Blickes.

»Danke«, sagte ich zu John. »Möchten Sie einen Whiskey?« Aber er lehnte ab. »She will be a good horse«, versicherte er mir noch einmal. »And a very good jumper.«

»Goodbye!«, sagte ich.

»Goodbye! I wish you a good journey!«

An diesem Tag verbrachte ich viele Stunden im Campingstuhl vor meiner Hütte. Ich betrachtete das grüne Land mit den unendlich vielen Steinmauern und den verstreut daliegenden Häusern. Viele von ihnen waren verlassen und verfallen. Die Dachsparren waren durchgefault, das Dach eingestürzt. Nichts hinderte den Regen daran, alles unter Wasser zu setzen. Ihre Besitzer lebten in Amerika. In Irland verdienten sie nicht genug zum Leben. Doch im Alter wollten sie hierher zurück. Der Wind jagte die sich hoch auftürmenden Wolken, die weiter hinten an den Twelve Bens hängen blieben. Er verfing sich in den Zweigen der Fuchsienhecken und in den Kaminen der Häuser. Mit sich trug er das Rauschen der Brandung, das er über dem Land verteilte.

Gegen Abend fing ich Colleen ein, legte ihr das Halfter an und ging mit ihr zum Strand hinunter.

Ich führte sie über den nassen Sand, und als die erste kleine Welle kam, hüpfte sie zur Seite und schnaubte sie an.

Sie flüchtete nicht. Das war ein Zeichen von guten Nerven. Sie machte nur einen Satz und blieb dann stehen.

Später brachte ich sie dazu, so weit ins Wasser zu gehen, dass alle vier Hufe nass wurden. Es war ihr nicht geheuer, als die Wellen an ihren Beinen hochschwappten, aber da ich neben ihr stand, fasste sie Zutrauen und ging mit. Vor uns stießen schreiende Möwen aufs Wasser herab, tauchten oder schaukelten zufrieden auf der Wasseroberfläche. Der Wind verhedderte Colleens Mähne und gab ihr ein wildes, verwegenes Aussehen. In diesem Augenblick war sie für mich das schönste Fohlen der Welt.

Am nächsten Abend kam Mr Bolger, ein Viehhändler, mit seinem großen Transporter, um die Pferde abzuholen. Es war ein oben offener Kastenwagen, in dem sich die fünf unangebunden bewegen konnten.

»Ho – good fillies«, versuchte Mr Bolger, die Jährlinge zu beruhigen. Vier von ihnen weigerten sich, die Laderampe zu betreten.

»Versuch's mit Colleen!«, sagte Thomas. Da nahm ich

Colleen am Strick und führte sie an. Sie zögerte keinen Augenblick. Alle anderen folgten ihr.
Mr Bolger fuhr mit ihnen bis Cashel, wo er einen Kramladen besaß. Dort wollte er gemütlich zu Abend essen. Thomas und Ute sollten ihn dann um elf Uhr in der Nacht dort abholen und mit ihm und den Pferden nach Dublin fahren. Bis um elf Uhr vormittags mussten die Pferde auf dem Schiff verladen sein. Um ein Uhr wollte es ablegen.
Ich hatte noch etwas Zeit, konnte in Ruhe meine Hütte aufräumen und ein paar Stunden schlafen. Ich wollte mich noch von Martin Conneely und seiner Frau verabschieden und die Miete für meine Hütte bezahlen. Vom Land hatte ich mich schon verabschiedet. Mit Colleen nahm ich ein Stück davon mit nach Hause.
Bevor die Sonne aufging, war ich schon unterwegs. Bis Galway waren es fünfundsiebzig Kilometer auf einer schmalen, welligen und vielfach gewundenen Straße. Um diese Zeit ruhte viel Vieh auf dem die Sonnenwärme speichernden Asphalt. Sie lagen mit Vorliebe hinter den Ostseiten der Kuppen, denn so entgingen sie dem scharfen Westwind. Ich musste sehr vorsichtig fahren und zugleich meinen Zeitplan einhalten. Von Galway nach Dublin waren es dann noch über zweihundert Kilometer. Der Auskunft der Reederei nach würden die Pferde nicht vor zehn Uhr verladen und deshalb wollte ich spätestens um zehn am Schiff sein. Ich fuhr zu schnell für die irischen Verkehrsvorschriften, hielt mich immer schön links an den Steinmauern entlang, durchquerte Oughterard und Gal-

way. Spätestens in Athlone ging mir auf, dass ich mit einer Tankfüllung nicht bis Dublin käme, und so fing ich an, nach einer offenen Tankstelle Ausschau zu halten. Aber damals öffnete in Irland niemand einen Laden oder eine Tankstelle vor neun Uhr. So lange würde das Benzin nicht reichen. Es sah so aus, als ob ich warten müsste, und dann käme ich auf jeden Fall zu spät zum Schiff.

Die Sonne ging auf. Der Asphalt glänzte von dem in der Nacht gefallenen Regen. Dann stotterte der Motor und ich musste den Reservehebel umlegen. Um acht Uhr verlor ich die Nerven.

An der nächsten Tankstelle hielt ich an und klingelte den Besitzer heraus.

»Morning«, brummte er mürrisch. Er hatte noch geschlafen. Doch als ich ihm meine Notlage erklärte, wurde er sehr freundlich.

»Seven gallons, please!«, sagte ich.

Ich gab ihm das Geld. Eine Gallone waren ungefähr viereinhalb Liter. Ich hätte bald mit leerem Tank auf der Straße gestanden. Um halb zehn Uhr überquerte ich eine Bahnlinie. Die ersten Häuser von Dublin kamen in Sicht. Ich fuhr auf der Conyngham Road in die Stadt und am Liffey River entlang zum Hafen.

»Wohin?«, fragte mich der Beamte an der Zoll-Schranke.

»Zur ›Trito‹. Ich hab ein Pferd dort zum Verladen.«

Er ließ mich ohne weitere Formalitäten durch. »Kai acht.«

Ich fuhr an mehreren Kais entlang, an denen Schiffe beladen und entladen wurden, kurvte um große Kohlehaufen, rostige Ladekräne und leere Container herum. Die »Trito« war ein alter Kahn. Sie transportierte Schlachtvieh auf den Kontinent und sollte außer seinem Zielhafen Amsterdam nur einmal kurz in Le Havre Station machen.

Als ich ankam, stand Mr Bolgers Transporter schon auf der Mole. Die Pferde warteten auf die Verladung. Müde ließen sie die Köpfe hängen. Sie hatten aufgehört, ängstlich zu sein, und aufgehört, gegen die vier Wände zu rebellieren. Sie dösten vor sich hin.

Das Schlachtvieh war schon verladen. An einem großen Kran hängend schwebte gerade das Auto meiner Freunde an Deck, wo es festgezurrt wurde. Sie wollten die Pferde auf der Überfahrt versorgen. Ab Amsterdam sollte ich dann den Bahntransport begleiten. So hatten wir es ausgemacht.

Glücklicherweise war die »Trito« darauf eingerichtet, zwölf Passagiere mit ihren Autos zu befördern, und meine Freunde hatten gerade noch eine Kabine bekommen.

»Und nun die Pferde!«, rief der Lademeister.

Wir ließen die Rampe herunter und holten die Pferde heraus. Verschlafen strauchelten sie hinter uns her. Und schon schwebte ein großer Kasten an langen Seilen vor uns herab. Wieder war es Colleen, die sich als Erste in den Kasten schieben ließ. Die anderen folgten ihr.

Quietschend hob der Kran den Kasten an. Die Pferde schwebten nach oben, schwenkten seitlich ein und versanken in einer Luke an Deck.

»Stop it!«, schrie jemand.
Ich rannte über die Gangway hoch aufs Vordeck und stolperte eine schmale Treppe hinunter. Hier unter Deck wurden die Pferde in schmalen Verschlägen festgebunden. Rechts und links, vor ihnen, hinter ihnen und in mehreren Decks unter ihren Hufen stand brüllendes und zum Teil tobendes Vieh.
Schlachtvieh, das in die Schlachthöfe nach Oberitalien transportiert werden sollte.
Wir hatten Heu mitgebracht und bald waren die Fohlen jedes für sich in einem Verschlag unter der offenen Luke vorschriftsmäßig festgebunden. Sie würden leidlich Frischluft bekommen. Sie kauten vor sich hin und machten, so weit das möglich war, einen zufriedenen Eindruck.
Ich musste von Bord. Die Gangway wurde hochgezogen, die Leinen losgemacht. Ganz langsam vergrößerte sich der Abstand zwischen Schiffswand und Kaimauer.
Ich stand noch auf irischem Boden, aber die Pferde hatten Irland bereits verlassen.

Im 7. Kapitel
gibt es Ärger in Amsterdam.

Als das Schiff den Hafen verlassen hatte, überlegte ich, was ich mit dem Rest des Tages anfangen sollte. Ich hatte eine Platzreservierung für die nächste Morgenfähre nach Holy Head. Es blieben mir ein langer Nachmittag und Abend in Dublin. Das Wetter war für irische Verhältnisse ungewöhnlich schön, und weil ich wenig Lust hatte, durch die Stadt zu laufen, fuhr ich ein Stück nach draußen und suchte mir eine stille Badebucht. Auf dem Markt in Clifden hatte ich mir die bisher erschienenen Stutbücher der Connemara-Zuchtgesellschaft gekauft. Sie dienen dazu, den Züchtern einen Überblick über Blutlinien und Vererbung von Größen und Farben zu verschaffen. Jedes Jahr werden die jungen Stuten und Hengste von einer Zuchtkommission gesichtet und, wenn sie für gut befunden werden, unter einer eigenen Nummer eingetragen. Die Stutbücher der Connemara-Ponys werden seit dem Anfang des zwanzigsten Jahrhunderts geführt. Band eins begann mit dem Zuchthengst »Cannon Ball«, geboren 1904.
Ich legte mich auf einen großen warmen Stein an den Strand und begann zu lesen.
Bald ging mir auf, dass die Iren der Geschichte von den spanischen Pferden, die vor Hunderten von Jahren an der Westküste Schiffbruch erlitten haben sollen, heftig nachgeholfen hatten. Da waren »Naseel«, ein Vollblut-

araber, »Little Heaven«, ein englischer Vollblüter, und »May Boy«, ein Irish-Draught-Hengst. Sie waren immer wieder mit Connemara-Stuten gekreuzt worden. Aus der Kreuzung mit dem Vollblüter und dem Irish Draught hatten viele Ponys ihre Sprungbegabung. Und springen mussten sie können in Irland. Schließlich gehören die irischen Jagden zu den schwersten der Welt. Man jagt dort lebende Füchse und niemand kann vorhersagen, über welche Hindernisse gesprungen werden muss. Meistens sind es Steinmauern, die durch einen Draht erhöht wurden, damit das Vieh nicht so leicht ausbrechen kann. Dahinter oder davor befinden sich oft noch Gräben oder Hecken. So eine Jagd kann einen ganzen Tag lang dauern. Sie erfordert Pferde mit harten Beinen und guter Kondition. »Naseel«, der Araberhengst, gab seinen Nachkommen Schönheit, Adel und die Veranlagung zu einem schwungvollen, weit ausgreifenden Trab mit. Es überraschte mich nicht zu entdecken, dass er Colleens Großvater war, und ich wunderte mich nicht mehr, warum ich sie mit so viel Impuls und so wenig Verstand ausgesucht hatte.

Sie würde immer ein wenig zu klein für mich bleiben. Das stand schon jetzt fest.

Am nächsten Morgen brachte mich die Fähre nach England.

In Wales regnete es. Die kahlen Berge versteckten sich hinter Wolken und Nebel und auf den Ortsschildern standen Namen, die immer unaussprechlicher wurden.

Ich fuhr und fuhr, ohne anzuhalten. Mein Ziel war die Abendfähre von Dover nach Ostende. Ich musste sie erreichen, wenn ich am Mittag des nächsten Tages in Amsterdam sein wollte. Um die Mittagszeit sollte die »Trito« im Hafen einlaufen.

Es war gerade Rushhour, als ich London erreichte. Ich verirrte mich sofort, drehte in einer schmalen Straße um, kam aus Verwirrung auf der rechten Straßenseite zurück, wurde wütend angehupt und hielt mit zitternden Knien an. Verwundert starrten die Passanten auf mein Auto. Ich stieg aus und musste entdecken, dass von den auf dem Dachständer befestigten Walknochen Tran über das Autodach lief und auf die Straße tropfte. Dazu stank es fürchterlich, aber das war mir alles egal. Schließlich suchte ich ein Schreibwarengeschäft und kaufte mir einen Stadtplan. Mit dem aufgeschlagenen Plan auf den Knien fand ich endlich die Oxford Street und fuhr dort auch gleich auf eines der hohen schwarzen Taxis auf. Es zeigte sich, dass es nicht besonders günstig ist, während der Rushhour über den Piccadilly Circus zu fahren und zugleich auf einer Karte die Ausfahrt nach Dover zu suchen.

Der Taxifahrer ließ sich besänftigen, als er sah, dass sein Auto keinen Kratzer abbekommen hatte.

Endlich kam ich an die Themse, sah die Tower Bridge vor mir und zugleich ein Straßenschild: Dover. Ich ließ London hinter mir und erreichte schließlich ziemlich erschöpft nach neunstündiger pausenloser Fahrt den Hafen, zwanzig Minuten vor dem Ablegen der Fähre.

»Your ticket, please!«, sagte der Kontrolleur und fuhr nach einem Blick darauf fort: »Es ist für morgen ausgestellt.«

»Ach bitte!« Ich erzählte ihm etwas von meiner Familie, die ich am nächsten Tag in Amsterdam treffen müsse, von einem Versehen des Reisebüros und vieles andere mehr. Nur von Colleen erzählte ich ihm nichts, weil ich fürchtete, dass ein Pferd kein ausreichender Grund für ihn sei, alles umzuschreiben. Erst hinterher kam mir, dass es eigentlich nicht gelogen war, Colleen als eine Familienangehörige zu bezeichnen.

Es klappte. Der Beamte schrieb das Ticket um. Ich durfte aufs Schiff und war fünf Stunden später in Ostende.

In dieser Nacht schlief ich in einer Hafen-Absteige. Es war mir gleichgültig, dass es unruhig im Haus war, Türen klapperten, Schritte treppauf und treppab hasteten. Ich war nur froh, in einem Bett liegen und schlafen zu können.

Am nächsten Tag fuhr ich, so schnell ich konnte, über Rotterdam nach Amsterdam. Sprühregen, unzählige Wasser spritzende Tanklastzüge, flache, gleichförmige Landschaft. Ab und zu lud ein altes, aus roten Backsteinen erbautes Landgasthaus den Autofahrer zu einer Rast ein. Aber ich widerstand.

Als ich mich im Amsterdamer Frachthafen nach dem Kai durchfragte, an dem die »Trito« anlegen sollte, war sie schon angekommen. Thomas und Ute standen auf der Mole und diskutierten mit zwei Männern.

»Es gibt Ärger«, flüsterte Ute mir zu. Sie sah ganz verschreckt aus.
»Schlimm?«, fragte ich.
»Die holländische Spedition hat es versäumt, eine Durchfahrtserlaubnis für die Niederlande zu besorgen. Jetzt lassen sie uns die Pferde nicht ausladen.«
Der irische Kapitän tobte. Die Pferde waren auf einem der oberen Decks untergebracht. Erst wenn sie draußen waren, konnte das Schlachtvieh ausgeladen werden. Diese Zeitverzögerung kostete die Reederei Geld, weil sie die Hafengebühren erhöhte.
Die Waggons standen schon bereit, aber bis Kaldenkirchen fuhren sie durch Holland. Und dafür brauchte man eine Erlaubnis aus Den Haag.
»Es hilft alles nichts. Wir müssen sie uns jetzt gleich selbst besorgen«, sagte Thomas.
Und weil jemand bei den Pferden bleiben musste, blieb ich da. Es traf mich der geballte Zorn der Mannschaft. Ich hatte großes Verständnis dafür, doch ich wusste keinen Ausweg. »Schickt sie in den Schlachthof!«, schrie der Kapitän. Der Veterinär telefonierte herum, während die Männer auf dem Kai mich giftig anstarrten. Immer noch warteten die leeren Waggons auf das Vieh.
Nach einer halben Stunde ratterte wirklich ein Schlachtviehtransporter auf die Mole. Die fünf Fohlen schwebten in dem Krankasten auf den Boden, liefen ein paar Schritte und kletterten dann die Rampe in den Transporter hoch, der sie zum Schlachthof bringen sollte.

»Aber nein, das geht nicht!« Mein Protest nützte mir wenig. »Schließt mich mit ein!«
Jetzt protestierte der Veterinär, aber ich weigerte mich, das Auto zu verlassen. Ich hörte, wie die Männer draußen berieten, was sie tun sollten, während ich die Fohlen zu beruhigen versuchte.
Es roch nach Blut und Schweinen. Der Boden war mit Resten von Stroh und Kuhfladen bedeckt.
»Hoho, bleib ruhig!«, bat ich Colleen und kraulte sie an der Mähne. Der Geruch von Blut und Schweinen macht Pferden Angst. Allmählich beruhigten sie sich wieder. Ich wartete darauf, dass der Wagen abfuhr, doch die Männer getrauten sich nicht, mich mit auf den Schlachthof zu schicken.
Ich hörte das Kreischen des Krans, als sie das Vieh ausluden. Dann, nach zwei Stunden, ließen sie plötzlich die Rampe des Transporters herunter. Aus Den Haag hatte jemand angerufen und uns die Durchfahrtserlaubnis erteilt.
Vier Männer halfen mir, die verstörten Fohlen in einen Waggon zu verladen. Als Erste ging Colleen hinein. Als Zweite die große Braune. Und da passierte es: Sie brach durch ein Brett der Verbindungsbrücke zwischen der Verladerampe und dem Waggon, hing hilflos strampelnd in dem Loch und konnte sich nicht mehr selbst befreien.
In diesem Augenblick ergriff mich Panik. Ich legte mir die Hände vors Gesicht und wollte nichts mehr sehen und nichts mehr hören, nichts mehr wissen von der Idee,

mir in Irland ein Fohlen zu kaufen, nichts mehr von Colleen und allem, worauf ich mich vorher gefreut hatte. Doch ehe ich mich versah, hatten fünf starke Männer das Fohlen angehoben. Ein sechster schob ihm ein Brett unter die Füße, es stand auf festem Boden und war mit einem Satz in dem Inneren des Waggons verschwunden. Die anderen drei folgten ihm ohne weitere Schwierigkeiten.

Kurze Zeit später kamen meine Freunde aus Den Haag zurück. Ich übergab ihnen meinen Autoschlüssel und holte mir die Campingausrüstung. Ich würde sie auf der langen Bahnfahrt brauchen. Dann wurde der Waggon an einen Zug angekoppelt. Es ruckelte ein bisschen und die Fohlen warfen die Köpfe hoch.

»Hoho, bleibt schön ruhig!«

Der Zug fuhr an.

»Wir sehen uns an der Grenze in Kaldenkirchen«, schrie Thomas mir noch nach. »Bis dahin!«

»Bis dann!«

Im 8. Kapitel
kommen wir zu Hause an.

Ich war sehr erleichtert, als wir das letzte Stellwerk von Amsterdam hinter uns gelassen hatten. Die Pferde standen angebunden und kauten Heu. Ich richtete mir ein paar Ballen Stroh in eine Ecke und versuchte zu schlafen. Das Rütteln des Zuges, das Schnauben und balancierende Hin- und Hertreten der Pferde störten mich bald nicht mehr. Manchmal hielt der Zug an einem Signal. Dann stand die Landschaft, die ich durch den Türspalt vorbeieilen sah, auf einmal still. Ich beobachtete die Bauern bei der Rübenernte und die auf den Telegrafendrähten sitzenden Schwalben, die sich für ihren Wegzug sammelten. Dann wurde der Waggon mit einem Ruck wieder angeschleppt und ließ Wiesen, Bäume, arbeitende Bauern, Telegrafenmasten und Häuser hinter sich zurück. Kaldenkirchen erreichten wir am Abend. Thomas und Ute standen schon da und warteten. Bis der Tierarzt mit den Zollbeamten bei uns angekommen war, berichteten sie von der Überfahrt mit der »Trito«. Die Ereignisse in Amsterdam hatten das bisher verhindert.

»Das Schlimmste war der Durst. Die Pferde wollten immerzu Wasser haben. Einmal war Colleen seekrank«, erzählte Ute.

»Wie zeigte sich das?«

»Als die irische See etwas unruhig wurde, fraß sie nichts mehr.«

»Und was habt ihr dagegen unternommen?«
»Gar nichts. Wir konnten nichts für sie tun. Es dauerte nicht lange. Nachdem die See sich wieder etwas beruhigt hatte, fing sie wieder zu fressen an.«
Die Zollabwicklung ging glatt. Eine kleine Plombe wurde mit einer Schnur an der Waggontüre befestigt. Sie sollte verhindern, dass ich die Pferde unterwegs auslüde und mit ihnen verschwände. Bevor sie in München entfernt würde, müsste der Zoll bezahlt werden.
Als der Zug anfuhr, wurde es dunkel.
Am Güterbahnhof in Köln wurden die Waggons abgekuppelt und umrangiert. Das bedeutete stundenlanges Warten, dann ein schreckliches Abrollen von einem kleinen Rangierhügel und den Aufprall auf die ausrangierten Waggons mit dem Schlachtvieh, das nach Süden gefahren werden sollte.
»Vorsicht, Pferde!«
Ich hatte ein Strohbüschel außen an die Türe gesteckt. Es war das Zeichen für das Rangierpersonal, dass dieser Waggon von jemand begleitet wurde. Trotzdem prallten immer wieder neue Waggons auf uns und es dauerte ziemlich lange, bis der Zug fertig zusammengestellt war.
Die Pferde hatten Durst. Ich fragte einen Mann, wo es hier Wasser gebe.
»Dort hinten!« Er zeigte mit der Hand irgendwohin in die Dunkelheit.
Ich wartete auf den nächsten Aufprall. Danach war meistens einige Minuten Ruhe. Dann zwängte ich mich durch

den von der Zollplombe begrenzten Türspalt und sprang auf die Steine neben den Gleisen. Ich rannte am Zug entlang, überquerte zwei, drei Nachbargleise, fragte einen zweiten Mann und fand endlich eine altmodische Wasserpumpe mit einem Schwengel. Ich pumpte in rasender Eile meine beiden Eimer voll und lief den Weg wieder zurück. Zweimal musste ich laufen, bis alle fünf Fohlen ihren Durst gelöscht hatten, und dabei hatte ich jedes Mal höllische Angst, der Zug könnte mir davonfahren.

Endlich hatten sie genug getrunken. Im letzten Rest des Wassers wusch ich mir die Hände. Ein Strohhaufen in der Ecke war mein Bett, und als ich es mir gerade in meinem Schlafsack bequem gemacht hatte, ruckte die Lok abermals an, polterte über die Weichen und ließ sich von der Nacht verschlucken. Eine Weile beobachtete ich noch durch den Türspalt, wie die Bahnhofslampen an uns vorbeihuschten. Dann schlief ich ein.

Der Zug war am nächsten Morgen um zehn Uhr am Güterbahnhof in München. Wieder kamen die Zollbeamten. Unser Antrag auf Anerkennung der Fohlen als Zuchtpferde, der vom hiesigen Zuchtverband befürwortet werden musste, war abschlägig behandelt worden. Damals waren Connemara-Ponys in Deutschland völlig unbekannt. Wenn ein paar Verrückte sich in Westirland irgendwelche Pferde kauften, so war das ihr Privatvergnügen. Heute ist das anders. Damals mussten wir die Quittung des Verkäufers vorlegen und die Bescheinigungen über die Kosten der Schiffspassage und der Bahn bis zur deut-

schen Grenze in Kaldenkirchen. Das alles wurde zusammengezählt und davon wurden 27,5 % Zoll verlangt. Es war beinahe mein letztes Geld.
Wieder wurden die Pferde in einen wartenden Transporter umgeladen. Jetzt waren es alle schon gewöhnt und Colleen musste nicht mehr als Erste vorangehen.
Thomas half mir, meine Campingsachen zum Auto zu schleppen. Dann kam die letzte Etappe der großen Reise.
Vierzig Kilometer südlich von München steht das kleine Holzhaus, in dem ich wohne. Die Haflingerstute rannte schreiend zum Zaun, als wir ankamen. Colleen stolperte die Rampe hinunter, während der Fahrer die übrigen Pferde oben hielt. Sie wieherten ihr nach. Die Angst, die alle ausgestanden hatten, verband sie.
Aber sie mussten noch ein Stück weiterfahren.
Ich führte mein Fohlen zum Stall.
Insgesamt waren wir eine Woche unterwegs gewesen.
Ich hatte in dieser Zeit vier Kilo abgenommen.
Colleen hatte das Ziel erreicht.
Sie war zu Hause.

Im 9. Kapitel
muss ich ein Geständnis machen und
Colleen bewältigt erste Schwierigkeiten.

Bevor ich weitererzähle, muss ich erst noch etwas über »Wespe« sagen, denn sie trat in Aktion, sobald Colleen mit ihr zusammenkam. »Wespe« hieß meine Haflingerstute. Ich habe ihr diesen schrecklichen Namen nicht gegeben. Sie hieß so, als ich sie kaufte, und aus Pietät habe ich ihr den Namen gelassen. Bei den Haflingern, genau wie bei vielen anderen Pferderassen, erhalten nämlich die Stutfohlen einen Namen mit demselben Anfangsbuchstaben, den auch der Name der Mutter hat. Die Hengstfohlen bekommen einen mit dem Anfangsbuchstaben des Namens des Vaters. »Wespe« hieß »Wespe«, weil ihre Mutter »Wolke« hieß und weil ihrem Besitzer offensichtlich kein anderes Wort mit W eingefallen war.
Sofort als Colleen kam, ernannte sich Wespe zur »Stall-Königin«. Das bedeutete, dass jedes andere Pferd erst einmal schüchtern bei ihr anfragen musste, ob es einen Fuß in den Stall setzen durfte, und wenn sie nicht in Laune war, dies zu erlauben, dann prügelte sie es hinaus.
Damals hielt ich die Pferde in einem offenen Stall, das heißt, sie konnten aus und ein gehen, wie sie wollten. Das hat sich auf die Dauer nicht bewährt, aber davon erzähle ich später. Colleen musste also immer gewärtig sein, aus dem Stall geworfen zu werden, und weil sie

sich dieser Behandlung nur ungern aussetzte, blieb sie meistens draußen.

In der ersten Zeit kamen viele Leute, um sie zu betrachten. Ich fing an zu vergessen, dass sie ein Pferd wie jedes andere auch war und dazu noch ein sehr kleines. Ich war fest davon überzeugt, dass ich sie bei guter Aufzucht dazu bringen würde, größer zu werden, als die irischen Schätzungen es vorausgesagt hatten, und da ich im Verdrängen von mir nicht angenehmen Dingen schon immer gut war, verdrängte ich ihre Fehler. Sie war für mich wie eine verzauberte Prinzessin. Dass ich jeden Tag ihren Stall ausmisten musste, störte diese Vorstellung nicht weiter. Auch Prinzessinnen haben ihre Bedürfnisse. Ich stellte mir vor, wie ich mit ihr durch die Gegend reiten würde, und jeder, der mich sähe, würde sagen: Das ist Colleen, eine original irische Stute. Ist sie nicht wunderschön?

Hier muss ich ein Geständnis machen. (Es muss gesagt werden, je eher, desto besser, und ich will es schnell hinter mich bringen:) Ich reite nämlich nicht sehr gut. Als Kinder sind wir überwiegend ohne Sattel geritten. Im Krieg gab es andere Sorgen als Reitunterricht und später hatte ich weder das Geld noch die Lust dazu, mich von einem Reitlehrer ankreischen zu lassen. Es fehlte mir an Ehrgeiz. So bin ich eine sogenannte Feld-Wald-und-Wiesen-Reiterin geblieben, und wenn ich es ab und zu vergesse, dann habe ich immer einige wohlmeinende Freunde, die mich zuverlässig daran erinnern. Doch Colleen war erst ein und ein halbes Jahr alt. Bevor sie drei sein würde, war an Reiten nicht zu denken. Sie ließ sich führen, das hatte sie auf der Reise bewiesen, und sie hob ihre Hufe, mehr brauchte sie nicht zu können. Als wir ankamen, war es Anfang September. Heu und Stroh waren schon in der Scheune. Alles, was die Pferde brauchten, holten sie sich selbst von der Koppel.

Die Tage wurden allmählich kürzer. In diesem Jahr kam der Herbst früher als sonst. Am Morgen bedeckte dichter Nebel die Wiesen. Er versperrte mir den Blick auf die Berge und dämpfte die Geräusche der nahe liegenden Straße. Dann begann es zu regnen, und als nach ein paar Tagen der Wind die Wolken davongeblasen hatte, lag auf den Bergen der erste Schnee. Die Schwalben verschwanden, Grüppchen für Grüppchen, im Süden. Das hässliche Geschrei der Fischreiher mischte sich mit dem der Krähen.

Colleen benützte den Stall kaum. Sie schien zu stolz, um sich immer wieder von Wespe hinaustreiben zu lassen, aber solange sie ihr Futter draußen fand, wollte ich nicht eingreifen.

Eines Morgens war die Weide vom ersten Reif überzuckert und Colleen stand mit hängendem Kopf da und fraß nicht mehr.

»Colleen, was ist los?« Ich brachte sie in den Stall und maß Fieber. Sie hatte 40,5. Das ist sogar für ein Pferd zu viel. »Lungenentzündung«, sagte der rasch herbeigeholte Tierarzt und gab ihr eine Penicillinspritze. »Vermutlich war der Klimawechsel zu viel für sie«, erklärte er mir. »In Westirland ist es zwar auch rau, aber die Temperaturen sind verhältnismäßig gleichmäßig gegenüber unseren hier. Hier ist es tagsüber noch ziemlich warm und nachts schon frostig. Dazu kommt die Feuchtigkeit des nahen Flusses. Das hat sie nicht vertragen.« Hätte ich mir das nicht denken können? Ich machte mir bittere Vorwürfe, aber dazu war es zu spät.

Also blieb Colleen ein paar Tage im Stall. Jemand aus dem Dorf baute mir einen Verschlag, sodass ich sie einsperren konnte, ohne dass Wespes Gewohnheiten davon beeinträchtigt wurden. Ich rannte alle halbe Stunde hinaus, um mein schlechtes Gewissen zu beruhigen. Helfen konnte ich nicht. Später, als sie zu husten begann, besorgte ich Hustensirup und kochte einen Kräutertee, dessen Dampf sie einatmen musste.

Das passte ihr gar nicht. An der Heftigkeit, mit der sie sich gegen meine Fürsorge zur Wehr setzte, konnte ich erkennen, dass es ihr besser ging.

Nach drei Wochen war alles vorbei.

Inzwischen war es Oktober geworden. Die Blumen, die in langen Holzkästen den Balkon des Hauses schmückten, waren verwelkt und weggeräumt. Der Schuppen war voller Holz für den Kachelofen, am Auto wurden die Winterreifen aufgezogen und der Schmied kam zum letzten Mal, bevor es schneite, um den Pferden die Hufe auszuschneiden.

»Das ist Colleen«, erklärte ich ihm stolz. »Ich habe sie im Herbst aus Irland mitgebracht.«

Der Schmied war ein stiller, bedächtiger Mann. Während er sein Messer schärfte, ging er um Colleen herum und musterte sie gründlich.

»Hm«, brummte er. »Hübsch. Ist sie nicht ein bisschen klein?«

»Klein!«, rief ich entrüstet. Ich hatte erwartet, dass er vor ihrer Schönheit in Andacht versinken würde.

»Finden Sie sie zu klein? Ich finde sie gerade richtig! Wenn sie größer wäre, würde sie nicht in den Stall passen!« Stolz darauf, dass mir das eingefallen war, fügte ich noch hinzu: »Ein großes Pferd könnte ich mir nie leisten. Es würde ja mit dem Kopf unter der Decke klemmen.«

Das stimmte. Jeder kann sich mit einem Blick davon überzeugen, dass in meinen Stall nur kleine Pferde passen. Das Haus ist ziemlich alt, unten aus runden Flusssteinen, oben aus Holz gebaut, mit kleinen niederen Zimmern, einem ehemaligen Kuhstall für zwei Kühe, den ich zu einem Arbeitsraum umgebaut habe, und dem Raum neben der Scheunenauffahrt, in dem bei meinem Vorbesitzer der Ackerwagen stand und den die Pferde bewohnen.

Doch ich war noch nicht fertig. »Im Übrigen«, rief ich zornig, »im Übrigen ist das eine sehr dumme Einstellung, dass man als erwachsener Mensch nur große Pferde reiten sollte. Es gibt viele alte Bilder, auf denen die Beine der Reiter weit herunterhängen, weil sie kleine Pferde ritten. Mir könnte man ein großes Pferd schenken. Ich wollte es nicht.« Das klang ein bisschen so wie die Fabel von dem Fuchs, der die Trauben sauer nannte, nur weil er sie nicht erreichen konnte. Aber ich hatte auch andere Gründe. Im Alter von fünf Jahren war ich vom Pferd gefallen und hatte mir dabei beide Arme gebrochen. Seither war ich immer etwas ängstlich beim Reiten und bevorzugte kleinere Pferde, weil man von ihnen nicht so tief fallen konnte. Und außerdem kann man von ihnen aus die Zaunstangen besser aufmachen und tief hängende Zweige schlagen einem nicht so ins Gesicht und man braucht weniger Futter und, und, und . . .

Der Schmied grinste bloß und sagte nichts mehr.

Doch ich lernte daraus, dass ich mich in Bezug auf Colleen auf keine Diskussionen einlassen sollte, und solange ich mich an diesen Vorsatz erinnerte, hielt ich mich auch daran.

Es wurde Winter. Um das Haus türmte sich der Schnee in hohen Haufen und die hungrigen Vögel pickten das Futter schneller aus ihrem Futterhäuschen, als ich es nachschütten konnte. Colleen, die wohl noch nie in ihrem Leben Schnee gesehen hatte, schnaubte ihn erst einmal ängstlich an, bevor sie einen Huf daraufsetzte. Dann preschte sie los, raste mit hocherhobenem Schweif über die Weide, wälzte sich, sprang wieder auf, warf den Kopf nach hinten und beruhigte sich erst wieder, als ihr die Luft ausging.

Sooft es mir möglich war, ritt ich mit Wespe, die ein Fohlen erwartete, am Flussufer entlang. Colleen begleitete uns frei laufend. Sie galoppierte um uns herum und versuchte, Wespe dazu anzustiften, mit ihr um die Wette zu rennen. Manchmal blieb sie zurück, um Zweige anzuknabbern, erschrak dann entsetzlich, wenn eine Schneeladung auf sie herabprasselte, machte einen Satz, flüchtete und wusste eigentlich nicht, wovor. Sie buckelte, schlug aus, tauchte ihre Nase in das kalte weiße Zeug, das die Wiesen bedeckte, und prustete hinein. Wenn sie kein Gras fand, schlenkerte sie den Kopf hin und her, bis es ihr zu dumm wurde und ihr ein neues Spiel einfiel.

Die Berge blinkten im Schnee. Bei Föhn schienen sie zum Anfassen nah mit blauschwarzen Felswänden, an flacheren Hängen bedeckt von weiß überstäubtem Fichtenwald. Im Flussbett standen Reiher und fischten.

Colleen quiekste vor Lebensfreude. Sie hatte aufgehört zu husten. Alles war in Ordnung.

Das 10. Kapitel
handelt von Colleens zweitem Lebensjahr.

Im Großen und Ganzen war Colleens erster Winter in Deutschland weder besonders mild noch besonders hart. Der Schnee erreichte nur die unteren Zaunstangen, aber der Weiher fror ganz zu und die Wildenten kamen nicht mehr. Sie suchten offenes Wasser auf. Wenn ich Heu fütterte, durfte die kleine Stute in den Stall, doch sobald die Raufe leer gefressen war, warf Wespe sie wieder hinaus. Colleen hatte ein nicht sehr langes, aber dichtes Winterfell bekommen.

Einige Male fiel der Strom aus. Irgendwo war ein morscher Ast unter dem Gewicht des Schnees heruntergebrochen und auf die Leitung gestürzt. Dann konnte es manchmal ein oder zwei Tage dauern, bis er wiederkam. Das war nicht weiter schlimm, denn den Arbeitsraum heize ich mit einem großen Kachelofen und kochen kann ich auf dem alten Gasherd, der sein Gas aus einer Flasche bezieht. Am Abend musste ich mit dem Licht aus einer Petroleumlampe auskommen, aber daran gewöhnt man sich schnell. Nur die Wasserpumpe funktioniert nicht ohne Strom. Wie viele Häuser, die abseits liegen, erhält auch mein Haus sein Wasser aus einem eigenen Brunnen. Eine im Keller installierte Pumpe pumpt es in einen Kessel, und wenn der leer ist, läuft kein Wasser mehr aus der Leitung. Das ist nicht gut für die Pferde, die sich normalerweise, wenn sie Durst haben, aus einer Tränke selbst bedienen. Sie drücken dann mit der Nase einen Hebel herunter und schon fließt Wasser in eine kleine Schüssel. Diese praktische Einrichtung fällt natürlich aus, wenn die Stromleitung unterbrochen ist.

Es blieb mir dann nichts anderes übrig, als den Pickel aus dem Schuppen zu holen und den Bach aufzuhacken, der hinter dem Winterauslauf vorbeifließt. Soweit es ihnen möglich war, halfen mir die Pferde dabei, indem sie mit den Hufen aufs Eis schlugen. War dann ein Loch im Eis, hielten sie es tagsüber offen. Nur nachts fror es wieder zu.

An kalten Abenden färbte sich der Himmel rosa und die Buchenstämme schimmerten violett. Wenn es dunstig war, ging die Sonne als rot glühender Ball hinter dem Wald unter. Ich hatte den Eindruck, dass sich Colleen dann besonders wohlfühlte. Doch wenn das Wetter umschlug, ein warmer Wind den Schnee schwer und pappig werden ließ, das Wasser aus den mit Laub verstopften Dachrinnen tropfte und die Dachlawinen herunterdonnerten, dann stand sie müde vor dem Stall. Ihr Fell war klamm und sie lief herum, als habe sie Gewichte an den Hufen. Ende Februar begann sie, ihre Winterhaare zu verlieren, und für einige Wochen sah sie so aus, als hätten ihr die Motten das Fell zerfressen. Die nachwachsenden Haare waren heller als die alten. Nur Mähne und Schweif blieben dunkel, fast schwarz.

Ende April kamen die Schwalben zurück. Sie bauten sich

ein neues Nest auf einem Brettchen über den Köpfen der Pferde. Manchmal schrak Colleen zusammen, wenn sie um ihre Ohren strichen, aber sie gewöhnte sich schnell an sie. Im Mai wurde sie zwei Jahre alt. Jetzt konnte sie niemand mehr als ein Fohlen bezeichnen. Jetzt war sie schon eine junge Stute.

Wespe bekam ein Stutfohlen. Es stelzte eines Morgens mit wackeligen Beinen im Stall herum und glotzte alles an, was sich bewegte. Colleen, die in ihrem Verschlag stand, beäugte es neugierig und wieherte manchmal leise, wenn es von ihr fortlief. Es brachte die Beine noch durcheinander und stieß überall an. Nur das Euter der Mutter, aus dem ein warmer, süßer Saft floss, wenn es daran saugte, fand es augenblicklich.

Ich gab ihm keinen Namen, denn es musste verkauft werden und ich wollte nicht mein Herz an es hängen.

Ich war damals (und bin es heute noch) das, was man so schön »freiberuflich tätig« nennt. Das bedeutet ein ziemlich unsicheres Einkommen. Manchmal hat man Geld und manchmal keines und deshalb sollte der Erlös aus dem Verkauf eines Fohlens die Pferdehaltungskosten ein bisschen verringern.

Natürlich kann man eine Stute, die ein Fohlen bekommt, einige Monate nicht reiten, aber das machte mir nicht viel aus. Ich hatte immer großen Spaß daran, am Zaun zu stehen und zuzuschauen, wie das Fohlen auf der Weide galoppierte und immer wieder Colleen aufforderte, mit ihm um die Wette zu rennen. Doch Colleen wollte lieber fressen. Das Gras war um diese Zeit süß und saftig. Es schmeckte köstlich. Sie hatte wenig Zeit für das Fohlen. Wenn es ihr lästig wurde, legte sie auch manchmal die Ohren an und drohte ihm. Dann rannte es erschrocken zu seiner Mutter zurück, steckte den Kopf zwischen ihre Hinterbeine und nahm ein paar Schlucke Milch.

Wieder einmal kam der Schmied, um den Pferden die Hufe auszuschneiden.

»Na, wie geht's der Neuen?«, fragte er, als ich die Pferde von der Weide rief.

»Danke, gut.«

»Ist sie schon größer geworden?«

»Ich glaube schon.«

Colleen stand, ohne sich zu rühren, als er ihre Hufe kürzte, Strahl und Ränder von überständigem Horn befreite und sie anschließend glatt feilte. Er erzählte mir von seinen eigenen Pferden, dass er mit ihnen auf den Herbstjagden gewesen sei und dass er vorhabe, auf die in der Nähe stattfindenden ländlichen Turniere zu gehen.

Er schnitt Wespe aus, korrigierte die kleinen Hufe des Fohlens und ich war froh, als er endlich fertig war, denn der Rücken tat mir weh vom Hufeaufheben.

»Bis zum nächsten Mal«, sagte er, nachdem ich ihm sein Geld gegeben hatte.

»Auf Wiedersehn.«

Am nächsten Morgen lag Colleen im Stall und stand auch nicht auf, als ich sie dazu aufforderte. Erst als ich sie anschrie, erhob sie sich schwerfällig. Sie konnte kaum einen Schritt gehen, stand nur mit weit vorgestreckten Vorderbeinen da und hatte offensichtlich große Schmerzen.

»Huflederhautentzündung«, sagte der Tierarzt, nachdem er ihre Hufe betastet hatte. Sie waren heiß.

»Aber woher denn?«, fragte ich ihn verzweifelt.

»Es gibt zwei Möglichkeiten«, erklärte er mir. »Entweder ist es eine Eiweißvergiftung von zu viel jungem Gras oder es kommt von einer großen Belastung. Reiten Sie sie schon?«

»Nein. Sie ist ja erst zwei.«

»Wann war der Schmied zuletzt da?«

»Gestern«, sagte ich.

»Ja, dann.« Der Tierarzt zuckte die Schultern.

»Was?«

»Dann hat er sie wohl zu kurz geschnitten.«

Er verordnete ihr stundenlanges Stehen in kaltem Wasser, kalte Umschläge und Stallarrest auf weicher Einstreu.

»Die Entzündung muss rasch zurückgehen. Nur wenn sich das Hufbein nicht senkt, behält sie ihren guten Gang. Wenn wir das nicht verhindern können, wird sie immer klamm gehen.«

In den nächsten Tagen stellte ich Colleen möglichst oft mit den Vorderbeinen in zwei Eimer kalten Wassers, das ich mit dem Gartenschlauch ständig zum Überfließen brachte, damit es kühl blieb.

»Weißt du«, sagte ich, »das kriegen wir schon wieder hin.

Sicher kannst du bald wieder laufen wie früher. Du musst nur Geduld haben und stillhalten!«
Sie hielt still, wuschelte mir nur mit der Nase in den Haaren herum oder schlug mit dem Kopf nach Fliegen.
Trotzdem dauerte es fast drei Wochen, bis sie wieder so weit ausgreifend trabte wie vorher. Nur wer genau hinsah, konnte beobachten, dass sie anders auftrat. Sie belastete ihre Hufe zuerst hinten auf dem Ballen, bevor die übrige Huffläche am Boden aufkam. Der Hauptschmerz musste in den Zehen sitzen. Aber auch das verlor sich im Lauf des Sommers. Sie spielte wieder mit dem Fohlen, fraß Falläpfel und stand oft vor der Küchentüre und bettelte mich an. Darüber freute ich mich sehr.
Aber beim nächsten Mal holte ich einen anderen Schmied.

Im 11. Kapitel erzähle ich etwas über Pferdehaltung und außerdem wird Colleen schon drei Jahre alt.

Wer sich Pferde hinterm Haus halten und sie selbst versorgen möchte, sollte sich das genau überlegen. Ihre Pflege erfordert viel Zeit und manchen Verzicht. Das erfuhr auch ich im Laufe der Jahre, obwohl mein kleines altes Haus nicht ungeeignet dafür ist. Ich kann zum Beispiel vom Schlafzimmer aus direkt auf den Heuspeicher gehen und von da das Heu in die Raufe werfen und außerdem habe ich mir irgendwann einmal ein kleines Fenster in die Wand zwischen Stall und Arbeitszimmer brechen lassen, damit ich, immer wenn ich Lust dazu habe, in den Stall sehen kann. An langen Winterabenden, während ich noch am Tisch saß und arbeitete, stand Colleen im Stall und beobachtete mich durch das kleine Fenster. Ihre schwarzen Augen waren unverwandt auf mich gerichtet und ich fühlte mich bei meiner Arbeit streng kontrolliert.

Gewöhnlich füttere ich die Pferde zwischen sieben und acht Uhr am Morgen. Wenn es später wird, weckt mich ihr empörtes Gewieher. Sie erzogen mich zu einer gewissen Pünktlichkeit. Die Abendfütterung findet zwischen halb fünf und halb sechs Uhr statt. Im Sommer dagegen brauche ich nur das Gatter aufzumachen und sie laufen zu lassen. Einmal am Tag muss der Stall in Ordnung gebracht werden. Der Mist wird dann entfernt und frisches

Stroh eingestreut. Das geschieht, wenn ich Zeit habe. Das alles klingt so einfach, aber wenn man allein lebt, dann bringt das oft Schwierigkeiten mit sich. Zum Beispiel kann ich nicht am Tag in die Stadt fahren und anschließend am Abend dort noch ausgehen, wenn ich niemand finde, der mir dann die Pferde versorgt.

Und weil es schwer ist, jemand zu finden, hab ich es mir abgewöhnt.

Deshalb gibt es – wenn ich es mir richtig überlege – fast ebenso viele Punkte, die für die Pferdehaltung hinterm Haus sprechen, wie auch dagegen.

Punkt 1

Dafür spricht, dass man sich über sie freut, nicht nur beim Reiten, sondern auch an ihrem Anblick, wenn sie ums Haus laufen.

Dagegen, dass man sich über sie ärgert, wenn sie beim Reiten Blödsinn machen, wenn sie nicht ums Haus laufen, weil sie den Zaun durchbrochen haben, oder über ihren Anblick nach einem Schlammbad.

Punkt 2

Dafür spricht, dass man zu einem bestimmten Tagesrhythmus gezwungen wird. Er gibt dem Tag Halt und Ordnung.

Dagegen, dass man zu einem bestimmten Tagesrhythmus gezwungen wird. Man kann mit dem Tag nicht anfangen, was man will.

Punkt 3

Dafür spricht, dass es zu Bescheidenheit erzieht, wenn

man den Pferdestall selbst misten muss und das Pferd putzt, bevor man es sattelt. Fein anziehen geht da nicht.
Dagegen, dass es mühsam ist, zuerst den Stall in Ordnung zu bringen und das Pferd zu putzen, bevor man es sattelt. In der Zeit, die man dafür aufwendet, ist der Besitzer eines Pferdes, das in einem Reitstall steht, schon mindestens eine Stunde geritten.

Punkt 4

Dafür spricht, dass man einen besseren Kontakt zu seinen Pferden bekommt, sie besser kennenlernt.
Dagegen, dass die Pferde einen besseren Kontakt zu ihrem Besitzer bekommen, ihn besser kennen- und, wenn sie so klug wie Colleen sind, jede Schwäche, die man sich ihnen gegenüber gibt, auszunützen lernen.

Punkt 5

Dafür spricht, dass man immer viele nette Freunde hat, die gern reiten oder sich mit einem über Pferde unterhalten wollen.
Dagegen, dass man auch viele Freunde hat, die annehmen, man könnte sich mit ihnen nur über Pferde unterhalten und über nichts anderes mehr, und die eine solche Unterhaltung ablehnen.
Diese Liste kann man unendlich weiterführen, ohne dass man zu einem befriedigenden Endergebnis kommt. Ausschlaggebend ist letzten Endes natürlich, ob man die Voraussetzungen für eine Pferdehaltung hat. Ein fester, windgeschützter Stall gehört dazu und genügend Weide. Alles andere lässt sich erlernen. Was ich nicht schon

wusste, brachte Colleen mir bei, im Guten wie im Schlechten.
Zuallererst lernte ich, ihre Mimik zu verstehen. Ob sie ihre Ohren legte, stellte oder seitwärts hängen ließ, ob sie die Nüstern hochzog oder ihre Nase immer länger wurde, ob die Augen blitzten oder frech oder müde und traurig schauten. Das alles wechselte ebenso stark wie der Gesichtsausdruck beim Menschen und ich lernte mit der Zeit, diese Sprache zu verstehen und mich darauf einzurichten.
Es war beinahe so, als ob sie mit mir redete.
Ihren dritten Lebenssommer, den ersten bei mir, verbrachte sie auf der Weide. Sie wuchs etwas, setzte Speck an und entwickelte, wenn sie mit dem Fohlen spielte, einen wunderbaren, weit ausgreifenden Trab, den ihr offenbar ihr arabischer Großvater vererbt hatte.
Zwei Monate nach der Geburt des Fohlens begann ich, mit Wespe wieder auszureiten. In der ersten Zeit sperrte ich Colleen und das Fohlen in den Stall, bis sie begriffen hatten, dass Wespe für einige Zeit fort war. Später ließ ich sie laufen. Sie rannten dann schreiend am Zaun entlang, bis wir aus ihrem Blickfeld verschwunden waren, und wenn wir wieder auftauchten, begrüßten sie uns ebenso schreiend.
Im Herbst, nach einer überraschend kalten Nacht, bekam Colleen abermals eine Lungenentzündung, aber sie verlief leichter als die erste.
Wespe trug ihr viertes Fohlen im Bauch. Das dritte erziel-

te auf einer Versteigerung einen sehr guten Preis. Davon bezahlte ich Heu und Stroh.
In diesem Winter schlug das Wetter oft um. Nach ergiebigen Schneefällen und einigen sehr kalten Tagen gab es Föhneinbrüche. Der Schnee wurde schwer und pappig. Er lag zu hoch, um mit den Pferden zum Fluss hinunterzureiten. Als ich es einmal versuchte, kämpften sie sich mühsam vorwärts und blieben immer wieder schwitzend und schwer schnaufend stehen. Da gab ich auf, drehte um und brachte sie zurück. Im Winterauslauf trampelten sie sich schmale Pfade, auf denen sie zum Bach hinunterliefen. So hatten sie auch etwas Bewegung.
Mit dem Verlust der Winterhaare wurde Colleen wieder etwas heller. Die sommersprossigen Flecken in ihrem Gesicht vermehrten sich. Sie wurde im Mai drei Jahre alt.
In diesem Jahr wollte ich sie leicht anreiten, ohne sie zu sehr zu belasten.
Ich freute mich darauf und konnte es kaum erwarten.

Im 12. Kapitel
wird Colleen zuerst am Bein operiert und dann an den Sattel gewöhnt.

Im Frühling wurde Colleen wieder einmal krank. Eines Tages begann sie, vorne links zu lahmen. Ihr Vorderfußwurzelgelenk fühlte sich dick und heiß an.

»Sie muss sich bei einem Sturz verletzt haben«, sagte der Tierarzt, nachdem er das Gelenk sorgfältig abgetastet hatte. »Vielleicht war's eine kleine Wunde, vielleicht auch nur ein Bluterguss.«

Er verordnete ihr kalte Umschläge. Aber es wurde immer schlimmer. Sorgenvoll betrachtete der Tierarzt das Bein.

»Wahrscheinlich muss es aufgeschnitten werden.«

»Machen Sie das?«, fragte ich ihn.

»Nein. Sie braucht eine Vollnarkose.«

Also meldete ich Colleen in der Universitätstierklinik an und bestellte den Transporter.

Wespe, die sie immer noch bei jeder Gelegenheit aus dem Stall jagte, jammerte herzzerreißend, als man sie wegfuhr.

Am nächsten Tag machte ich einen Besuch in der Klinik.

»Das Betreten des Stalles ist Unbefugten streng verboten«, las ich auf dem Schild an der Türe. Ich hielt mich für befugt und ging hinein. Colleen stand ziemlich verloren in einer riesigen Box.

»Na, wie geht's dir?«, begrüßte ich sie. Sie spitzte die Ohren. Da kam der Professor den Gang entlang.

»Das ist meine Stute Colleen«, sagte ich schnell, bevor er mich fragen konnte, was ich denn im Stall verloren hätte. »Ich wollte bloß nachschauen, wie es ihr geht.«

»Sie muss operiert werden«, erklärte er mir. »Sie hat eine Schleimbeutelentzündung.« Und dann erzählte er mit ernster Miene, dass das keine einfache Operation sei, weil alles so nah am Gelenk liege und man aufpassen müsse, dass keine Sehne angegriffen werde, und garantieren könne er natürlich nicht für den Erfolg und, und, und . . .

Ich sagte zu allem Ja und dass ich ihm vertraue, und wenn ihm die Operation nicht gelänge, wem dann sonst – was ihn alles sehr zu befriedigen schien.

Glücklicherweise ging alles gut. Das Bein verheilte ohne Komplikationen und nach einigen Wochen konnte Colleen wieder laufen wie früher.

Inzwischen war es Hochsommer geworden. Die Tage waren heiß und Bremsen quälten die Pferde. Die Bauern waren mit der Heuernte fertig und die Schwalben im Stall hatten alle Schnäbel voll zu tun, um ihre hungrige Brut satt zu bekommen. An den langen hellen Abenden mischte sich das Quaken der Frösche mit dem Zirpen der Grillen. Amseln flöteten in den Fichten hinter dem Weiher, und wenn es dunkel geworden war, huschten Glühwürmchen durch die Büsche.

In dieser Zeit waren die Pferde lieber nachts auf der Weide als tagsüber. Ich hörte ihr Schnauben vor meinem Zimmerfenster. Irgendeines prustete und Cleo, die kleine Niederlaufhündin, fuhr hoch und bellte.

Bei schönem Wetter wachte ich regelmäßig um vier Uhr in der Frühe auf, weil irgendwo in den Zweigen der Esche vor dem Haus ein Vogel zu zwitschern begann. Bald gab ihm ein anderer Antwort. Es wurde langsam hell und nach einer halben Stunde war das schönste Konzert im Gang.
»Wenn's kein Gewitter gibt heut Abend, dann fangen wir an mit Colleen!«, sagte ich eines Tages zu Sabine, einem zwölfjährigen Mädchen, dessen Eltern zwei Zimmer von mir gemietet hatten, um ihre Wochenenden auf dem Lande verbringen zu können.
»Au fein!« Sie hatte gerade Sommerferien und freute sich schon lange darauf, mir helfen zu dürfen.
»Wir beginnen mit der Longe!« Ich hatte mir hinter dem Weiher einen kleinen Reitplatz hergerichtet.
Am Abend zogen wir Colleen das Stallhalfter an, nahmen Longe und Longierpeitsche und gingen hinüber. Die kleine Stute war ziemlich erstaunt. Sie wusste nicht, was wir mit ihr vorhatten, folgte uns aber voller Vertrauen, dass es nichts Schlimmes sein könne.
»Führ sie im Kreis!«, sagte ich zu Sabine, nachdem ich die Longe am Halfter befestigt hatte. Das Mädchen lief mit ihr im Kreis herum, ließ ab und zu los, achtete darauf, dass Colleen draußen blieb, und griff schnell wieder zu, sobald sie versuchte, umzudrehen oder in die Mitte zu kommen. Es dauerte nicht lange, bis sie verstanden hatte, allein und auf Zuruf Schritt, Trab oder Galopp zu gehen, nicht an der Longe zu zerren und auf »Halt!« stehen zu bleiben.

Nach ein paar Tagen legte ich ihr einen Gurt an. Verblüfft drehte sie sich zuerst um und betrachtete den Gürtel an ihrem Bauch, beschnupperte ihn und fand sich schließlich mit ihm ab. Jeden Abend zog ich den Gurt ein bisschen strammer, aber das störte sie nicht weiter. Auch den Sattel nahm sie mit Gleichmut hin. Ich stützte mich einmal rechts und ein anderes Mal links in die Bügel, ließ sie im Trab herumschlenkern, aber Colleen ertrug alles mit großer Geduld.

Als Nächstes musste sie sich an ein Mundstück gewöhnen, und damit ihr das ein bisschen leichter fallen sollte, nahm ich dafür eine Gummitrense. Zum ersten Mal reagierte sie unwillig, als ich sie ihr ins Maul schob. Sie versuchte, sie mit der Zunge wieder loszuwerden, und als ihr das nicht gelang, presste sie voll Trotz ihre Lippen zusammen. Auch als ich versuchte, ihr einen Zucker dazwischenzuschieben, öffnete sie sie nicht. Und dabei ist ein Zuckerstück immer ein gutes Bestechungsmittel. Sabine zog ihr das Stallhalfter über die Trense und wir longierten sie wie jeden Abend.

Nach ein paar Tagen schien sie sich auch mit der Trense abgefunden zu haben.

»Ich glaube, sie hat's begriffen«, sagte Sabine.

Und ich war derselben Meinung.

Am nächsten Abend hob ich Sabine hoch und ließ sie vorsichtig in den Sattel gleiten. Sie war leichter als ich und das war besser für den Anfang. Ich führte Colleen mit lose herunterhängendem Zügel auf dem Platz herum und redete mit ihr. »Du bist ein gutes Pferd«, sagte ich zu ihr. »Keiner meint es böse mit dir. So ist es brav – nur weiter so. Ich weiß ja, dass du klug bist. Sabine tut dir gar nichts – du bist die liebste Colleen auf der ganzen Welt.« Sie stellte ihre Ohren auf und hörte mir zu. Ich wusste, dass sie die Worte nicht verstehen konnte, aber sie hörte auf den Klang meiner Stimme.

Allmählich lernten Sabine und ich, es Colleen anzusehen, ob sie eine Lektion begriffen hatte oder nicht. Sie begriff rasch, rascher als alle anderen Pferde, die ich kannte. Mit der Zeit wurde ich leichtsinnig. Ich hatte als Kind schon öfter kleine Araberstuten an Sattel und Reitergewicht gewöhnt. Bei Wespe war ich sogar allein gewesen, weil sich niemand fand, der mir helfen konnte. Und Wespe hatte mit mir genau das gemacht, was ihrem Temperament entsprach: Als es ihr nämlich zu dumm wurde, hatte sie sich einfach mit mir hingelegt.

Colleen besaß eine rasche Auffassungsgabe und deshalb übersprangen wir einige Lektionen.

Als ich mich das erste Mal auf sie setzte, nahm Sabine die Haflingerstute mit und wir gingen gleich ins Gelände. Colleen lief weich und aufmerksam hinter Wespe her. Es war ein Vergnügen, sie zu reiten. Endlich war es so weit. Sie kam mir gar nicht mehr klein vor. Ich fühlte mich großartig. Das war der Augenblick, auf den ich so lange gewartet hatte.

Doch es sollte nicht lange anhalten.

Als nämlich mein Nachbar Hans mit dem Rad des Weges

daherkam und bewundernd fragte: »Ist das jetzt schon deine Neue?«, und ich ihm stolz erwiderte: »Ja, ist sie nicht brav?«, da blieb ich bei ihm stehen, um mich nach der Ernte zu erkundigen. Das war ein unverzeihlicher Fehler. Colleen stand da, als sei sie schon alt und erfahren. Sie überlegte. Angestrengt dachte sie darüber nach, wie sie das lästige Gewicht auf ihrem Rücken loswerden könnte, und offensichtlich hatte sie auch bald eine Idee.

»Servus«, sagte ich zu Hans. »Mach's gut!«

»Du auch«, sagte er.

Ich ritt mit losem Zügel an. Colleen machte einen Schritt vorwärts, dann steckte sie mit einem Riesensatz den Kopf zwischen die Beine, spannte den Rücken an und katapultierte mich nach unten.

Sabine lachte so, dass sie bald selbst heruntergefallen wäre. Nur mein Nachbar war so höflich, nicht zu lachen.

»Scheißvieh!«, rief ich voll Zorn und mit gar nicht mehr zärtlicher Stimme und wusste doch sofort, dass ich selbst daran schuld gewesen war.

Colleen stand ruhig da und betrachtete mich mit großen erstaunten Augen.

»Hast du dir wehgetan?«, fragte Sabine scheinheilig.

Wortlos stieg ich wieder auf. Wortlos ritten wir heim.

Trotz aller Vorsicht passierte es einige Monate später noch einmal. Wieder hatte mich ein Bauer in ein Gespräch verwickelt und wieder benützte Colleen die Gelegenheit und den losen Zügel, um mich mit einem Satz hinunterzubefördern.

Danach wusste ich Bescheid und außerdem hatte ich noch erfahren, dass auch Stürze zu Bescheidenheit erziehen.
Colleen war eben in jeder Beziehung eine gute Lehrerin.

Das 13. Kapitel handelt von Beauty und macht auch sonst seinem Namen Ehre.

In jenem Herbst war ich in mehr als einer Hinsicht leichtsinnig. Ich hatte Wespes Fohlen wieder zu einem anständigen Preis verkauft. Die Ernte war sehr gut gewesen und ich konnte einen Teil des Winterheus mithilfe eines Nachbarn von der eigenen Wiese selbst einbringen. Den Rest kaufte ich günstig dazu. Außerdem hatte ich eine größere Arbeit beendet und sie war auch gleich bezahlt worden. Mit dem Geld hätte ich eigentlich etwas für mein Auto tun sollen. Es war uralt und löste sich allmählich in seine Bestandteile auf. Deshalb wäre es ziemlich notwendig gewesen, es gegen ein weniger altes umzutauschen. Aber das lag mir fern, denn ich kaufte Beauty. Beauty war ein schönes, kräftiges Connemara-Stutfohlen. Ich hatte ihre Mutter in Irland geritten und den Vater dort gesehen. Die Mutter war trächtig nach Deutschland gebracht worden und hatte im Frühjahr ein Stutfohlen geboren. Das Fohlen versprach, sehr groß zu werden. Es hatte eine ausgeprägte Ramsnase und ein helles, waches Gesicht. »Verkaufen Sie es mir?«, fragte ich den Besitzer. Er nannte mir einen Preis, den ich bezahlen konnte, und so wurden wir handelseinig.

Natürlich stand Beauty in der Rangordnung unter Colleen. Jetzt jagte sie das Fohlen aus dem Stall, wenn es ihr passte, und sie behandelte es ebenso, wie Wespe sie behandelt hatte, als sie neu zu mir gekommen war.

Der Winter brachte wieder viel Schnee. Die Pferde trampelten sich entlang des Zaunes einen Pfad, der mit der Zeit immer höher wurde, bis ihnen schließlich die oberste Zaunstange, die sonst nur bis zu den Augen reichte, vor der Brust stand. Ich hatte Angst, sie würden darüberspringen, aber sie waren so anständig, es nicht zu tun. Ihr Pelz war dicht wie immer, und wenn es sehr kalt war, dann stellten sie die Haare auf. Zum Reiten war der Schnee zu hoch.

Ende März taute es. Bald erschienen auf den Wiesen draußen braune Flecken, die immer größer wurden. Kiebitze hockten in großen Schwärmen auf den Feldern. Wenn ich vors Haus trat, konnte ich sie rufen hören.

In diesem Jahr sollte Colleen zum ersten Mal gedeckt werden. Beautys Züchter hatte mit ein paar Stuten auch einen Hengst von Irland mit herübergebracht. Es war ein schöner, starker Falbhengst mit kräftigem Hals und einem gutmütigen Wesen. Ich brachte Colleen zu ihm. Er war sehr zärtlich zu ihr. Ich ließ sie ein paar Tage dort, und als ich sie wieder zurückholte, war sie gedeckt.

Im Frühsommer verkaufte ich Wespe. Ein Züchter bot mir einen guten Preis für sie und das neue Fohlen. Er wollte nur mit ihr züchten, und da sie eine sehr gute Mutter war, gab ich sie ihm. Ich hatte ja jetzt Colleen und Beauty.

Die große Wiese brauchte einen neuen Zaun und so ein

Zaun ist ziemlich teuer. Während daran gearbeitet wurde, kamen Colleen und Beauty auf eine Gastweide zu ein paar Shetlandponys. Diese Koppel lag am Rande eines großen Moores. Nachts grasten Rehe zwischen den Pferden und ab und zu ließ sich ein Wiedehopf sehen. Colleen und Beauty gewöhnten sich aneinander. Sie hielten sich von den Shetlandponys fern, standen oft da und kraulten sich an den Mähnen oder galoppierten eine Runde. Als es zum ersten Mal heiß wurde und Fliegenschwärme über die Pferde herfielen, graste Beauty so dicht hinter Colleen, dass ihr Gesicht von ihrem Schweif gestreift wurde. Sie verhinderte so, dass sich die Fliegen in ihren Augen absetzten.

Jetzt, nachdem Wespe weg war, wurde Colleen »Stallkönigin« und sie gab diese Stellung auch nicht mehr her.

In diesem Sommer passierte etwas, das immer passieren kann, wenn man sich Pferde hält und sie mit anderen Pferden in Kontakt kommen, und ich begriff spätestens zu diesem Zeitpunkt, dass ein großer Teil der Kosten, den man für eine Pferdehaltung aufbringen muss, aus Tierarztrechnungen besteht.

Zwei Shettys aus dem Bestand, mit dem Colleen und Beauty auf der Weide liefen, brachten von einer großen landwirtschaftlichen Ausstellung die Druse mit heim. (Druse ist eine Erkrankung der oberen Luftwege. Meistens entsteht dabei ein Abszess zwischen Unterkiefer und Kehlkopf, der aufgeschnitten werden muss.)

Bis die Krankheit erkannt wurde, hatten sich schon fast

alle Pferde gegenseitig angesteckt und es nützte auch nichts, dass ich Colleen und Beauty zu mir holte.
Sie trugen es schon in sich.
So war denn für viele Wochen das Fiebermessen meine erste Beschäftigung am Morgen. Es war schrecklich mit anzusehen, wie sehr die Pferde die Köpfe hängen ließen. Ihre Ohren kippten zur Seite, die Augen blickten müde, und wenn ich sie hinausließ, stolperten sie traurig draußen herum. Colleen bekam keinen Abszess, aber Beauty musste zweimal geschnitten werden.
Ich weiß nicht mehr, ob es ein schöner oder ein verregneter Sommer gewesen ist, ob und wie oft der Bach Hochwasser führte, ob die Schwalben ein- oder zweimal brüteten und es ein gutes oder schlechtes Apfeljahr war. Ich litt, als ob ich selbst krank wäre. Meine Welt war in Unordnung.
Immer wieder flammte das Fieber auf, hatte die Hoffnung, nun bald alles überstanden zu haben, getrogen. Beide Pferde begannen zu husten. Ich gab ihnen Hustensaft und Hustenpulver, ließ sie Kräuterdampf einatmen, schützte sie vor Nässe, so gut es ging, und wusste doch, dass nur die Zeit sie wieder gesund machen würde.
Aber es wurde Herbst, bis der Husten nachließ und das Fieber endgültig ausblieb. Es war ein Sommer voller Sorgen gewesen, und als die Blätter an den Bäumen schließlich gelb wurden und die Abende kühl, freute ich mich über jeden Sonnentag, an dem Colleen und Beauty ihre Weide noch genießen konnten. Nach einem nassen, ver-

regneten November brachte der Dezember Kälte und etwas Schnee. Ich begann wieder zu reiten. Beauty wurde daran gewöhnt, als Handpferd mitzulaufen. Zuerst zerrte sie an ihrem Strick oder blieb einfach stehen, doch bald gewöhnte sie sich daran. Sie war jetzt anderthalb Jahre alt und fast so groß wie Colleen. Es machte Spaß, sie leichtfüßig nebenherlaufen zu sehen, immer auf gleicher Kopfhöhe mit dem Sattelpferd. Mit einem Handpferd zu reiten hat einen eigenen Reiz. Ein gut erzogenes Handpferd bedeutet für mich keine Mühe. Der blanke, frei auf- und abschwingende Rücken neben mir, die fliegende Mähne und die aufmerksam gespitzten Ohren erfreuen mich immer.
Es ist Reiten mal zwei: sich bewegen, fühlen und beobachten zugleich.
An kalten Tagen rückten die Berge in weite Ferne. Vom Fluss flatterten Wildenten hoch und Cleo, die kleine Hündin, bellte ihnen fröhlich nach. Sie musste sich manchmal hinsetzen, um den Schnee, der sich zwischen ihren Ballen festgeklemmt hatte, herauszubeißen, und wenn ich mit den Pferden solange stehen blieb und auf sie wartete, drehte Colleen sich immer wieder um, als wollte sie sie auffordern, sich gefälligst zu beeilen.
Das ist der Schluss des dreizehnten Kapitels und ich bin froh darüber, denn ich erinnere mich nur ungern an diese Zeit.

Im 14. Kapitel
regnet es viel und Colleen bekommt ihr erstes Fohlen.

Manchmal regnet es hier wochenlang. Meistens im Frühsommer. In dem Jahr, in dem Colleen ihr erstes Fohlen erwartete, setzte der Regen schon Ende Mai ein. Das Gras auf den Wiesen legte sich um, weil es die Nässe nicht mehr ertrug, Moos wucherte auf dem Hausdach und an den Stellen, an denen die Dachplatten nicht mehr genau aufeinanderlagen oder an denen der Frost eine zerrissen hatte, tropfte es auf den Heuboden. Im Arbeitszimmer erschienen feuchte Flecken an der Decke und ich beeilte mich, Schüsseln und Pfannen unterzustellen, um das Wasser darin aufzufangen, bevor es Schäden anrichten konnte.

Den Pferden fütterte ich Heu zu, damit sie nicht immer draußen im Regen standen. Sie hatten bereits völlig abgehaart und zitterten oft vor Kälte. Der Bach hinter dem Haus schwoll bedrohlich an. Er riss alles mit sich, was nicht fest verwurzelt war: Äste, Baumstämme, Zaunpfosten und manchmal auch leichtsinnige kleine Wildenten. Ein gutes Stück, bevor er unter der Straße durchfloss, strömte er über die Wiesen, ergoss sich im Wald vor dem Haus in den Weiher und kehrte in einem breiten Wasserfall über die Staumauer wieder in sein altes Bett zurück.

Colleens Bauch war unförmig angeschwollen. Wenn sie

gerade nicht mit Fressen beschäftigt war, stand sie mit hängendem Kopf da und horchte in sich hinein. Dann schien es, als rede sie mit ihrem ungeborenen Kind. Manchmal und meistens dann, wenn sie Durst hatte und trank, hüpfte das Fohlen in ihrem Bauch hin und her.
Dem Kalender nach war die Zeit schon vorbei, aber ihr Euter war erst leicht angeschwollen. Obwohl noch keine Anzeichen von Milcheinschuss zu bemerken waren, begann ich, nachts aufzustehen. Es war ihr erstes Fohlen und erste Fohlen kommen oft überraschend.
Es regnete weiter. Das Wasser vor dem Stall schoss in die Gullys. Es schwemmte Laub und Erde hinein und verstopfte sie. Ich hob mit einer Hacke den Rost hoch, fuhr mit der Hand in das Rohr und reinigte es. Immer noch strömte der Bach lehmig braun durch den Weiher. Er stieg und überschwemmte das Ufer, riss Algen und Schilf mit sich. Draußen an der Brücke staute sich das Wasser ebenfalls, füllte eine Wiese auf, lief über die Straße, die Einfahrt, die Weide, durch einen Graben und wieder zurück in den Weiher.
Das Haus stand wie auf einer Insel. Ich musste das Auto wegfahren, denn in der Garage stieg das Wasser einen Meter hoch. Als ich die Pferde einmal einige Zeit eingesperrt hatte, damit ihr Fell abtrocknen konnte, und dann das Gatter wieder öffnete, konnte Colleen es nicht mehr erwarten: Sie sprang mit einem steilen Satz über den Zaun, blieb dann kurz stehen, sah sich verdutzt um und galoppierte weiter, als ob nichts geschehen wäre.

Für einen Augenblick blieb mein Herz stehen.
Zwei Nächte lang schlief ich auf der Bank im Arbeitszimmer. Ich schlief unruhig, wachte immer wieder auf und schaute durch das kleine Fenster. Aber Colleen stand ruhig da und träumte oder kaute Stroh.
Dann, eines Morgens, waren die Wolken fort. Eine heiße Sonne schien auf die überschwemmte Landschaft. Die Berge verschwanden im Dunst. Es wurde schwül. Aus allen Ecken krochen die Fliegen und quälten die Pferde. Am späten Nachmittag stieg eine schwarze Wolkenwand hinter dem Wald im Westen hoch. Die Schwalben huschten tief über das Wasser.
Gegen Abend sperrte ich die Pferde ein, Beauty in den kleinen Verschlag, Colleen in den großen. Ich streute ihnen dick Stroh ein, an dem sie zufrieden herumknabberten.
Als das Gewitter über uns hereinbrach, wurde es plötzlich dunkel. Irgendwo in der Nähe schlug der Blitz ein und im Haus fiel der Strom aus. Cleo verkroch sich zitternd unter die Bank. Sie hasste Gewitter.
In den Bäumen hinter dem Haus tobte der Wind. Einzelne Tropfen fielen in den Weiher, bildeten Kringel, die sich rasch miteinander vereinigten und bald die ganze Oberfläche in Bewegung brachten. Der Sturm trieb den Regen in Böen vor sich her. Er drückte ihn an die Westwand des Hauses und durch die Bodenritze der Tür ins Arbeitszimmer. Ich rannte mit Eimer und Lumpen und wischte und wischte. Unbarmherzig schlug der Regen an

die Fenster, ließ Wiese, Weiher, Bäume und Sträucher verschwimmen, zerrupfte die Geranien in den Kästen und warf die Gartenstühle um.
Die Pferde schnaubten und traten unruhig hin und her. Es war mir unmöglich, durch das kleine Fenster zu erkennen, was sie beunruhigte. Doch als ich hinauslief und nachsah, musste ich feststellen, dass das Wasser schon wieder die Gullys mit Dreck vollgeschwemmt hatte, und da es nicht mehr abfließen konnte, stand es den Pferden im Stall bis über die Fesseln.
Der Regen hatte nachgelassen. Colleen und Beauty stolperten draußen im Schlamm herum, während ich in der trüben, stinkenden Stallbrühe nach den Rosten tastete, sie anhob und die Abflüsse reinigte. Zischend schoss das Wasser in die Rohre, wo es gurgelnd und seufzend verschwand. Der Stall musste sauber gemacht und ausgekehrt werden. Das nasse Stroh wurde auf den Mist gefahren, frisches, trockenes vom Heuboden geworfen und neu eingestreut.
Es war stockfinstere Nacht, als ich mit allem fertig war und die Pferde wieder hineinlockte. Ich griff Colleen ans Euter. Es war immer noch schlaff und ohne Harztropfen, die ein sicheres Anzeichen für die einlaufende Milch sein würden. Doch das Fohlen hatte sich gesenkt. Es wollte bald geboren werden. Ich war ziemlich erschöpft und legte mich hin. Es war eine Stunde vor Mitternacht.
Um ein Uhr wachte ich wieder auf. Colleen stand im Stall und fraß Stroh. Beauty schlief. Sie stand auch nicht auf,

als ich zu ihr in den Verschlag kam, öffnete nur einmal kurz die Lider und ließ sie wieder fallen.
Ich ging wieder ins Bett und stellte den Wecker auf drei.
Irgendetwas stimmte nicht.
Irgendetwas beunruhigte mich und ich konnte nicht erklären, was es war. Die Nacht draußen war klar, der helle Sternenhimmel wie rein gewaschen, die Luft frisch und kühl.
Um drei stand ich wieder auf und ging in den Stall.
Als ich das Licht anmachte, wieherte Colleen dunkel und zärtlich. Es war, als riefe sie jemanden. Da wusste ich, dass sie ihr Fohlen auf die Welt gebracht hatte. Es lag halb zugedeckt im Stroh. Sein dunkles Fell war noch feucht und warm.
Es war ein Stutfohlen.
Über seinem Kopf hing ein Stück von der Eihaut, die es im Mutterleib umschlossen hatte. Es klebte wie ein nasser, weicher Sack über Ohren, Augen und Nüstern und daran war es erstickt. Colleen hatte ein lebendes Fohlen auf die Welt gebracht, das wenige Augenblicke nach seiner Geburt gestorben war.

Das 15. Kapitel
handelt vom Reiten.

Obwohl das Fohlen nie aufgestanden war und nie an ihr getrunken hatte, trauerte Colleen einige Tage. Bald danach ließ ich sie beschlagen. Sie machte kein Theater wie viele andere Pferde, denen der Schmied zum ersten Mal die Eisen anpasst. Sie stand ruhig da und prustete höchstens einmal, als das rot glühende Metall das Horn verbrannte und ihr der beißende Geruch in die Nase stieg.
»Braves Pferd«, lobte sie der Schmied. »Was man da manchmal so erlebt, ist schlimm!«
Ina, ein junges Mädchen, begleitete uns oft auf unseren Ritten. Sie war immer fröhlich und hatte rote, gekräuselte Haare. Ihr Arabohaflinger-Wallach hieß Sadi. Sie arbeitete in der Stadt und hatte nur an den Wochenenden Zeit. Sadi war bei einem Nachbarn untergebracht.
»Was ist, reiten wir?«, fragte sie mich oft. Und dann ritten wir miteinander.
Colleen sollte lernen, den Fluss zu durchqueren.
Zwischen dem Haus und dem Fluss befindet sich nur eine Wiese und ein Streifen Wald. Der Wald besteht aus Fichten, Buchen und einigen Ahornbäumen. Doch dort, wo sich der Fluss tief eingegraben hat, wachsen Kiefern. Vor einigen Jahren, als es in seinem Oberlauf noch keinen Stausee gab, der das Hochwasser zurückhielt, fraß er so lange am Ufer, bis nach und nach ein Baum nach dem

anderen mitsamt der Scholle über den Steilhang nach unten kippte und von der Strömung mitgerissen wurde. Von oben hat man einen weiten Blick über das Tal. Die Wasser des Flusses umarmen flache, unkrautbewachsene Kiesinseln, auf denen Bachstelzen und Flussregenpfeifer herumlaufen. Das jenseitige Ufer wird von Weidengestrüpp bedeckt und auf dem weißen Kies zeigen dunkle, verkohlte Flecken, wo die Wochenendurlauber grillen. Weit hinten im Süden über waldigen Hügeln liegen die Berge, in denen der Fluss seinen Ursprung hat. Um ihn zu durchqueren, mussten wir über den Steilhang ins Flussbett hinunter. Es gab nur einen schmalen, vom Regenwasser ausgewaschenen Einschnitt mit einem kleinen Überhang, der für die Pferde kaum mehr als einen Schritt bedeutete, aber der sie große Überwindung kostete. Es war nur ein kleiner Schritt, aber danach ging es steil abwärts und davor fürchteten sie sich. Colleen trippelte ängstlich hin und her, als ich sie dazu aufforderte. Sie stand mit langem Hals und schnaubte, machte einen Schritt vorwärts, dann einen Satz zurück und wartete. Ich ließ ihr Zeit.

Dann, nachdem sie eine Weile an der Kante gestanden hatte, riskierte sie es, rutschte auf dem Steilhang ab und stand schließlich zitternd und stolz auf dem Kiesgrund.

»Komm nach! Es geht gut!«

Sadi, der sich nicht von der Stute trennen wollte, rutschte hinterher.

An Wasser war Colleen schon von Irland her gewöhnt.

Und wenn sie aus dem Bach hinter dem Stall trank, stand sie meistens mit allen vier Hufen im Nassen und planschte. Glitzernde, fließende Strömung war etwas anderes. Auch wenn die hellen Steine am Grund immer sichtbar blieben, so trieben doch manchmal losgerissene Algen daher. Dunkel, wie unheimliche Tiere, umschlangen sie die Beine und erschreckten die Pferde.
»Schau nicht aufs Wasser!« Mir wurde schwindlig, weil ich zu lange auf die ständig sich bewegende Oberfläche gesehen hatte. Alles drehte sich und stand erst nach einem Blick auf die Weiden am anderen Ufer wieder still.
Es war nicht leicht, die flachsten Stellen zu finden. In der Mitte des Flusses mussten wir ein Stück aufwärts gegen die Strömung bis an eine Kiesinsel und danach wieder abwärts. Zeitweilig ging den Pferden das Wasser bis zur Brust. Ein paar Meter vom Ufer entfernt begannen sie, in sprühender Gischt zu traben, und sprangen dann mit einem großen Satz über die Böschung an Land.
»Gut«, sagte Ina zufrieden, lachte und klopfte den Hals ihres Pferdes.
Wir zwängten uns durch Auwald, kamen auf einen schönen Waldweg, der zu schnellerer Gangart einlud, und später in hügeliges Wiesengelände. Die Bauern sahen uns erstaunt nach, weil sie in ihrem Gebiet keine Reiter kannten. Obwohl es nur wenige Hundert Meter Luftlinie waren, wussten sie doch nicht, wer auf der anderen Seite des Flusses lebte. Wir grüßten sie freundlich. Sie grüßten verlegen zurück.

Wir erreichten ein Gehöft, ritten weiter, vorbei an Weiden mit grasendem, glockenbehängtem Vieh bis an ein Dorf. Dort drehten wir um und kehrten heim, wieder zurück über den Fluss.

Diese Flussdurchquerungen waren immer kleine Abenteuer. Nie steht das Wasser gleich hoch. Oft ist es wochenlang unmöglich, die andere Seite zu erreichen. Ständig ändern sich Hauptstrom und Nebenarme. Das Kiesgeschiebe lässt neue Inseln entstehen, alte werden weggeschwemmt.

An heißen Sommersonntagen verabredeten wir uns früh am Morgen. Das hieß aufstehen, bevor die Sonne hinter den Hügeln aufging, im Dämmern die Pferde von der Weide holen, Colleen putzen und satteln und Beauty mit etwas Hafer auf die bevorstehende Trennung vorbereiten.

Bis wir uns trafen, stand die Sonne schon knapp über dem Wald. In den Spinnweben glitzerten die Tautropfen und an den Waldrändern ästen noch Rehe.

Die Pferde keuchten einen Hohlweg hoch. Manchmal stiegen wir ab und liefen nebenher oder hängten uns an ihre Schweife und ließen uns ziehen.

Wenn wir oben angekommen waren, fragte ich: »Wohin?«, und Ina sagte: »Erst mal nach links!« Wir ritten meistens zuerst nach links.

Dort verführte ein flacher Wiesenweg zum Galoppieren und weiter hinten brachte er uns auf eine Anhöhe, von der man weit über das Land sehen konnte.

Wir ritten nebeneinanderher, die losen Zügel in der Hand, unterhielten uns und lachten viel.
Es war noch kühl so früh am Morgen. Die Fliegen ließen uns noch in Ruhe. Colleen lernte, über Baumstämme zu springen. Sie bekam Freude daran, einen oder zwei quer liegende Stämme mit einem weiten, verlängerten Galoppsprung zu überwinden.
»She will be a good jumper«, hatte John McDonnell versprochen. Ich weiß nicht, ob sie es war, aber mehr brauchte sie nicht zu können. Nur Gräben konnte sie nicht ausstehen. Und deshalb vermied ich es, Strecken mit ihr zu reiten, auf denen Gräben unseren Weg kreuzten.
Manchmal begegneten uns frühe Spaziergänger, Himbeerpflücker und später im Sommer auch Pilzsucher.
Es fielen Bemerkungen wie »Na, nehmt eure Pferde mal besser an den Zügel!« oder »Mensch, sind die groß und reiten so kleine Pferde!«. Ganz schlimm wurde es, wenn wir anderen Reitern begegneten. Sie blickten dann ein wenig mitleidig auf uns herab und lächelten milde.
Mit der Zeit gewöhnte ich mir ab, dass es mich traf. Mit kleinen Pferden kann man nicht angeben, aber immerhin kamen die Tartaren mit ihnen aus China bis hierher und eroberten halb Europa.
Einmal blieb Colleen in einer herumliegenden Drahtschlaufe hängen. Sie drehte durch, stieg, schlug aus und ihre Ohren standen steil nach hinten vor Angst. Es war Ina unmöglich, an sie heranzukommen und den Draht zu

entfernen. Nach ein paar Sekunden konnte sie sich selbst befreien. Wir atmeten beide auf vor Erleichterung.
An kühlen Tagen, wenn ein nieselnder Regen uns ins Gesicht tropfte und die Wipfel der Fichten im Nebel verschwanden, liefen die Pferde wie elektrisiert. Sie vibrierten vor Erregung, wollten schneller gehen, spitzten die Ohren und waren nicht müde zu kriegen.
»Geh halt langsam!«, sagte ich dann zu Colleen und erinnerte mich an Wespe, die nur so schwer vorwärtszubringen war. Colleen war ganz anders. Ob sie mit weit ausgreifenden Schritten dahintrabte oder sich im schnellen Galopp streckte: Sie wollte vorwärtsgehen und brauchte kaum angetrieben zu werden, obwohl sie eigentlich immer zu fett war.
»Sieht sie nicht aus, als ob sie Zwillinge erwartet?«, spottete Ina oft. Aber ich gab es ihr zurück.
Auch ihr Sadi litt nicht gerade an Magersucht.
Im Winter verkürzten wir unsere Ritte, zogen Pelzstiefel an und dicke Schals über den Kopf.
Eines Tages glitt Colleen in einem Hohlweg aus und stürzte an einer steilen Stelle. Ich hatte sie lose am Zügel geführt. Ina ging vor mir. Colleen versuchte aufzustehen und fand keinen Halt auf der eisigen Platte.
»He, aufstehen!«, schrie ich erschrocken.
»Treib sie hoch!«, rief Ina.
Colleen versuchte es zwei Mal. Dann ergab sie sich in ihr Schicksal, streckte alle viere von sich und verdrehte die Augen. Es war, wie wenn sie sagen wollte: Es hat ja doch

keinen Zweck. Gleich sterbe ich. Vielleicht bin ich schon tot. Die dunklen Pupillen rutschten nach oben. Langsam glitt der schwere Pferdekörper auf einen eisigen Graben zu, aus dem es ohne fremde Hilfe unmöglich sein würde, ihn wieder herauszuholen.

»Hilf mir!«

Ina ließ ihr Pferd los. In Windeseile riss sie einen Stecken ab und reichte ihn mir.

»Steh sofort auf!«, brüllte ich und schlug zu. Es blieb mir nichts anderes übrig.

Da riss sich Colleen noch einmal zusammen. Sie schob die Vorderbeine unter den Leib, setzte sich hoch und sprang auf. Mit zwei mächtigen Sätzen überquerte sie das Eis. Seitdem habe ich den Hohlweg nie wieder im Winter benützt.

Ein anderes Mal glitt sie auf einer unter dem frischen Schnee verborgenen eisigen Pfütze aus. Mitten im Galopp riss es ihr die Beine weg und sie fiel auf die Seite. Der Schwung des Sturzes schleuderte mich ein paar Meter weit in den weichen Schnee.

»Ist was passiert?«, rief Ina ängstlich.

Ich lachte. Aber sie war grün im Gesicht.

Im 16. Kapitel
wird Colleen auf einer Ausstellung gezeigt.

Im darauffolgenden Jahr wurde ich größenwahnsinnig. Im Frühjahr brachte ich Colleen zu einem Araberhengst und im Spätsommer auf eine große Ausstellung. Den Araberhengst hatte ich mir eingebildet, weil in ihren Adern sowieso schon Araberblut floss, weil Wüstenpferde für mich den Inbegriff von Schönheit bedeuten und weil gerade dieser Hengst groß und stark daherkam. Er stammte von polnischen Arabern ab und die polnischen Fürsten hatten schon immer harte und gute Pferde gezüchtet. Dass er über die Maßen ängstlich war, erfuhr ich erst viel später.

Ich holte mir also eine Sondergenehmigung vom Zuchtverband – es war normalerweise nicht erlaubt, verschiedene Rassen untereinander zu kreuzen – und ließ Colleen von »Hadif« decken. Im selben Frühling wurde Beauty drei Jahre alt. Sie war ein gutes Stück größer als Colleen. Sobald der Reitplatz schneefrei war, begann ich, mit ihr zu arbeiten. Mit drei Jahren lernt ein Pferd am leichtesten. Es sollte noch nicht belastet werden, weil Knochen und Sehnen für eine Belastung noch zu weich sind. Aber es ist gut, wenn man sie in diesem Alter an Sattel und Reitergewicht gewöhnt. Beauty entdeckte schnell ihre Kraft. Es gab Kämpfe, bevor sie ruhig und am langen Zügel auf kleinen Ausritten mitging.

Colleen war jetzt so weit, dass sie von jedem Kind geritten werden konnte. Sie ging immer noch mit ihrer Gummitrense und immer noch verzog sie unwillig das Gesicht, wenn ich sie ihr ins Maul schob. Ich war blind für ihre Fehler geworden und deshalb meldete ich sie und Beauty für die alljährlich stattfindende Landesponyschau an.

Ina wollte uns begleiten.

Ende August sollte diese Ausstellung stattfinden.

Es wurde heiß.

Wir wuschen die Pferde von Kopf bis Fuß mit feinem Haarshampoo. Sie strahlten wie eine Waschmittelreklame. Aber Spaß hatten sie keinen daran.

Am Tag vor der Ausstellung verluden wir sie zusammen mit einer Horde Shetlandponys, die ebenfalls dort ausgestellt werden sollten, mit Wägen, Sätteln, Hafersäcken und Futterkisten. Es kam mir vor wie ein reisender Zirkus.

Ina und ich hockten neben dem Fahrer. Es war ein großer Transportwagen. Die Pferde standen ruhig.

Die Wiesen rechts und links der Straße nahmen bald ab. Wir fuhren ins Tiefland, wo Getreide angebaut wurde. Auf den abgeernteten Feldern hockten Bussarde. Staub lag auf den Bäumen entlang der Straße. Einmal fuhren wir ein Stück an einem See entlang, dann wieder durch endlose Landschaft und graue Dörfer. Fünf Stunden später kamen wir an.

Colleen hatte kein trockenes Haar mehr am Leib. Die Hitze, die Aufregung, der Wagen voller fremder Pferde, das alles war zu viel für sie gewesen. Ich führte sie etwas, bevor ich sie neben Beauty in ihrem Stand festmachte.

Neben dem Schauplatz war ein Volksfest im Gang. Autoskooter, Toboggans, Karussells, viele Buden und ein Riesenrad brachten die Menschen in Stimmung. Der Platz, auf dem die Ausstellung stattfinden sollte, bestand aus einem mit einem Holzzaun eingefassten Rechteck, das auf einer Seite von den Stallzelten, auf einer anderen von dem Volksfest und auf der dritten von einer landwirtschaftlichen Maschinenschau begrenzt war. Auf der vierten und letzten Seite trennte ihn ein Graben mit einer Böschung von der Straße.

Ich ersah aus dem Katalog, dass außer Colleen und Beauty nur noch ein Connemara-Pony in der Konkurrenz war. Ein Blick auf diese Stute bestärkte mich in der Überzeugung, dass niemand Colleen den ersten Preis nehmen könnte.

Der nächste Tag versprach, noch heißer zu werden als die vorhergehenden. Wir standen früh auf, putzten die Pferde und machten die Stände sauber. Ich legte Colleen einen Sattel auf, nahm Beauty an die Hand und ließ beide in ruhigem Trab ein paar Runden auf dem Platz gehen. Sie sollten sich etwas bewegt haben, bevor die Prämierung begann. Einige andere Besitzer hatten die gleiche Idee. Ein kleiner Junge longierte einen Welshponyhengst. Eine dicke Frau führte ein paar Shetlandponys spazieren.

Ich blieb so lange, bis ich vertrieben wurde. Der Platz wurde mit gelben Plastikbändern in einzelne Ringe unterteilt.

Um neun Uhr begannen die Richter mit ihrer Arbeit. In einem Ring wurden die Shetlandponys gerichtet, in einem anderen die Isländer, und weil das nicht so viele waren, kamen nach ihnen im gelben Ring die New Forest Ponys. Die Connemaras folgten den Welshponys.

Zwei Richter beurteilten zuerst jedes Pferd einzeln. Sie schrieben sich Bemerkungen auf einen Zettel, während es ruhig vor ihnen stehen musste, auf und ab ging oder trabte. Vorgeführt wurden die Pferde von ihren aufgeregten, oft schwitzenden Besitzern oder deren Kindern, die unentwegt von außen Verhaltensmaßregeln zugerufen bekamen. Wenn die Ponys nicht laufen wollten, trieb sie ein Mann mit einer langen Peitsche an.

Jede Rasse wurde in einzelne Klassen unterteilt. Diese Klassen richteten sich nach dem Alter der Pferde. Nachdem jedes für sich allein beurteilt worden war, ließ man sie anschließend zusammen im Kreis herumgehen. Dabei stritten sich die Richter um die Reihenfolge der endgültigen Platzierung.

»Dieses«, sagte der eine und deutete auf eines in der Mitte.

»Ich finde jenes besser«, widersprach ihm der andere und meinte damit das, welches sowieso schon vorne ging.

In jeder Klasse konnte es mehrere erste und zweite Preise geben. Die ersten Preise konnten von eins a bis f gehen

und die zweiten Preise bekamen die schlechteren Pferde, die mangelhaften, unkorrekten, nicht rassetypischen. Dritte Preise gab es nicht.
Waren alle Klassen einer Rasse gerichtet, mussten die Eins-a-Preisträger noch einmal gegeneinander antreten. Unter ihnen wurde der Sieger ermittelt.
Während der Prämierung hallte das Gedudel des Volksfestes über den Schauplatz, ängstliche Schreie von der Achterbahn und das Aneinanderkrachen der kleinen Autos im Autoskooter.
Ein Mann schrieb die Nummern der Sieger an eine Tafel, von der sie die Zuschauer ablasen und in ihre Kataloge eintrugen. Es war beinahe Mittag, als die Connemara-Ponys drankamen. Der Himmel war fast weiß vor Staub und Hitze. Ein Gewitter lag in der Luft. Beauty war die jüngste von den dreien. Sie trug die Nummer dreiundachtzig und kam zuerst dran. Ina versuchte verzweifelt, sie fachgerecht hinzustellen. Immer wieder schlug Beauty nach einer Fliege oder drehte sich nach Colleen um, die außerhalb des Zaunes auf ihren Auftritt wartete. Sie sah das alles nicht ein, was man ihr ja nicht verdenken konnte. Inas Anstrengungen erreichten ihren Höhepunkt, als sie Beauty vortraben lassen musste. Am Endpunkt blieb sie prustend mit puterrotem Kopf und völlig erschöpft stehen, bis einer der Richter sie hinauswinkte.
»Nummer vierundachtzig!«, rief ein Mann.
Das war Colleen. Ich stellte sie so vor den Richtern auf, dass sie Beauty sehen konnte, und redete mit ihr.

»Braves Pferd – bleib schön stehen – nur noch einen Augenblick, dann sind sie fertig. Du bist die Allerschönste – da führt kein Weg dran vorbei . . .«, leierte ich in beruhigendem Singsang vor mich hin und wusste zugleich, dass ich mindestens so aufgeregt wie mein Pferd war.
Colleen stand musterhaft. Sie blickte mit gespitzten Ohren zu Beauty hinüber und rührte sich nicht. Ihre moordunklen Augen blitzten vergnügt. Im Schritt ging sie ruhig und entspannt und im Trab mit weit ausgreifenden Schritten. Ich rannte keuchend neben ihr her und versuchte verzweifelt, mitzukommen und sie nicht zu behindern. Meine Lungen begannen zu stechen und ich war froh, als wir die Trabstrecke hinter uns gebracht hatten.
»Gut, Sie können gehen, aber warten Sie draußen!«, sagte einer der Richter zu mir. Stolz führte ich Colleen wieder hinaus.
Die dritte Stute war nicht schlecht. Sie stand auf vier geraden, stämmigen Beinen, hatte einen straffen Rücken und die für viele Connemara-Ponys typische Spaltkruppe. Aber es fehlte ihr der Adel und das Feuer der spanischen Vorfahren, und das war für mich ein entscheidender Fehler. Nachdem die Richter mit ihr fertig waren, wurden die Nummern dreiundachtzig und vierundachtzig wieder in den Ring gerufen. Zuerst gingen sie in der Reihenfolge, in der sie gerichtet worden waren. Dann wurde die fremde Stute einen Platz nach vorne gezogen. Sie lief in der Mitte und Colleen und ich machten den Schluss.

Und so blieb es dann auch.
Beauty bekam den Eins-a- und Siegerpreis, die zweite Stute den Eins-b-Preis und Colleen einen zweiten.
»Aber, aber«, sagte einer der Richter später kopfschüttelnd zu mir. »Das hätten Sie sich ersparen können, uns so eine Stute vorzustellen.« Und ich tröstete mich mit dem Gedanken, dass der Richter nur ein Fell über einem Gerüst aus Knochen und Muskeln beurteilte. Die »inneren« Werte erkannte er nicht, und die waren schließlich mindestens ebenso wichtig.
Jedenfalls für mich.
Am Nachmittag fand dann noch ein kleines Turnier statt. Kinder zeigten mit Welshponys, wie hoch sie springen konnten. New Forester wurden Dressur geritten und Shetlandponys zogen Sulkys und Kutschen.
Auf einmal wirbelte der Wind den Sand hoch und erste Tropfen platschten auf die Zuschauer. Wir hatten uns gerade Eis gekauft.
»Schnell ins Zelt!«, rief ein Mann. Wir flüchteten mit unseren Eistüten in das Stallzelt, und während der Regen sintflutartig auf die Plane trommelte, während Blitz und Donner pausenlos aufeinanderfolgten, hockten wir auf den herumliegenden Strohballen und feierten. Die einen den Sieg, die anderen den Nicht-Sieg.
Den Pferden war es sowieso egal. Hauptsache, sie hatten genügend zu fressen und zu saufen.

Im 17. Kapitel bekommt Colleen ihr zweites Fohlen.

Ich hatte Angst vor der Geburt von Colleens zweitem Fohlen. Wespe hatte ihre Fohlen immer allein auf die Welt gebracht. Ein paar Stunden vorher hatten an ihren Zitzen Harztropfen gehangen und am nächsten Morgen sprang das Fohlen im Stall herum. So einfach war das gewesen. Aber der Tod von Colleens erstem Fohlen war immer noch ein böser Albtraum und deshalb war ich dankbar, als sich Peter, einer meiner Freunde, anbot, mit mir Wache zu halten.

Dieses Mal zeigte Colleen deutlich, dass die Geburt bevorstand.

Wir kochten uns einen großen Topf Tee und machten es uns im Arbeitszimmer bequem, wo uns das kleine Fenster über dem Stehpult einen guten Überblick über den Stall ermöglichte.

Es dauerte und dauerte. Die Stute stand ruhig in ihrer Box und knabberte Heu. Gegen Mitternacht beschlossen wir, uns mit dem Wachen abzuwechseln. Peter wollte anfangen. Ich legte mich hin. Kaum eine halbe Stunde später weckte er mich.

Es war so weit.

Colleen lag auf der Seite. Immer wieder pressten Wehen den mächtigen Leib zusammen. Sie ächzte. Das Fohlen wollte hinaus. Ich wusch mir die Hände und kontrollierte, ob alles in Ordnung war. Ich hatte schon öfter dabeigestanden, wenn ein Tierarzt gebärende Stuten untersuchte, und kannte die Zeichnungen aus Fachbüchern, in denen deutlich dargestellt war, wie ein Fohlen während der Geburt liegen musste.

»Ist alles in Ordnung?«, fragte Peter.

Es war nicht alles in Ordnung. Eigentlich sollten zuerst zwei weiche, kleine Vorderhufe erscheinen, später dann die Nase. Ich spürte nur ein Vorderbein. Das andere war zurückgeschlagen.

Während ich den Tierarzt verständigte, versuchte Peter, das Fohlen gegen die Wehen zurückzuschieben. Wenn die Geburt zu weit fortgeschritten wäre, würde auch ein Tierarzt nicht mehr viel ausrichten können. Dann war die Wahrscheinlichkeit, dass es stecken blieb und erstickte, sehr groß.

Der Tierarzt kam schnell, aber mir erschien es wie eine Ewigkeit. Er zog das zurückgeschlagene Vorderbein nach vorne und zwei Minuten später hatte Colleen ein dunkles Hengstfohlen geboren. Eine Brille grauer Haare um seine Augen kündigte an, dass es ein Schimmel werden würde, gerade so wie sie selbst und wie »Hadif«, der Vater.

Colleen biss ihm behutsam das weiche, überständige Horn von den Hufen und ermunterte es aufzustehen. Eine halbe Stunde später schwankte es auf wackligen Beinen im Stroh umher und suchte nach dem Euter.

Während es seine kleine Zunge herausstreckte und saug-

te, suchte es unter dem Hals der Mutter herum, dann zwischen ihren Vorderbeinen.
»Es ist ein bisschen blöd«, sagte Peter spitz. »Sollen wir ihm die richtige Stelle zeigen?«
Wir schoben es nach hinten, aber das Fohlen verstand nicht, dass wir ihm helfen wollten.
»Lassen wir es in Ruhe«, entschied ich schließlich. »Es braucht Zeit.« In dieser Nacht ließen wir im Stall Licht brennen.
Am nächsten Morgen trank das Fohlen.
Gleich am ersten Tag ließ ich es für kurze Zeit auf die Wiese vor dem Haus. Unbeholfen stakste es hinter seiner Mutter her, versuchte ein paar Trabschritte und stolperte über seine eigenen Beine.
Zunehmend lernte es, gewann Sicherheit und machte erste wichtige Erfahrungen. Dass eine Zaunstange ein harter Gegenstand ist, zum Beispiel, dass ein Grashalm in der Nase kitzelt und man dann niesen muss und dass es besser ist, einem Hund aus dem Weg zu gehen, als ihn anzuschnuppern, weil er nämlich sonst seine Zähne zeigt und knurrt.
Am zweiten Tag begann es zu galoppieren, rannte quieksend in immer größer werdenden Kreisen um die Mutter herum, die sich anfänglich sehr darüber aufregte. Doch bald ertrug sie seine Eskapaden mit großer Gelassenheit.
Das Gras stand jung und saftig auf der Wiese und sie brauchte es, um es in Milch zu verwandeln, ohne die das Fohlen nicht wachsen und gedeihen konnte.

Es kostete mich viel Zeit, am Zaun zu stehen und den Pferden zuzuschauen, wie sie tief in gelben Löwenzahnblüten wateten, wie Beauty immer wieder versuchte, Colleen das Fohlen zu stehlen, was diese ärgerlich werden ließ, während der kleine Hengst zwischen beiden hin und her lief und sie neckte.

Es war die große Zeit für Bachstelzen. Bachstelzen lieben Pferde mindestens so sehr wie viele Menschen, aber aus anderen Gründen. Sie brauchen nämlich bloß um sie herumzulaufen und den Schnabel aufzusperren und schon fliegt ihnen eine fette Bremse hinein. Ein so reich gedeckter Tisch ist günstig für die Aufzucht von Jungen und deshalb wimmelte es auf vielen Pferdeweiden von Bachstelzen. Natürlich lieben sie auch den Weiher, aber Pferdebremsen gehen ihnen über alles. Sie brüten überall, unter dem Dachfirst, zu Füßen der kleinen Muttergottes im Giebel, in den Blumenkästen und über den Stalltüren. Wenn die Kleinen schlüpfen, dann kreischt und piepst es überall, sodass ich oft versucht bin, ganz laut »Ruhe!« zu brüllen, was ihnen aber sicher nichts ausmacht. Und weil ich das weiß, lasse ich es gleich.

Merkwürdigerweise erhielt ich in dieser Zeit viel mehr Besuch als sonst.

»Wir wollten mal wieder nachsehen, wie's dir geht«, sagten die Leute scheinheilig, nur um gleich am Zaun stehen zu bleiben und mit Ausrufen wie »Gott, wie niedlich!« oder »Ist es nicht süß!« das Fohlen zu bewundern.

Am neunten Tag brachte ich Colleen mit dem Fohlen

wieder zu einem Hengst. Es war ein Connemara-Ponyhengst, der frisch aus Irland importiert worden war und gerade erst ein paar Tage bei seinem Besitzer stand. Es war ein hübsches graues Pferd, mit einem Gesicht wild wie ein irischer Rebell und einer Mähne, der man den Seewind noch ansah.

In den letzten Jahren waren viele Connemara-Ponys nach Deutschland gebracht worden. Es hatte sich allmählich herumgesprochen, dass Ponys dieser Größe bequem von Erwachsenen geritten werden können. Drei Tage nachdem ich Colleen zum Hengst gebracht hatte, rief mich der Besitzer an.

»Frau Heuck«, sagte er. Seine Stimme klang gequält. »Ihre Stute ist gedeckt, aber leider habe ich eine schlechte Nachricht für Sie.«

Du liebe Zeit, dachte ich erschrocken. Dem Fohlen ist was passiert. Aber es hatte einen anderen Grund.

»Der Hengst ist erkrankt. Er muss sich auf dem Transport angesteckt haben.«

»Und was sagt der Tierarzt dazu?«, fragte ich.

»Er hält es für eine Infektion.«

»Druse?«

»Vielleicht. Vielleicht auch etwas anderes. Es wäre mir recht, wenn Sie Ihre Stute baldmöglichst holten.«

Und wie schnell ich sie holte. Leider war es zu spät. Colleen und das Fohlen hatten sich schon angesteckt.

Jedem Erfinder von Pferdegeschichten, der seinen Helden mehr als einmal schwer krank werden lässt, wird sicher Einfallslosigkeit vorgeworfen. Aber die Wirklichkeit sieht eben anders aus. Colleen war öfter als einmal schwer krank, doch fast immer wurden diese Krankheiten von außen an sie herangetragen. Der ersten Hufederhautentzündung folgten weitere nach, weil der Huf empfindlicher geworden war. Fast immer waren sie Folgen von verlorenen Eisen. Durch zwei Lungenentzündungen infolge des Klimawechsels von Irland nach Deutschland und zwei Infektionen durch Ansteckung entwickelte sie eine Heuallergie. Das bedeutete, dass sie je nach der Qualität des Heus im Januar zu husten begann und bis Mai oder Juni, solange ich Heu füttern musste, hustete. Danach war alles in Ordnung.

Dieses Mal war es keine Druse, aber die Pferde bekamen hohes Fieber, Husten und Nasenausfluss. Besonders schlecht war das Fohlen dran. Es nahm ab und schlich traurig auf der Weide herum. Seine Augen wurden trübe und es ließ den Kopf hängen. Wieder kam der Tierarzt alle paar Tage und gab den Pferden Spritzen. Wieder rannte ich als Erstes jeden Morgen mit dem Fieberthermometer in den Stall und maß Fieber. Aber es dauerte beinahe sechs Wochen, bis sie die Krankheit überwunden hatten, und das Fohlen brauchte noch einmal sechs Wochen, bis es wieder so aussah wie ein gesundes, vierteljähriges Saugfohlen. An Reiten war nicht zu denken in dieser Zeit.

Manchmal fragte ich mich, warum in aller Welt ich mir das antat. Ich könnte doch so schön in der Sonne liegen und faulenzen, abends ausgehen, wann ich wollte, und wäre auch sonst ungebunden, wenn ich keine Pferde besäße. Hätte ich aber Lust zu reiten, dann wäre es doch viel einfacher, sich eine Abonnementkarte zu kaufen und in eine Reitschule zu gehen.

Warum, um Gottes willen, hielt ich mir Pferde hinter dem Haus?

Doch ich fand bis heute keine Antwort darauf.

Das 18. Kapitel
beginnt mit dem Bericht über eine neuartige Zäumung und endet traurig.

An meinem Geburtstag überreichte mir meine Freundin Claudia ein merkwürdig geformtes, mit zerknittertem Packpapier und viel Liebe eingewickeltes Päckchen.
»Was ist denn das?«, fragte ich neugierig.
Sie lächelte geheimnisvoll.
Es war eine Hackamore.
Was eine Hackamore ist, lernte ich auch erst zu diesem Zeitpunkt kennen. Es ist eine aus Amerika kommende neuartige Pferdezäumung, bei der das Mundstück durch einen Wulst über der Nase ersetzt wird.
Die meisten Pferde reagieren sehr sensibel auf den Druck, und das ist vor allem gut bei denen, die stumpf im Maul geworden sind oder sich gern auf den Zügel legen.
Später lernte ich noch, dass es viele verschiedene Formen von Hackamores gibt: kalifornische, die »Bosal« heißen und bei denen anstelle des Zügels ein Strick aus Rosshaar verwendet wird, dann die Unterart »Vosal«, die mit einem lederbezogenen kurzen Eisenbügel über der Nase auskommt, die aus Rohleder kunstvoll geflochtene peruanische Hackamore und andere mehr.
Claudias Geschenk war eine mechanische Hackamore. Der Druck auf die Nase wurde über zwei Hebel gesteuert, und weil der Übersetzungsmechanismus ihn vervielfach-

te, durfte man nur mit durchhängendem Zügel und höchstens gelegentlichem Anzupfen reiten.
Bis dahin wurde Colleen immer noch mit der Gummitrense geritten, und jedes Mal wenn man sie ihr anzog, zeigte sie deutlich, dass sie das Mundstück hasste. Wenn sie hätte reden können, hätte sie sicher laut geschimpft. Doch mir war die Hackamore unheimlich und deshalb ließ ich Claudia ihr Geschenk zuerst einmal selbst ausprobieren.
Sie ging die Sache forsch an.
»Komm, Colleen«, sagte sie und streifte ihr behutsam das Kopfstück über die Ohren. »Das haben wir gleich.«
Colleen war sich da nicht so sicher. Sie verdrehte die Augen und schielte auf den Wulst über ihrer Nase. Und als Claudia die Kinnkette zu fest anzog, klappte sie empört mit der Unterlippe.
Doch dann, nachdem sie aufgefordert wurde zu gehen, ohne dass sie das Trensengewicht auf ihrer Zunge spürte, durchschaute sie das Spiel und machte sofort mit. Sie reagierte auf hauchfeines Zupfen. Zupfte Claudia zu heftig, zeigte sie durch Kopfschlagen ihren Unwillen darüber.
In Zukunft war das sowohl für die Reiter als auch für die Spaziergänger, die uns auf unseren Ausflügen begegneten, ein weiterer Schock. Ina und ich hatten uns längst abgewöhnt, Reithosen und hohe Stiefel zu tragen. Wir bevorzugten bequeme Jeans über Westernstiefeln und jetzt kam Colleen auch noch ohne Gebiss daher, was damals völlig ungewöhnlich war.

»Schau mal, die . . .!«, riefen die Leute sich zu und zeigten auf uns. Was sie weiter sagten, konnte ich dann meistens nicht mehr hören. Da waren wir schon vorbei.
Oft ritt ich auch mit Peter, dem südlichen Nachbarn, aus. Sein Haus stand nicht ganz einen Kilometer südlich von meinem am Waldrand, auf der anderen Seite der Straße. Er hielt sich zwei Traber und ritt so, wie sich jeder normale Mensch einen Reiter vorstellt, immer korrekt in Reithose und Stiefeln. Und wenn wir uns unterhielten, dann sah ich immer von tief unten zu ihm hinauf und er von weit oben auf mich hinunter. Und dann musste ich oft erstaunt feststellen, dass wir auf viele Menschen erheiternd wirkten.

Claudia war nicht die Einzige, die mir ab und zu half, wenn ich etwas nicht allein fertigbrachte.
Es gibt sicher viele Menschen, die in der Lage sind, alles selber zu machen, Wasserhähne und Lichtleitungen zu reparieren, die Hauswände zu weißeln, Brennholz zu sägen und vieles mehr. Ich gehöre nicht zu ihnen.
In dieser Beziehung war mir Ina weit überlegen.
»Das ist doch ganz einfach«, erklärte sie mir, als der Wasserhahn in Sadis Stall nicht aufhören wollte zu tropfen. »Das mach ich selber.«
Und dann kaufte sie eine neue Dichtung, besorgte sich die passende Zange und probierte so lange an dem Hahn herum, bis er wieder in Ordnung war. Und wenn zwischendurch einmal alles zusammenbrach, zum Beispiel

das Wasser unhaltbar aus der Leitung schoss, weil sie vergessen hatte, den Haupthahn abzudrehen, brachte sie das nicht aus der Ruhe. »Das kriegen wir schon hin«, sagte sie dann und reparierte mit großer Gelassenheit weiter.

In solchen Fällen bekomme ich einen Zornanfall, und deshalb ist es besser, ich rufe gleich einen Installateur.

Im Übrigen tröstete ich mich damit, dass es wahrscheinlich günstiger für mich ist, einen Fachmann zu holen und in der Zeit, die ich selbst für eine Reparatur brauchte, meinem Beruf nachzugehen, als alles allein zu bewältigen. Nur die abgefressenen Wiesen mähe ich selbst nach. Dazu benütze ich einen Kleintraktor. Es macht großen Spaß, mit ihm über die Wiese zu sausen, und wenn ein Bauer mit seinem großen Traktor am Zaun entlangfährt und auf mich herabgrinst, dann komme ich mir beinahe so vor wie damals, als ich mit Colleen ausritt und der südliche Nachbar mich auf einem seiner Traber begleitete.

Einige Arbeiten ums Haus herum oder im Stall werden von den Tieren bestimmt, die dort leben. So kann man die Wintermatratze erst aus dem Stall holen, wenn die Schwalbenbrut ausgeflogen ist, und die Spinnenweben hinter den Fensterläden kehre ich, wenn überhaupt, erst im Spätherbst weg, weil sich sonst die kleinen Fledermäuse, die während der heißen Sommertage dahinter schlafen, gestört fühlen könnten.

Im Herbst verkaufte ich Colleens Fohlen. Es gab einen

traurigen Abschied von seiner Mutter und von Beauty. Obwohl ich wusste, dass es in gute Hände kam, fiel es auch mir sehr schwer. Vielleicht beschloss ich damals schon, mit dem Züchten aufzuhören, sobald ich das Geld, das ein Fohlen brachte, nicht mehr brauchen würde. Nur eines wünschte ich mir, und das war ein Stutfohlen von Colleen. Irgendwann würde sie eines zur Welt bringen und das wollte ich behalten und aufziehen.
Sie war wieder trächtig, das konnte man sehen. Ich ritt sie vorsichtiger, nicht mehr so weit, nicht mehr so schnell. Wespe hatte ich bis zwei Monate vor dem Abfohltermin geritten. Es gibt Züchter, die ihre Pferde bis zum letzten Tag reiten und die es wichtig finden, wenn sich die Stuten bewegen.
Wieder einmal, wie so oft, war bei Colleen alles anders. Das Fohlen sollte Ende Mai kommen. Es gab nicht viel Schnee in diesem Jahr. Kaum eine Handspanne hoch lag er auf den Wiesen. Der Februar war sonnig und kalt. Die Pferde freuten sich über das frostige Wetter. Es prickelte in den Nasen und lud zum Laufen ein. Als sie es anbot, erlaubte ich Colleen einen Galopp über ein weites Schneefeld. Sie streckte sich, sauste mit lockeren Zügeln dahin und wurde erst langsamer, als ihr die Luft ausging. Drei Tage später hörte ich sie dunkel und zärtlich wiehern, so, als riefe sie ein Fohlen.
Bevor ich sie sah, wusste ich, was passiert war: Der Galopp war zu viel für sie gewesen. Sie hatte verfohlt. Das Fohlen war drei Monate zu früh gekommen. Es war nicht

lebensfähig. Colleen hatte es gerufen, aber es hatte die Mutter nicht mehr hören können.
Es war schon tot, als es auf die Welt kam.

Das 19. Kapitel
handelt von einem lustigen Ritt.

Eines Tages kam mit der Post eine Einladung.
»Schatzjagd« stand auf einer Karte und darunter hatte jemand einen Reiter gezeichnet. Sein Pferd hatte ziemlich krumme Beine und er selbst sah so aus, als habe ihn jemand durch eine Haferquetsche getrieben. »Wir laden Sie und Ihre Freunde zu einem vergnüglichen Ritt ein«, las ich. »Der Schatz besteht aus Punkten, die Sie gewinnen können, wenn Sie unterwegs bestimmte Fragen beantworten, Rätsel lösen und Aufgaben erfüllen. Bei einem Jagdgericht am Abend wird das Ergebnis gefeiert.«
Da ich zwei Pferde hatte, die mitgehen konnten, hängte ich mich ans Telefon, um jemand zu finden, der Spaß an so etwas haben würde.
»Ina!«
»Ja.«
»Hast du Lust, bei einer Schatzjagd mitzureiten?« Ich erklärte ihr die Regeln.
Aber Ina hatte keine Zeit. Sie hatte inzwischen geheiratet und war mit Mann und Pferd weggezogen.
Den Platz in Sadis Stall hatte Kim eingenommen, Claudias junger Connemara-Hengst.
»Claudia?«
Doch Claudia hatte selbst eine Einladung bekommen. Sie wollte den Haflinger einer Freundin reiten.

»Ingrid?«
Ingrid sagte sofort Ja, und weil sie viel kleiner und leichter als ich ist, gab ich ihr Colleen und ritt selbst Beauty.
Es war an einem schönen Sonntag im Spätherbst. Immer noch hingen braunrote und gelborange Blätter an den Bäumen, aber sie waren schon ziemlich dürr. Der nächste Windstoß würde sie abreißen und, nach einem wirbelnden Tanz, auf den Boden fallen lassen.
Längst hatten Schwalben, Bachstelzen, Rotschwänzchen und Trauerschnäpper ihre Winterquartiere bezogen. Heu, Stroh und Brennholz waren unterm Dach und den Pferden wuchs das Winterfell. In den Nächten gab es Frost, aber über Mittag wurde es oft noch ziemlich warm.
Wir starteten paarweise. Claudia ritt mit Peter, dem südlichen Nachbarn, Ingrid und Colleen begleiteten mich und Beauty.
Insgesamt waren es zwölf Paare: alte und junge Pferde, große und kleine. Alte und junge Reiter, dicke und dünne.
Wir ritten im Schritt los. Zeit spielt keine Rolle bei einer Schatzjagd. Wichtiger ist Glück. Wir ritten allein. Das Paar vor uns war fünf Minuten früher gestartet, das Paar nach uns würde den Ritt fünf Minuten später beginnen.
Die Luft war so glasklar, wie sie nur im Herbst sein kann. Die Berge lagen zum Greifen nah. Messerscharf waren Zacken und Risse der Felsen zu erkennen.
Über uns kreisten zwei Bussarde.
Die Pferde gingen aufmerksam, mit gespitzten Ohren.

Die anfänglich steifen Muskeln lockerten sich allmählich. Ihr Trab wurde weich und geschmeidig.
Irgendjemand hatte mir einen Zettel in die Hand gedrückt; Fragen standen darauf, manchmal auch nur eine Nummer oder ein Kennwort. Auf der rechten Seite war eine Spalte, in welche die Punkte eingetragen werden sollten. Strohschnüre markierten die Strecke. Sie hingen an tief hängenden Ästen und in Büschen. Sie zeigten uns, welchen Weg wir einschlagen sollten.
Immer wenn es möglich war, ritten wir nebeneinander, nur wenn der Weg zu schmal wurde, hintereinander.
Aufgabe Nummer eins begann an einer alten Scheune. Eine Wasserkanne stand da und daneben lag ein Stoß Pappbecher. Jeder Reiter sollte einen gefüllten Becher zum nächsten Streckenposten mitnehmen. Je nach der Wassermenge, die dann noch im Becher war, wurden Punkte vergeben.
»Huch!«, seufzte Ingrid. »Einer von uns muss absteigen.« Die Kanne stand am Boden.
Ich stieg ab, füllte einen Becher randvoll und reichte ihn ihr. Dann versuchte ich, mit einem zweiten gefüllten Becher aufzusteigen. Das wäre nicht weiter schlimm gewesen, wenn nicht im selben Augenblick ein Bauer mit seinem Jauchewagen vorbeigefahren wäre. Gerade als ich einen Fuß im Bügel hatte, warf Beauty den Kopf hoch und sprang zur Seite. Das Wasser schwappte mir ins Gesicht. Der Bauer grinste schadenfroh. Er musste uns für leicht verrückt halten.

Abermals füllte ich den Becher und quälte mich mit ihm in den Sattel.

»Prima«, sagte Ingrid anerkennend. Sie hatte gut reden. Ihr Becher war immer noch randvoll. Colleen stand wie ein Denkmal im Park. Wir ritten los, einen Wiesenweg entlang, einen kleinen Hang hoch, dann einen schmalen Pfad durch ein paar Büsche. An der nächsten Wegkreuzung nahm uns ein Mädchen die Becher ab, maß die übrig gebliebene Wassermenge in einem Litermaß und trug die ersten Punkte ein.

Von einem Hügel aus entdeckten wir das vor uns gestartete Paar. Es stand vor einer kleinen Bauernkapelle und beratschlagte.

Während wir hinunterritten, saßen sie wieder auf und verschwanden gleich darauf im Wald.

Die Kapelle war weiß gekalkt. Eine Linde beschützte ihr Schindeldach, das von einem winzigen Glockenturm gekrönt war.

»Nenne den Namen des Heiligen, dem diese Kapelle geweiht wurde«, stand auf unserem Zettel.

Wir stiegen beide ab und betraten nacheinander den kleinen Innenraum, in dem außer einem bescheidenen Altar nur noch zwei Betstühle standen. Der Heilige in der Altarnische trug Bischofsstab und Mütze. Er hatte rosa angemalte Bäckchen und lächelte holdselig. In einer Hand hielt er drei goldene Kugeln.

»Der heilige Georg ist es nicht. Den kenne ich nämlich«, sagte Ingrid. »Er hat fast immer einen Drachen bei sich.«

»Der heilige Martin ist es auch nicht«, überlegte ich laut. »Er teilt seinen Mantel mit einem Bettler.«
»Und der heilige Florian noch viel weniger. Er löscht ein brennendes Haus.«
Und damit waren wir mit unserer Weisheit am Ende.
»Reiten wir weiter!«, schlug ich vor. »Vielleicht fällt es uns später noch ein.«
Doch diese Hoffnung erfüllte sich leider nicht. Die Zeile auf unserem Fragebogen blieb leer.
Es war Mittag. Die Sonne stand hoch. Ihre Strahlen warfen hin und her tanzende Flecken auf den Waldboden. Die Pferde schlurften durch raschelndes Laub.
Irgendwo an einer Wegkreuzung wurde Rast gemacht. Es gab etwas zum Essen. Dann ging es weiter.
Die Strecke führte durch eine Kiesgrube. Zuerst ging es einen Steilhang hinunter. Unten stand eine Vogelscheuche. Sie hatte einen ehemals hochmodischen Hut auf. Das Gesicht bestand aus einer grausigen Hexenmaske und die Kleider sahen so aus, als stammten sie aus Omas Mottenkiste. Kleine Glöckchen und silbrige Bänder bewegten sich leise im Wind. Zu ihren Füßen plärrte ein Kofferradio.
»Sie hörten gerade die Rolling Stones«, sagte der Sprecher. »Ihnen folgen die Beatles mit ihrem neuesten Hit.«
Offensichtlich mochte Colleen die Beatles. Zuerst rollte sie die Augen, bis das Weiße hervorsah, dann schnaubte sie laut und schließlich gab sie dem Radio einen Stups, dass es umfiel. Daraufhin gaben die Beatles ihren Geist

auf. Und weil die Aufgabe darin bestand, so nahe an die Vogelscheuche heranzureiten, bis die Pferde sie mit der Nase berührten, erhielt Colleen die Höchstpunktzahl. Beauty hielt eine gewisse Distanz ein. Sie ging leer aus.
Am Ausgang der Kiesgrube musste mit einer Armbrust auf eine Scheibe geschossen werden.
Wir schossen daneben.
An der nächsten Biegung hing ein Anbindestrick an einem Baum. Ein Sicherheitsknoten wurde verlangt. Ein Sicherheitsknoten muss sich mit einem Zug öffnen lassen, wenn ein Pferd in Panik gerät. Es war eine leichte Aufgabe. Das konnten wir beide. Ein paar Hundert Meter weiter führte der Weg über eine Brücke. Berechne die Geschwindigkeit des Wassers! Wie viele Meter legt es in fünf Minuten zurück?, lautete die Frage.
»Das machst du«, sagte Ingrid, ohne auch nur ein bisschen darüber nachzudenken, wie man das anfangen könnte.
»Du liebe Zeit! Was denen auch immer so eingefallen ist!«
Ich überlegte. Die Brücke war vier Meter breit. Dann warf ich ein Hölzchen auf der bachaufwärts gelegenen Seite ins Wasser und beobachtete den Sekundenzeiger meiner Uhr.
»Da ist es!«, schrie Ingrid.
Das Hölzchen hatte fünf Sekunden gebraucht, um unter der Brücke durchzuschwimmen. Fünf Sekunden gehen in sechzig zwölf Mal. Zwölf Mal vier Meter ergab acht-

undvierzig Meter in der Minute, und das mal fünf war zweihundertvierzig.
Colleen und Beauty, denen Brücken immer schon unheimlich waren und die wir dauernd am Zügel von einer Seite zur anderen hinter uns hergezogen hatten, scharrten ungeduldig.
Doch wir waren glücklich, ausgerechnet zu haben, dass das Bachwasser in fünf Minuten zweihundertvierzig Meter zurücklegte. Dann kam die schwierigste Aufgabe: Auf einem Hochsitz war ein Kompass angebracht. Daneben lagen Kopien einer genauen Karte der Gegend. Jedes Paar sollte den Standpunkt des Hochsitzes bestimmen und auf der Karte eintragen.
»Der Zeiger zeigt immer nach Norden«, sagte ich.
»Aber wieso denn, wenn man den Kompass dreht, dann zeigt er auch nach Süden, Osten oder Westen«, gab mir Ingrid zu bedenken.
»Ach, lass mich in Ruhe!« Ich werde immer ärgerlich, wenn ich mich in die Enge getrieben fühle.
Wir versuchten, uns an der Form des Waldgebietes und der Lage der umgebenden Ortschaften zu orientieren.
»Hier ist es«, sagte ich.
»Nein, hier«, widersprach Ingrid.
Wir einigten uns auf die Mitte zwischen beiden Punkten.
Ich kann jetzt schon sagen, dass sich der wirkliche Standplatz des Hochsitzes dreihundert Meter weiter in südöstlicher Richtung befand. Aber was sind schon dreihundert Meter? Schließlich misst die Erde an ihrer dicks-

ten Stelle vierzig Millionen sechsundsiebzigtausendundsechshundert Meter. Dreihundert Meter mehr oder weniger machen da auch nichts aus.

Glücklich und ein bisschen müde trafen wir wieder am Ziel ein. Am Abend stellte sich dann zu unserem größten Erstaunen heraus, dass wir den dritten Preis gewonnen hatten.

Und außerdem erfuhren wir, dass die Kapelle dem heiligen Nikolaus geweiht war.

Im 20. Kapitel
kommen zwei Fohlen auf die Welt und außerdem werden noch einige kleine Ereignisse erzählt.

Im Frühling fohlten Colleen und Beauty kurz hintereinander. Es waren beides Stutfohlen und sie erblickten ganz ohne Komplikationen das Licht der Welt, was ich nach meinen früheren Erfahrungen als großen Glücksfall betrachtete.

Es war ein schöner Frühling. Der Löwenzahn breitete wieder einmal seinen gelben Blütenteppich über den Wiesen aus. Die Schwalben kehrten ziemlich früh aus dem Süden zurück und über dem Weiher jagten blau schillernde Eisvögel. Sie rüttelten, stießen ins Wasser hinunter und tauchten sekundenschnell wieder auf. Fast immer trugen sie einen Fisch im Schnabel, der dann auf einem nahe gelegenen Ast verzehrt wurde.

Zu meinem größten Ärger gediehen auch Ampfer und Hahnenfuß prächtig. Diese beiden Pflanzen sind jedem Pferdehalter ein Dorn im Auge, weil sie sich rasend schnell ausbreiten und dabei das gute Gras verdrängen. Pferde lassen sie einfach stehen. Sie schmecken ihnen nicht. Aus diesem Grund bitte ich immer alle Besucher, die unbedingt einen Wiesenblumenstrauß pflücken wollen, sich auf den hübschen, gelb blühenden Hahnenfuß zu beschränken.

»Er passt doch wunderbar in jede Wohnung«, preise ich ihn an und meistens erfüllen sie mir meinen Wunsch.

Zwei Stuten mit ihren Fohlen, das war schon eine kleine Herde. Wieder einmal stand ich viel zu oft und viel zu lange am Zaun und beobachtete sie, wie sie um die Wette galoppierten oder sich gegenseitig das Fell kraulten. Unverhofft fiel ihnen ein, dass sie Durst hatten. Dann eilten sie schnell zu ihren Müttern, weil sie wussten, dass dort ein pralles Euter auf sie wartete. Während der heißen Zeit, in der die Pferde nachts auf der Weide blieben, hörte ich ihr Schnauben und das helle, suchende Rufen der Kleinen unter meinem Fenster.
Endlich hatte Colleen das lang ersehnte Stutfohlen geboren. Ich gab ihm den Namen »Cashel« nach der berühmten Klosterruine im Süden Irlands und hoffte, dass sie den Charakter und die Persönlichkeit ihrer Mutter und die Größe ihres arabischen Vaters geerbt hätte. Das Letztere erfüllte sich, das Erstere nur zum Teil.
Beautys Fohlen erhielt keinen Namen. Es hieß ganz einfach »Fohlen« oder, wenn man es von Cashel unterscheiden wollte, »Beautys Fohlen«. Ich verkaufte es, als es fünf Monate alt war.
Sie wurde eine der hübschesten Ponystuten weit und breit, aber niemand verstand es, mit ihr umzugehen. Sie war ängstlich, so wie Cashel und wie ihr Vater es auch gewesen war, und ein ängstliches Pferd erfordert große Geduld. Offensichtlich hatte die niemand, denn Beautys Tochter ging durch viele Hände. Sie wurde immer schwieriger und schließlich krank. Im Alter von zwölf Jahren musste sie getötet werden.

Cashel blieb da. Sie war der Liebling der alten Stuten, und das genoss sie sichtlich.
Colleen war inzwischen acht Jahre alt. Mit jedem Haarwechsel wurde sie heller, aber immer noch waren Mähne und Schweif fast schwarz. Wie eine allmählich aufgehende Saat erschienen rotbraune Punkte auf ihrem Fell und sie erinnerte mich zunehmend an manche uralte Araberstute, die über und über gepunktet war, so wie der Sternenhimmel bei Nacht.
Ihre Schlauheit steigerte sich zu der eines Hofhundes. Kein Riegel war vor ihr sicher. Sie nahm ihn einfach zwischen die Zähne und zerrte ihn auf. Lockere Zaunstangen zogen sie magisch an. Entweder wetzte sie ihren fetten Hintern an ihnen, bis sie herunterbrachen, oder sie tauchte mit dem Kopf unter sie und schob sie weg.
Es war schlimm, wenn die Pferde ausbrachen. Das geschah ab und zu. Sie rannten dann über die Wiesen zum Flussufer und zogen mit hocherhobenen Köpfen weite Kreise, bis sie müde wurden und zu grasen begannen. Dann spielte Colleen mit mir ihre üblen Spiele. Sie schien hohnzulachen, wenn ich mich ihr mit einem Halfter in der Hand zu nähern versuchte, und spitzte zutraulich die Ohren, während ich sie mit wütend säuselnder Stimme anlockte.
»Colleen, komm her, du Mistvieh!«
Sie ließ mich dann höchstens so nah an sich heran, bis ich sie mit den Fingerspitzen berühren konnte, manchmal hob sie auch den Kopf und beschnupperte meine

Hand. Aber wenn ich versuchte, ihr das Halfter anzuziehen – ich brauchte bloß die Hand mit dem Halfter ein wenig anzuheben –, dann blitzten ihre Augen frech auf, sie schlug den Kopf zur Seite, drehte sich blitzschnell auf der Hinterhand und ich sah nur noch wehmütig ihrer Schweifspitze nach. Beauty kam sofort, wenn ich sie rief, später auch Cashel. Colleen kam nur, wenn es ihr passte, und es passte ihr selten.
Ähnlich war es auch im Winter. Es macht großen Spaß, mit frei laufenden Pferden zu reiten, nur muss man eben sicher sein, dass einen die freien Pferde auch wirklich begleiten.
Colleen zu reiten und dabei Beauty und Cashel laufen zu lassen, ging immer. Beauty zu reiten und zu warten, dass Colleen mitlief, war ein Trugschluss. Ohne sich auch nur einmal umzusehen, galoppierte sie davon. Da half kein Rufen und Schreien. Eine Leitstute richtet sich eben nach niemandem. Sie gehorcht nur ihren eigenen Gesetzen.
Mit der Zeit lernte ich, dass nur der Hafereimer das Wunder fertigbrachte, Colleen dazu zu bewegen, sich wieder das Halfter anziehen zu lassen oder mir in den Stall zu folgen. Ähnlich schlau war sie beim Reiten. Je kleiner das Kind war, das man auf ihren Rücken hob, oder je ängstlicher, desto behutsamer setzte sie Schritt vor Schritt oder blieb stehen, wenn der Reiter ins Rutschen kam. Setzte sich aber ein etwas besserer Reiter in den Sattel, dann konnte er unter Umständen mit ihr sein blaues Wunder erleben.

»Hast du aber ein süßes kleines Pferd«, sagte Bärbel, die Freundin einer Freundin, zu mir. »Darf ich es einmal reiten?« Bärbel war Turnierreiterin und einiges gewöhnt.

»Natürlich, gern.«

»Am liebsten ohne Sattel«, bat Bärbel.

»Bitte, wie du willst.«

Sie ritt zum Fluss. Ich fuhr mit dem Auto auf einem Feldweg neben ihr her und beobachtete sie.

Colleen ging gut. Mit weit ausgreifenden, schwingenden Schritten trabte sie dahin. Sie spitzte die Ohren, hielt den Blick nach vorne gerichtet und blähte ihre Nüstern.

Es machte ihr Spaß. Das sah man ihr an.

Bärbel war ganz entzückt von ihr.

Doch Colleen hatte anderes mit ihr vor. Auf einmal veränderte sich ihr Gesichtsausdruck. In dem mir zugewendeten Auge erschien ein kleiner weißer Fleck und an den Rändern der Nüstern Falten. Die Nase wurde lang und die Unterlippe kurz.

»Pass auf!«, schrie ich erschrocken. »Gleich buckelt sie.«

»Ach wo«, lachte Bärbel. »Sie geht wunderbar.«

Und schon hatte Colleen den Kopf zwischen den Beinen. Ihr Rücken spannte sich wie eine Feder, und ehe Bärbel sich versah, hing sie auch schon auf dem Pferdehals und rutschte langsam, aber unaufhaltsam auf den Boden. Colleen blieb stehen und blickte mit schief gelegtem Kopf erstaunt auf das Wesen vor ihr, so als fühlte sie sich ganz unschuldig.

Bärbel lächelte etwas verkrampft, als ich ihr wieder beim

Aufsteigen half, und die Worte »süßes kleines Pferd« hörte ich nie wieder von ihr.
Eine Karriere als Turnierpferd lag Colleen fern. Sie entwickelte sich so, wie es ihr von ihren Eltern mitgegeben worden war, und bei Weitem nicht so, wic ich mir früher einmal mein »Traumpferd« vorgestellt hatte.
Der kleine Dressurplatz war ihr zutiefst zuwider. Alle meine Versuche, ihr die Grundbegriffe des Angaloppierens, Schenkelweichen, Rückwärtsrichten und Ähnliches beizubringen, scheiterten nicht nur an meinen geringen pädagogischen Fähigkeiten, sondern auch an ihrem Unwillen. Nach spätestens drei Runden vermittelte sie dem Reiter, dass sie sich geschunden fühlte und tausendmal lieber über die Wiesen zum Fluss rennen würde, um dort im Wasser zu planschen.
Planschen konnte sie nämlich besonders gut. Besser als alle Pferde, die ich kannte. Sie machte die Nase lang, wölbte den Hals in einem Bogen nach unten und schlug mit den Hufen so auf die Wasseroberfläche, dass spätestens in einer Minute alle in ihrer Nähe stehenden Pferde und Reiter pudelnass waren. Ließ man sie dies eine Weile tun, wurde sie plötzlich weich in den Beinen. Dann ging es wie in einem Fahrstuhl nach unten und man fand sich im Wasser wieder.
Ich liebe es nicht, mit Peitsche zu reiten, aber nach einer schlechten Erfahrung ritt ich nie mehr ohne sie mit Colleen ins Wasser.

Das 21. Kapitel
behandelt kurz Überlegungen, die man beim Mistsetzen anstellt, und erzählt anschließend von einem Ausritt im Winter.

Alle paar Tage ist der Misthaufen zu setzen. Die Ecken und Ränder müssen gebaut, Unregelmäßigkeiten ausgeglichen und am Schluss festgetreten werden. Dabei ertappe ich mich oft, dass ich oben stehe, mich auf die Mistgabel stütze und nichts tue, außer nachzudenken. Mit der Zeit habe ich dabei eine Art »Misthaufenphilosophie« entwickelt.

Unter anderem machte ich die Erfahrung, dass der Misthaufen zum Prüfstein für Freunde werden kann. Kommt zum Beispiel jemand, dem man eigentlich nur hübsch und gepflegt gegenübertreten möchte, überraschend auf dem Weg zum Haus daher und man steht in Gummistiefeln da – für eine Flucht ist es bereits zu spät –, dann entscheidet sich ganz schnell, ob es ein Freund ist, der einen mag, so wie man eben ist, oder nicht. Schließlich riecht man nicht gerade nach Eau de Toilette, wenn man herabsteigt. Da gab es schon einige, die die Nase rümpften und sich angewidert abwendeten, aber ich lernte im Laufe der Jahre, dass ich auf diese verzichten konnte.

Manchmal habe ich lange keine Zeit zum Reiten. Dann drängen Termine, dauernd klingelt das Telefon und ich komme einfach nicht weg. Es ist ja nicht so, dass mir ein

Diener das gesattelte und geputzte Pferd vorführt und ich nur aufzusteigen brauche. Für die Stallarbeit benötige ich mindestens eine halbe Stunde am Tag. Das Auf- und Absatteln kostet noch einmal eine halbe Stunde, wenn man die Putzerei nicht allzu gründlich betreibt. Das ist eine Stunde, und wenn ich dann eine Stunde reite, dann sind zwei Stunden vorbei.

Am schönsten ist es natürlich, ohne Zeitzwang einen ganzen Tag für einen Ritt zur Verfügung zu haben, irgendwo Mittag zu essen oder nur so zu rasten und dann müde und zufrieden mit der Dämmerung wieder nach Hause zu kommen.

Das ging eigentlich nur sonntags.

Einmal, es war in einem besonders kalten Winter, rief Claudia mich an und schlug mir vor, am nächsten Sonntag einen gemeinsamen Tagesritt zu unternehmen, und weil ich ja zwei Pferde hätte, könnte Ingrid vielleicht noch mitreiten. Ihr Mann würde im Auto warme Decken, Halfter und etwas Hafer mitnehmen und wir könnten uns mit ihm in einem etwa zwölf Kilometer entfernten Gasthaus treffen und gemeinsam Mittag essen. Ich sagte zu.

In den nächsten Nächten fiel das Thermometer auf unter minus zwanzig Grad. Am Tag erreichte es kaum mehr als minus zwölf. Als wir am Sonntagmorgen aufbrachen, waren es minus dreizehn.

An diesem Tag blieb Cashel allein zu Hause. Es war zu gefährlich, sie auf einem so weiten Weg mitlaufen zu las-

sen. Mehrere Straßen waren zu überqueren und überall gab es Stacheldrahtzäune. Ich füllte die Raufe voll Heu und ließ sie wehleidig jammernd zurück.
Wir hatten uns besonders warm angezogen, lange Skiunterhosen unter den üblichen Jeans, Pelzstiefel, Daunenanoraks, wollene Kopftücher. Ingrid ritt wieder einmal Colleen, ich Beauty und Claudia zum ersten Mal Kim, ihren jungen Connemara-Hengst. Zuerst ging es steil hinauf. Im Wald lag wenig Schnee und unsere Spur legte das alte Laub frei. Es war mörderisch kalt. Vor den Nüstern der Pferde stand der Atemdampf in kleinen Wolken. Kaum hatten wir die Anhöhe erreicht, erfasste uns ein frostiger Nordwind.
»So eine Schnapsidee!«, murmelte Ingrid verdrossen. Sie legte Colleen die Zügel auf den Hals und schlug die Hände gegeneinander.
Wir durchquerten ein Dorf, danach einen Wald und kamen in ein weites, hügeliges Wiesengelände. Der kaum fünfzehn Zentimeter hohe Schnee ermöglichte eine schnellere Gangart. Den Pferden machte es Spaß, in der Kälte zu laufen. Sie flitzten dahin, wären, wenn wir es ihnen erlaubt hätten, gern um die Wette gerannt und blieben erst am nächsten Waldrand von alleine stehen. Sie dampften.
Doch Ingrids Nase hatte im kalten Wind die Farbe einer blühenden Heckenrose angenommen.
»Friert jemand?«, fragte sie.
Alle froren.

»Steigen wir ab?«, schlug Claudia vor.
Wir führten die Pferde eine Weile. Allmählich begann das Blut, in unseren Füßen wieder zu zirkulieren. Im Wald war es still. Ab und zu krachte Holz in der Kälte. Einmal schreckten Rehe hoch. Dann saßen wir wieder auf. Den Hengst juckte das Fell unter dem Sattel. Unverhofft legte er sich hin und versuchte, sich zu wälzen. »He – was fällt dir ein!« Er sprang wieder hoch, buckelte kurz und schüttelte sich den Schnee aus der Mähne.
Wir ritten weiter. Auch gegen Mittag wurde es kaum wärmer. Ein blauer, wolkenloser Himmel spannte sich über die Landschaft. Die Berge lagen weit entfernt im Dunst, kaum mehr als Schattenrisse erkennbar. Über den Schnee liefen viele Spuren, schnürende Fuchspfoten und Dachsfüße, die Kinderhändchen glichen, ständig die Richtung wechselnde Hasenfährten und dazwischen unvermittelt auftauchende und wieder verschwindende Krähenfüße, manchmal auch da, wo sie aufgeflogen waren, ein Abdruck der Schwungfedern als zarte Zeichnung im Schnee.
In der etwa vorausberechneten Zeit trafen wir beim Gasthaus ein, wo Ingrids Mann schon auf uns wartete.
»Na, wie geht's?«, fragte er grinsend.
Es ging. Wir deckten die Pferde ein und gaben ihnen etwas Hafer. »Kommt's von weit?«, fragte der Wirt, als wir die Gaststube betraten.
An den Wänden hingen Schießscheiben mit vielfach durchlöcherten, röhrenden Hirschen und grimmig ausse-

henden Wildschweinen. In der Ecke stand ein Schrank, angefüllt mit Silberpokalen. Wir aßen Lüngerl mit Knödel und tranken einen Glühwein nach dem anderen. Schließlich sattelten wir ziemlich beschwingt wieder die Pferde. »Noch einen Schnaps zum Abschied.«

Der Wirt schenkte ein. Der scharfe Obstler brannte in der Kehle. Er heizte unser Inneres. Auch wenn man nicht denselben Weg benützt, spüren es die Pferde immer, wenn es heimwärts geht. Die Sonne sank schnell. Der Himmel färbte sich erst rosa, dann violett. Dunkellila ragten die kahlen Stämme der Buchen in den Abend. Vom weit entfernten Fluss stieg Nebel auf. Wir kamen an einem uns bekannten Hof vorbei. »Wollt's einen Schnaps?«, fragte die Bäuerin. »Einen zum Aufwärmen?«

Niemand von uns sagte Nein.

Er war köstlich, biss im Hals und verursachte Schluckauf.

»Danke.«

»Noch einen?«, fragte die Frau.

Wir lehnten ab.

Allmählich wurde es Zeit. Im Wald war es schon ziemlich dunkel. »Wie kalt wird es sein?«, fragte ich Claudia.

»Fünfzehn, vielleicht sechzehn«, antwortete sie.

Ingrid war verstummt. Sie war starr vor Kälte und mir war, als hätte ich keine Füße mehr.

Beim Durchqueren des Dorfes trafen wir wieder einen Bekannten. »Ist euch kalt?«, fragte er spitz.

»Hm!«

»Kommt's rein, auf einen Schnaps!«, schlug er vor.
Mit einem Blick auf die untergehende Sonne lehnten wir ab. Doch er hatte schon längst seiner Frau zugerufen, sie solle schnell die Flasche bringen. Sie wüsste schon, welche.
So kam es, dass wir zwar durchgefroren, aber ziemlich beschwipst zu Hause ankamen und kichernd die Pferde versorgten, bevor wir uns mit einer großen Kanne heißen Tees auf die Ofenbank zurückzogen.
Tage wie dieser entschädigten für manche Mühsal.

Im 22. Kapitel
wird vom guten Orientierungssinn der Pferde im Allgemeinen, im Besonderen aber von demjenigen Colleens und von unseren Abendritten erzählt.

Es ist bekannt, dass Pferde einen guten Orientierungssinn haben. Auch Colleen wusste immer genau, welche Himmelsrichtung sie einschlagen musste, um zu ihrem Stall zurückzukehren. Auch wenn wir uns bei einem Ausritt in einer fremden Gegend befanden, wusste sie immer, welcher Weg sie vom Stall fort- und welcher sie nach Hause führte.

Manchmal, wenn ich mich in einem großen Waldgebiet selbst nicht mehr auskannte und die Karte herauszog, um mich zu orientieren, schlug sie bereits eine Richtung ein, die uns auf dem kürzesten Weg zum heimatlichen Stall zurückbringen würde. Das ging so weit, dass sie widerborstig werden konnte, wenn ich anderer Meinung war als sie. Sie wusste es eben besser. Das, was für eine Kompassnadel Norden war, war für sie der Stall. Wenn ich sie gewähren ließ, musste ich schon bald erkennen, dass sie recht hatte.

Unsere Gegend ist schön und vielfältig. Im Westen durchschneidet die Isar das Land. Im Osten befindet sich der von dem ehemaligen Gletscher zurückgelassene steile Moränenhang, durch den wir auf einem steil ansteigenden Pfad höher gelegenes Gelände erreichen können.

Dort gibt es viele Wiesenwege, ein paar Dörfer und mehrere schöne Waldgebiete.
Mit den Jahren verschlechterten sich unsere Ausreitmöglichkeiten. Die Wiesen wurden durch Elektrozäune eingegrenzt, die so eng gesteckt waren, dass man einem entgegenkommenden Traktor mit angehängtem Heuwender kaum oder gar nicht ausweichen konnte. Auf den schmalen Asphaltstraßen fuhren viele Lastautos und Motorräder. Sie nahmen nicht immer Rücksicht auf uns Reiter. In den Wäldern wurden Wildzäune errichtet, um junge Bäume vor Wildverbiss zu schützen. Sie versperrten uns oft die schönsten Waldwege und zwangen uns, große Umwege einzuschlagen. So kam es, dass unser Ausreitgelände bald einem Irrgarten glich, in dem Colleen und ich mich zurechtfanden, doch ein fremder Reiter häufig Schwierigkeiten bekam.
Weil ich von mir selbst wusste, dass derjenige, der hinten reitet, das Denken meistens seinem Vordermann überlässt, bat ich oft das Kind, das Colleen ritt, die Führung zu übernehmen. Es sollte sich im Wald und zwischen den Dörfern so gut auskennen, dass es sich jederzeit auch allein zurechtfand.
»Du solltest immer wissen, wo du bist und welches der kürzeste Weg ist, auf dem du nach Hause kommst!« Doch als ich das sagte, hatte ich Colleens Klugheit unterschätzt.
Am Anfang wunderte es mich, wie sicher Anja oder Farida oder wer auch immer den richtigen Weg einschlug,

bis ich herausfand, dass sie einfach der Stute den Zügel auf den Hals legten und es ihr überließen, wo sie abbiegen oder geradeaus weiterlaufen sollte.

Jeder Sommer unterschied sich vom vorhergegangenen durch besondere Vorlieben beim Reiten. Wenn die Strömung der Isar es erlaubte – sie veränderte sich ständig –, dann durchquerten wir gern den Fluss und den Auwald auf der anderen Seite. Das war oft mit einem Nervenkitzel verbunden, denn wenn das Wasser überraschend tief wurde, mussten die Pferde schwimmen, und wenn die Böschung am anderen Ufer überhing, was wir von unserer Seite nur schwer erkennen konnten, mussten die Pferde aus- oder einspringen.

Später gab es oft Schwierigkeiten mit Jägern oder Fischern, denn das Flussbett war Naturschutzgebiet, und ein Naturschutzgebiet durfte man nur auf ausgewiesenen Wegen durchqueren.

Einen Sommer lang veranstalteten wir Schatzjagden und an anderen trainierte ich mit Cashel für Distanzritte und hatte nur wenig Zeit für Colleen.

An einen Sommer erinnere ich mich besonders gern. Es war das Jahr, in dem ich die Schönheit von Nachtritten entdeckte. Meistens ritt ich in der Abenddämmerung los. Die Sonne ging unter und es wurde kühl. Die Grillen begannen mit ihrem Abendkonzert und der schwermütige Chor der Unken erstarb allmählich. Der süße Duft frisch gemähten Grases stieg Colleen und mir in die Nase. Manchmal schwebte ein einsamer Graureiher über die

Baumwipfel oder ein Bussard und ein paar Rehe verließen das Dickicht am Waldrand, um zu äsen. Im Wald rief ein Käuzchen. Ein zweites antwortete ihm aus der Ferne und auf der anderen Seite des Flusses erklang Glockengeläut. Wenn die Nacht endgültig hereingebrochen war, wurde es Zeit umzukehren. Ich wusste, dass Colleen den abschüssigen Pfad durch die Schlucht hinunter konzentriert und trittsicher bewältigte. Die steilen Seitenwände und die darüberhängenden dichten Äste der Buchen verschluckten den letzten Lichtschimmer und es wurde so finster, dass ich nicht einmal mehr meine Hand vor den Augen erkennen konnte, geschweige denn die gespitzten Ohren meines Pferdes. Wenn ich allein war, verbarg ich meine Unsicherheit, indem ich mit Colleen sprach.

»Du bist ein gutes Pferd«, sagte ich dann zu ihr. »Ich weiß, dass ich mich auf dich verlassen kann. Geh nur schön langsam, pass auf die großen Steine auf und auf das kleine Rinnsal, das auf halbem Weg nach unten den Pfad überquert. Und wenn irgendetwas vor oder neben dir raschelt, brauchst du nicht zu erschrecken, denn dann ist es wahrscheinlich bloß der Marder, der in der Nähe wohnt!« Natürlich konnte sie meine Worte nicht verstehen, doch ich war sicher, dass sie auf den Klang meiner Stimme hörte.

Getragen von gegenseitigem Vertrauen brachte sie mich jedes Mal, ohne zu stolpern, bis an die Straße, die wir überqueren mussten, und an dem schmalen Mühlbach entlang bis zu unserem Zuhause.

Das 23. Kapitel
handelt von Cooky und von einer schweren Entscheidung.

Cashel war zwei Jahre alt, als Cooky auf die Welt kam. Im Jahr vorher hatte Beauty wieder ein wunderschönes Stutfohlen geboren. Ich hatte es im Herbst verkauft. Es wurde später eine berühmte und vielfach preisgekrönte Zuchtstute.

Cooky war eine Tochter von Colleen. Dass sie einen Namen erhielt, war nicht meine Schuld. Eines Tages kam nämlich eine Freundin damit an: »Hast du schon einen Namen für Colleens neues Fohlen?«, fragte sie mich, und als ich verneinte, schlug sie mir vor, es »Cooky« zu nennen. »Das heißt ›Küchenmädchen‹«, erklärte sie mir.

Ich fand den Namen lustig, mit C fing er auch an und so blieb es dabei.

Cooky wurde im Herbst verkauft. Zwei Jahre später kaufte ich sie zurück und gab sie Claudia, der sie heute noch gehört.

Der Sommer, in dem Colleen zwölf Jahre alt wurde, war ungewöhnlich heiß und trocken. Im Juni regnete es nur wenig, im Juli und August fast überhaupt nicht. Die Ernte verdorrte auf den Feldern und die Heupreise stiegen ins Unermessliche. Radio und Fernsehen verbreiteten Hiobsbotschaften über die Ausfälle in der Landwirtschaft. Überall gab es verheerende Waldbrände. Auf den Wiesen vor dem Haus erschienen gelbe Flecken. Die Trockenheit riss den Boden auf.

Ich telefonierte überall herum, wer und zu welchem Preis mir Heu verkaufen würde, aber die Auskünfte, die ich erhielt, waren ziemlich niederschmetternd. Pro Pferd und Winter brauchte ich vierzig Zentner. Für drei Pferde waren das einhundertzwanzig. In jenem Sommer stieg der Preis für einen Zentner auf das Drei- bis Vierfache des Vorjahrespreises. Mich plagten Albträume.

Dann, eines Tages, wusste ich plötzlich, was ich zu tun hatte. Drei Pferde für eine Person sind eigentlich zu viel. Genügen würde eines. Aber ein einzelnes Pferd zu halten, grenzt meines Erachtens an Tierquälerei. Pferde sind Herdentiere. Allein fühlen sie sich einsam. Sie trauern, stehen herum und wiehern jedem vorbeikommenden Artgenossen wehmütig nach. Zwei Pferde müssten es sein, aber drei . . .

»Du musst eines verkaufen!«, befahl ich mir selbst. »Von dem Geld, das du dafür bekommst, kannst du so viel Heu kaufen, dass es über den Winter reicht, und vielleicht bleibt noch etwas übrig für einen neuen Zaun.«

Das war die Entscheidung. Nicht den Bruchteil einer Sekunde musste ich mir überlegen, wen von den dreien ich verkaufen würde. Niemals Colleen und auf Cashel, ihre Tochter, hatte ich lange genug gewartet. So kam nur Beauty infrage. Sie war wieder trächtig und ein starkes, schönes Reitpony. Wenn ich ein bisschen Glück hatte, müsste ich nicht nur einen guten Platz, sondern auch einen annehmbaren Preis für sie bekommen können. Sofort gab ich in allen dafür infrage kommenden Zeitschriften Anzeigen auf: *Große, starke Connemara-Ponystute, Siegerstute auf einer Landesponyschau, tragend, nur in gute Hände zu verkaufen.*

Daraufhin klingelte das Telefon ziemlich oft bei mir. Als Erster rief ein großer Züchter bei mir an, der meine Pferde gut kannte.

»Was fällt Ihnen ein!«, beschimpfte er mich. »Sie geben Ihre beste Stute her! Verkaufen Sie doch die kleine alte, fette. Sie hat 'ne Menge Fehler, ist aber doch recht tauglich als Kinderpferd!«

Es dauerte eine Weile, bis mir aufging, dass er von Colleen sprach. Ich war empört.

»Die verkaufe ich nicht«, sagte ich bockig. »Die nicht.«

»Und warum nicht?«

Ja, warum eigentlich nicht? Wie kann man einem professionellen Züchter erklären, dass man das in den Augen einer Zuchtkommission schlechtere Pferd behält und das bessere hergibt? Wie kann man ihm erklären, dass einem ein Pferd so ans Herz wachsen kann wie ein Freund oder ein Familienangehöriger? Man spricht mit ihm und auf seine Weise antwortet es auch.

Das versteht nur jemand, der in der Lage ist, so etwas nachzuvollziehen. Sonst niemand.

Ich beschloss mich über meine Entscheidung, Beauty zu verkaufen und Colleen und Cashel zu behalten, mit niemandem mehr auf eine Diskussion einzulassen. Und wenn mich trotzdem jemand fragte, dann antwortete ich nur kurz: »Colleen hustet. Ein hustendes Pferd kann man nicht verkaufen.« Das half.

Einige Anrufer interessierten sich für den Preis.

»Wissen Sie«, sagte ein Herr aus dem rheinischen Industriegebiet zu mir, »ich suche ein Pferd für meine fünfzehnjährige Tochter. Sie ist eine gute Turnierreiterin. Ihr Welshpony ist ihr zu klein geworden und sie braucht für zwei Jahre ein mittelgroßes Pferd für den Turniersport.«

»Und was dann?«, fragte ich.

»Das werden wir dann wieder verkaufen, wenn sie auf ein großes Sportpferd umsteigt.«

Beauty sollte also ausgewechselt werden wie ein Kinderfahrrad, das man in die Ecke stellt oder weitergibt, wenn das Kind zu groß dafür geworden ist. Ich redete sie ihm aus und sagte ihm, dafür sei sie nicht geeignet. Sie war mir einfach zu schade dafür, zwei Jahre von einem ehrgeizigen Kind auf Turnieren geritten zu werden, nur um dann wieder in andere Hände überzugehen. Schließlich meldete sich ein junger Mann.

»Frau Heuck?«

»Ja.«

» Sie bieten eine starke, gerittene Connemara-Ponystute an?«

»Ja.«

»Ich interessiere mich für sie.«

»Wozu brauchen Sie ein Pferd?«

»Ich will sie selbst reiten.« Seine Stimme klang herzlich.

Da beschrieb ich ihm den Weg und er kam und ritt Beauty. Sie war das richtige Pferd für ihn. Sie bekam einen guten Platz und ich kaufte Heu und ließ den Zaun richten.
Und somit war alles wieder in Ordnung.

Im 24. Kapitel
wird von Modeaufnahmen erzählt.

Irgendwer gab irgendwann einmal einer Werbeagentur meine Telefonnummer. Danach kamen ab und zu ein paar Leute, Modefotografen, Redakteure, Werbeleiter, Garderobieren und Mannequins, hierher, um Modeaufnahmen zu machen.

»Tiere sind immer gefragt«, erklärten sie mir. »Tiere und alte Bauernhäuser.«

Beides finden sie bei mir.

Colleen ließ diese Invasionen mit großer Geduld über sich ergehen, da sie meistens mit viel Zucker, Äpfeln und Mohrrüben verbunden waren, und das waren lauter Dinge, die sie sehr liebte.

Weniger erfreut darüber waren die Hunde. Sie mochten keine fremden Menschen. Blitzendes Licht, Kamerastative oder Wände aus Silberpapier waren ihnen zuwider. Zu ihrem Glück bevorzugten die Werbemanager Aufnahmen mit Pferden. Pferde waren groß in Mode. Neben Pferden sahen scheußliche Modellkleider noch einigermaßen nett aus.

Eines Tages rief wieder einmal die Agentur an.

»Wir bräuchten zwei nicht wasserscheue Pferde!«

»Du liebe Zeit, wofür denn?«

»Eine Modefirma hat Aufnahmen am Fluss bei uns bestellt, auf einer Kiesbank oder im Flachwasser.«

»Und warum gerade da?«

»Es soll für eine große doppelseitige Anzeigenserie sein. Die Bilder müssen den Anschein erwecken, als seien sie in Irland aufgenommen worden. Wissen Sie nicht, dass man in diesem Jahr ›Irisches‹ trägt?«

Ich wusste es nicht. Aber für »Irisches« war ich immer zu haben und außerdem erschien mir Colleen auch besonders geeignet dafür. Wir machten also einen bestimmten Tag aus.

Am Abend erzählte ich Colleen davon, aber es schien sie nur wenig zu berühren. Viel wichtiger war ihr, ob ich in der Hosentasche einen Zucker versteckt hätte.

Später sagte ich Claudia Bescheid, denn die Modeleute hatten sich zwei Pferde eingebildet, und Cashel wäre ebenso wenig wie die Hunde darüber erfreut, sich fotografieren zu lassen. Eine Kamera war für sie dasselbe wie für die Kinder eine Schachtel, aus dem ein kleines Teufelchen hüpft, wenn man auf einen Knopf drückt, und außerdem würde ihr niemand zusichern können, dass kein böser Wolf hinter den Wänden aus Silberpapier auf sie lauerte. Nein, Cashel war für so etwas nicht zu gebrauchen. Kim musste her, Claudias Hengst. Er war mutig und immer zu Blödsinn aufgelegt. Das arme Fotomodell tat mir schon vorher leid. Sie war Engländerin, blond mit leicht rötlichem Stich, schlank und wunderschön anzusehen. Sie sagte nicht viel mehr als »Oh«, leicht und gedehnt, so als hänge noch ein U daran, sehr britisch. Mit Gleichmut ließ sie alles über sich ergehen, bürstete sich die Haare, während eines der Mädchen die Pullover, die sie bei den Aufnahmen tragen sollte, aus dem Koffer holte und bügelte. Ziemlich lange brauchte sie, bis sie ihr Gesicht hergerichtet hatte, ein paar Sommersprossen mussten übertüncht, die Lippen zuerst mit einem Konturenstift, dann mit dem Pinsel bemalt und Wimpern und Augenbrauen angetuscht und nachgezogen werden. In der gleichen Zeit putzten und sattelten Claudia und ich Kim und Colleen, und das war nicht wenig Arbeit, denn beide hatten sich kurze Zeit vorher noch genüsslich im Schlamm gesuhlt. Ein anderes Mädchen half dem Modell beim Anziehen funkelnagelneuer Fischerstiefel. Sie achtete sorgfältig darauf, dass sich die Cordhose über den Stiefelrändern auch richtig bauschte, zupfte hier und zupfte da und musste wohl irgendwann mit dem Ergebnis zufrieden gewesen sein. Wann, kann ich nicht sagen, denn da waren Claudia und ich schon längst mit den Pferden zum Flussufer unterwegs. So weit es möglich war, fuhr der Fotograf seine Begleitmannschaft in einem Campingbus nach. Wir hatten ihnen vorher den Weg genau beschrieben: Zuerst müssten sie zu Fuß den kleinen Steilhang ins Flussbett hinunter, erklärten wir ihnen. Das würde den neuen Stiefeln etwas Sandpatina geben. Dann sollten sie den Auwald durchqueren mit seinem Weidengestrüpp und dem Schilfgürtel. Das würde die Frisur des Fotomodells nicht mehr ganz so künstlich aussehen lassen. Dazwischen hatten sie ein grünmorastiges Altwasser zu durchwaten. Ein paar Algenspritzer auf der neuen

braunen Cordhose machten sich sicher gut. Und schließlich, wenn sie alle diese Hindernisse überwunden hätten, kämen sie an eine wunderbare weiße Kiesbank, die sich nicht nur kontrastreich vom grünen Flusswasser abhob, sondern sicher auch der Vorstellung deutscher Pulloverkäuferinnen von einer irischen Landschaft entspräche.
Wenn ich heute die Augen zumache, mir mit aller Macht Irland in die Erinnerung zurückrufe und sie schließlich nur einen ganz kleinen Spalt wieder öffne, dann ist vielleicht wirklich eine entfernte Ähnlichkeit vorhanden, aber nur eine weit entfernte. Etwas sehr Wichtiges fehlt nämlich meistens: Am Rand der Berge erscheinen nur ganz selten die wunderbaren, sich blähenden und ständig verändernden Wolken am glasklaren Himmel. In Irland jagt der Wind Türme, Schlösser und Fabelwesen vor sich her, reißt sie auseinander und knetet sie wieder zusammen. Irgendwo weit hinten am Horizont regnen sie dann in langen grauen Streifen auf die Erde.
Nein, auch der beste Werbefachmann konnte keine irischen Wolken herzaubern. Aber wer würde schon auf so etwas achten?
»Führen Sie die Pferde ins Wasser!«, bat uns der Fotograf. Wir folgten seinen Anweisungen. Das Mädchen nahm die Zügel Colleens in die eine und die von Kim in die andere Hand. Es versuchte, den Eindruck zu erwecken, als käme es gerade mit den Pferden durch den Fluss.
Zuerst sah alles ganz hübsch aus. Das Mädchen lächelte

ein bisschen ängstlich und der Fotograf schoss einige Bilder. Doch dann wünschte er mehr Dramatik.
»Move!«, rief er, was so viel bedeutete wie »Beweg dich ein bisschen!«.
Das Fotomodell ging im flachen Wasser ein paar Schritte vorwärts, was Kim als Aufforderung ansah, mit Colleen einen kleinen Flirt zu beginnen.
»Iiiiih!«, quiekste sie. Sie hatte offensichtlich ihren Spaß daran. Erschrocken ließ das Mädchen Kims Zügel fahren.
»Ho, braves Pferd! Bleib schön stehen!«, rief Claudia. Aber Kim hatte gar nicht vorgehabt wegzulaufen. Wir fingen ihn wieder ein und drückten dem Mädchen abermals die Zügel in die Hand.
»Move!«, rief der Fotograf, nachdem er seine Kamera eingestellt hatte.
Doch jetzt hatte Colleen etwas dagegen. Sie wölbte ihren Hals dem Wasser zu und betrachtete aufmerksam die Strömung. Allmählich wurde ihre Nase immer länger. Ich wusste, was das bedeutete.
»Move, move!«, schrie der Fotograf. »Können Sie nicht etwas machen, dass Ihr Pferd den Kopf hebt und die Ohren spitzt?«
Ich hätte ihm sagen können, dass Colleen im Augenblick anderes im Sinn hatte, aber er hätte es mir sicher nicht geglaubt. So stellte ich mich vor sie hin, hob die Arme, schnalzte mit den Fingern und rief mit quäkender Stimme: »Miau!«, in der Hoffnung, dass sie das ungewöhnlich finden würde. Aber sie tat mir nicht den Gefallen. »Move!«

Kim folgte der Aufforderung vorwärtszugehen, doch Colleen blieb wie angewurzelt stehen. Sie riss dem Mädchen beinahe die Arme aus. Sein Lächeln gefror und der Zügel glitt ihm aus der Hand.

»Hoho, braves Pferd.« Ich fing Colleen ein und führte sie wieder an ihren Platz. Inzwischen hatte eine der Helferinnen dem Fotomodell über die Haare gebürstet und die in die Gummistiefel gerutschte Cordhose wieder herausgezupft.

»Move!«, brüllte der Fotograf. Da war auf einmal die Sonne weg und wir mussten warten, bis sie wieder erschien.

»Move! Move!«

Doch jetzt endlich wollte Colleen das tun, wonach ihr schon die ganze Zeit der Sinn stand. Sie hob ihr rechtes Vorderbein hoch und schlug blitzschnell mit großer Wucht auf die Wasseroberfläche. Ein Wasserschwall ergoss sich über Kim und das Mädchen.

»Wunderbar«, stöhnte der Fotograf begeistert. »Das ist Action!« Seine Kamera klickte unentwegt.

»Move and smile!«

In den Wassertropfen brach sich das Licht. Colleen planschte, während das Mädchen weiter zu lächeln versuchte.

Nach fünf Minuten hingen Haare, irischer Pullover und Cordhose wie nasse Fetzen an ihm herunter.

Erst als der Werbeleiter den Fotografen darauf hinwies, dass vermutlich das Bild eines Pullovers in diesem Zustand nicht sehr verkaufsfördernd sei, wurde das arme

Fotomodell erlöst. Im Gegensatz zu ihm war Colleen nur schwer zu bewegen, aus dem Wasser zu gehen. Sie sah das einfach nicht ein. Gerade jetzt, wo ihr die Modeaufnahmen solchen Spaß machten.

Auch der Fotograf war hochzufrieden und alle fanden, dass es sehr »irisch« ausgesehen habe.

Ob die Firma auf diese Aufnahmen hin viele Pullover verkauft hat, habe ich nie erfahren.

Im 25. Kapitel
kommen zwei Hengstfohlen und ein Fuchs vor.

In dem Frühling, in dem Colleen vierzehn Jahre alt wurde, brachte sie ein kräftiges braunes Hengstfohlen zur Welt. Der Vater war ein ebenfalls brauner, sehr großer Connemara-Hengst. Braun ist eine für Connemara-Ponys untypische Farbe. Auch Rappen und Füchse kamen früher kaum vor. Damals, als ich Colleen auf dem Markt in Clifden kaufte, gab es nur Schimmel, Falben und ab und zu einen Albino aus einer Kreuzung zwischen beiden. Die meisten von ihnen waren starkknochig. Ihre Nasenlinien waren leicht nach unten gekrümmt, wie die der spanischen Pferde, und ihre Mähnen waren immer ein wenig zerzaust. Als ich ein paar Jahre später wieder nach Clifden kam, hatten sich die Pferde verändert. Es waren ziemlich große gepflegte Sportpferde, die dort gezeigt wurden. Sie hatten wohlfrisierte Mähnen und gerade Nasen. Sie waren elegant, passten auf jeden Turnierplatz und in jedes Jagdfeld, aber nichts an ihnen erinnerte mehr an das karge, felsige Hügelgelände der Grafschaft Galway, an silbrig blitzende Moortümpel, Schafe, Regen und gnadenlosen Wind. Fast ein Drittel aller vorgestellten Tiere war braun oder schwarz. Die irischen Züchter hatten sich der Marktlage angepasst und leider ging das auf Kosten der Ursprünglichkeit ihrer Ponys.

Nie hätte ich Colleen zu einem dunklen Hengst gebracht,

wenn ein gleichwertiger Schimmel oder Falbe in erreichbarer Nähe gestanden hätte. Aber das war nicht der Fall gewesen. So brachte sie ein braunes Fohlen zur Welt, das von seiner Besitzerin später Mike getauft und Micky gerufen wurde.

Im Jahr darauf war es wieder ein Hengstfohlen. Obwohl sein Vater dieses Mal ein Rappe gewesen war, sah man gleich, dass es später einmal weiß werden würde.

Im gleichen Jahr passierte die Sache mit dem Fuchs.

Alles fing damit an, dass Peter, der südliche Nachbar, mich spät am Abend anrief.

»Hallo«, sagte er. »Wie geht's? Haben Sie Ihre Pferde draußen?«

»Warum fragen Sie?« Natürlich waren sie auf der Weide. Schließlich hatten wir Sommer.

»Dann sperren Sie sie heute Nacht besser ein! Bei mir stand vorhin ein Fuchs auf der Terrasse. Etwas an seinem Benehmen gefiel mir nicht. Mein Hund hat ihn verjagt.«

»Vielen Dank«, sagte ich und hängte ein.

Ich schüttete ein wenig Hafer in die Krippen und rief die Pferde herein, während ich mit der Hand auf die leere Haferschüssel schlug. Cashel kam zuerst, dann das Fohlen. Colleen zögerte noch. Sie sah nicht so recht ein, warum sie kommen sollte. Das Gras auf der Weide war süß und schmackhaft. Doch schließlich merkte sie, dass sie allein zurückgeblieben war. Sie warf den Kopf hoch, wieherte und kam angetrabt.

In dieser Nacht schlief ich schlecht. Die üblichen Nachtgeräusche wurden durch ein merkwürdiges helles Heulen gestört, das ich mir nicht erklären konnte. Die Pferde polterten im Stall und einmal bellten die Hunde.

Doch am nächsten Morgen war alles wie sonst. Die Sonne schien. Tautropfen glitzerten an den Grashalmen und die Pferde trotteten gemütlich auf die Weide, als ich die Stalltüren öffnete. Weit und breit schien alles in Ordnung.

Und trotzdem war ich unruhig. Ich sperrte die Hunde ins Haus und setzte mich an den Arbeitstisch. Von diesem Platz aus habe ich einen guten Überblick über den kleinen Weiher bis zu den Fichten und dem Dressurplatz auf der anderen Seite. Ich kann Reiher und Eisvögel beim Fischen beobachten, mich über die Gänsesäger freuen, die sich ab und zu dort niederlassen, oder den kleinen Wieseln zusehen, die unter dem Apfelbaum spielen. Immer wieder entdecke ich etwas, das mich von der Arbeit ablenkt und von dem ich mich nur schwer losreißen kann. An diesem Morgen sah ich genau in dem Augenblick auf, als der Fuchs über die Staumauer wechselte.

Er schwankte ein bisschen, setzte unsicher Pfote vor Pfote, auf der schmalen Mauerkrone nur mühsam das Gleichgewicht haltend. Sein Rücken krümmte sich nach oben. Die buschige Rute hatte er eingezogen.

Kaum war er am diesseitigen Ufer angekommen, stürzte er ans Wasser und biss hinein. Es schien, als habe er Durst und könne nicht schlucken. Er lief ein paar Schritte auf dem schmalen Wiesenstreifen zwischen Haus und Weiher entlang, stürzte abermals zum Wasser und versuchte, es mit an Wut grenzender Verzweiflung zu zerfleischen. Dann hob er den Kopf und gab ein helles Jaulen von sich, in dem aller Jammer der Welt zu liegen schien.

Mir blieb das Herz stehen vor Schreck.

Die Hunde waren im Haus eingesperrt, aber die Pferde waren draußen. Ich hatte sie zwar gegen Tollwut impfen lassen, aber die Leute erzählten sich, dass der Amtstierarzt die gesetzlichen Bestimmungen sehr genau nähme. Wenn die Impfungen nicht in einem festgelegten Zeitraum wiederholt wurden, waren sie ungültig und dann verlangte das Gesetz, dass die Tiere, die mit einem nachweislich tollwütigen Fuchs in Kontakt gekommen waren, getötet werden mussten.

In diesem Augenblick, während der Fuchs am Ufer stand, konnte ich mich nicht daran erinnern, ob ich die Impftermine auch wirklich eingehalten hatte.

Immer wieder sprang er mit den Vorderläufen in den Weiher. Manchmal biss er zu, und wenn er den Kopf wieder hob, lief ihm das Wasser aus dem Maul.

Ich rief einen Jäger an.

»Komm sofort, bitte! Hier ist ein kranker Fuchs!«

»Dein Anwesen gehört nicht zu meinem Jagdgebiet«, erklärte er mir. »Ich darf da nicht schießen.«

»Ach bitte, das ist ein Notfall!«

Doch erst, nachdem ich ihm zugesagt hatte, bei dem für

mein Gebiet zuständigen Jagdpächter eine Abschusserlaubnis einzuholen, versprach er mir zu kommen. Während ich telefonierte, erschien der Fuchs direkt vor dem Fenster meines Arbeitszimmers. Er kletterte auf die dort aufgestellten Blumenkästen und versuchte, mich durch die Glasscheibe anzugreifen. In seinen Augen standen Zorn, Schmerz und Verzweiflung. Ich sah in den offenen Rachen. Die wütend gebleckten Zähne schlugen gegen das Glas. Von Lefzen und Zunge tropfte Geifer. Sein Fell war fleckig, wie von Motten zerfressen. Dann gab er plötzlich auf. Er sprang auf den das Haus umgebenden Betonstreifen und rannte zurück.

Du liebe Zeit, schoss es mir durch den Kopf, jetzt haut er ab, bevor der Jäger kommt, geistert noch ein paar Tage herum und steckt andere Tiere an, bevor er verendet.

»He!«, schrie ich.

Kaum hatte mich der Fuchs entdeckt, drehte er um und griff an. Doch seine Bewegungen waren langsam.

Lautlos, mit aufgesperrtem Rachen und gebleckten Zähnen machte er einige Sätze auf mich zu, doch bevor er mir gefährlich werden konnte, rannte ich ins Haus und schloss die Tür. Wieder kehrte er um und wieder zeigte ich mich ihm und veranlasste einen Angriff.

Dann kam der Jäger. Sein Schuss traf den Fuchs, als er gerade die Staumauer überqueren wollte. Er schleuderte ihn auf der anderen Seite in den Bach.

Als ich hinlief und nach ihm sah, war er schon tot.

Das 26. Kapitel
handelt von Begonia und von einem Diebstahl.

In jenem Sommer, in dem Colleen fünfzehn Jahre alt wurde und in dem die Sache mit dem Fuchs passierte, kaufte ich eine dreijährige peruanische Pasostute.
Ich hatte in den letzten Jahren an Colleen gesehen und in meinem Rücken gespürt, dass die Zeit verging und wir beide älter geworden waren. Manchmal waren die Rückenschmerzen unerträglich. Ich schlich in den Stall oder über die Wiesen und ächzte vor mich hin. An Reiten war nicht zu denken.
Da erinnerte ich mich an eine große internationale Pferdeschau, auf der zum ersten Mal peruanische Pasos gezeigt wurden. Ich hatte Gelegenheit, zu beobachten und auszuprobieren, wie ruhig und erschütterungsfrei der Reiter im Sattel saß, und war voller Bewunderung für ihre hübsche Erscheinung gewesen. Die Köpfe mit den leicht nach außen gebogenen Nasenrücken zeigten, dass ihre Vorfahren aus dem Orient und aus Spanien gekommen sein mussten, und die überlangen Mähnen und Schweife gaben ihnen etwas Hexenhaftes, Verzaubertes. Damals hatte ich schon tief innen still für mich beschlossen, mir später einmal ein solches Pferd zuzulegen. Mit ihm könnte ich auch noch im hohen Alter Feld-Wald-und-Wiesen-reiten. Aber keinen Augenblick kam es mir in den Sinn, eines der beiden anderen Pferde dafür her-

zugeben. Dass dann wieder drei Pferde den Stall bevölkern würden, verdrängte ich einfach.
Meine Rückenschmerzen erinnerten mich daran, dass es an der Zeit war, diesen Entschluss in die Tat umzusetzen. Und so kam Begonia zu uns; zu Colleen, Cashel, den Hunden und mir.
Nachdem ich sie hergebracht hatte, stand ihr ein schweres Jahr bevor, denn Colleen zeigte ihr gegenüber die ganze Macht einer langjährigen Herrschaft. Sie schlug sie hinaus, weil es ihr nicht passte, dass eine fremde Stute mit ihr aus einer Raufe fraß, und sie wies sie draußen zurecht, wenn Begonia ihr zu nahe kam. Es wäre unrecht gewesen, ihr das übel zu nehmen, denn ihre Herrscherzeit betrug inzwischen vierzehn Jahre. In diesem Zeitraum hatte sich ihre Position gefestigt und jeder Neuling musste ihr untertan sein, ob er wollte oder nicht.
Irgendwann einmal riss mir der Geduldsfaden. Ich ließ eine zweite Selbsttränke einbauen und sperrte die Pferde nachts ein. Das war sowieso besser, denn in unserer Gegend regnet es oft wochenlang. Dann kann es auf den Bergen schneien und die Luft wird sehr kalt. In diesen Nächten stand Begonia oft draußen und zitterte vor Kälte. Das sah ich nicht lange mit an. Ich machte nachts die Stalltüren zu. Nur an schönen, warmen Tagen ließ ich sie aus und ein gehen, wie sie wollten.
In so einer schönen, warmen Nacht wurden die Pferde gestohlen. Ich wachte auf, weil die Briardhündin Simba bellte. Vorne an der Straße wendete ein Auto.

»Ach, sei doch still!«, fuhr ich Simba an. Böse knurrend, mit gespitzten Ohren stand sie mitten im Zimmer und horchte.
Die ersten Vögel hatten mit ihrem Morgenkonzert begonnen. Draußen wurde es langsam hell.
An dieser Stelle wenden ab und zu Autofahrer. Ob ihnen eingefallen ist, dass sie etwas vergessen haben, ob sie sich anders besinnen und die Fahrtrichtung ändern, ich weiß es nicht. Sie werden schon einen Grund haben. Simba bellt immer, wenn das passiert, und darum schenkte ich ihrem Gebell auch dieses Mal keine Beachtung.
Nachdem das Auto weitergefahren war, lauschte ich eine Weile, aber außer dem Gezwitscher der Vögel hörte ich nichts. Da drehte ich mich auf die andere Seite und schlief gleich wieder ein.
Zwei Stunden später stand ich auf. Die Sonne schien. Es würde ein schöner Tag werden. Ich ließ Simba hinaus und richtete das Frühstück.
Auf einmal klopfte es an die Türe. Ein Mann stand draußen.
»Vermissen Sie drei Pferde?«, fragte er mich.
»Nein«, sagte ich und sah zur Weide hinüber. Aber weder Colleen noch die anderen beiden ließen sich blicken.
»Meine Pferde sind im Stall«, behauptete ich mit fester Stimme. »Das müssen andere sein. Es gibt ja noch mehr in der Gegend.«
»Aber Sie haben doch zwei Schimmel und eine Braune?«
Der Mann war hartnäckig.

»Ja«, sagte ich.

»Weil ein Schimmel und eine Braune dorthinten an einem Zaun angebunden sind.« Er deutete mit einer vagen Handbewegung nach Norden.

»Ein kleiner Schimmel läuft frei. Sind Sie ganz sicher, dass das nicht Ihre Pferde sind?«

Jetzt war ich mir nicht mehr sicher. Ich rannte zum Stall. Er war leer. Dann zum Schuppen – dort sollten die Halfter an einem Haken hängen. Sie waren weg.

Da wusste ich, dass es meine Pferde waren, die irgendwo weiter nördlich an einem Zaun festgebunden waren. Ich rannte den Weg an dem kleinen Bach entlang, der die Säge im Dorf antrieb. Mein Herz klopfte wie rasend.

Mein Gott, dachte ich, Colleen läuft frei, wenn da etwas passiert. An schönen Tagen fahren auf dieser Straße viele Autos von der Stadt in die Berge. Mein Gott, hilf, dass sie vernünftig ist! Ich steigerte mich in eine grenzenlose Wut hinein. Am Rande des Weges, da, wo die weiche Uferböschung beginnt, waren deutlich frische Hufspuren zu erkennen. Mein Gott, wenn ich die erwische, die das getan haben . . . Ich hegte Mordgedanken.

»He, was ist los?«, rief mir ein Bauer nach, aber ich hatte nicht mehr genug Atem übrig, um ihm zu antworten.

Schnatternd flüchteten ein paar weiße Enten vor mir ins Wasser. Als ich an die bezeichnete Stelle kam, standen Cashel und Begonia ruhig da und bissen auf der Zaunstange herum, an der sie angebunden waren. Drei oder vier Männer vom nahen Campingplatz gafften sie an, so,

als hätten sie noch nie in ihrem Leben Pferde gesehen. Colleen lief frei. Sie fraß das schmutzige Gras am Straßenrand. Es schien ihr sehr zu schmecken. Etwas unwillig ließ sie sich einen Führstrick um den Hals legen.
»Wie kommen Ihre Pferde hierher?«, fragte mich einer der Zuschauer. Er hatte ein rotes Gesicht. Das bunt bedruckte Freizeithemd spannte sich über seinem Bauch. Darunter trug er eine rote Jogginghose.
»Das weiß ich auch nicht«, entgegnete ich etwas unwirsch. Es war mir nicht nach Erklärungen zumute.
Dann nahm ich den Strick, an dem Cashel und Begonia festgebunden waren, in die eine und Colleens Halsschlinge in die andere Hand und führte sie heim.
Als ich mit ihnen durchs Dorf kam, sprach mich die Ev, eine junge Bäuerin, an.
»Haben s' dir die Pferd' gestohlen?«, fragte sie, und als ich nickte, fuhr sie fort: »Ich hab in der Früh das Getrappel gehört und rausgeschaut. Zwei Reiter waren's. Sie ritten Cashel und die Neue. Colleen lief frei auf der Straße. Ein paarmal mussten Autos scharf bremsen wegen ihr. Die ritten so frech durchs Dorf, dass ich annahm, du hättest es ihnen erlaubt.« Die Ev kennt meine Pferde gut. Sie hat als Kind oft Colleen geritten und besitzt selbst einen Connemara-Wallach.
Ich schnaubte vor Zorn, Begonia wurde gerade an den Sattel gewöhnt, Cashel scheute heftig und Colleen hätte leicht einen Unfall verursachen können.
Aber es war nichts passiert.

Später, als die Polizei kam, rekonstruierten wir den Weg, den die Diebe genommen hatten. Zuerst hatten sie den Elektrozaun durchtrennt und vorsichtig ein paar Zaunstangen abgelöst. Dann hatten sie Halfter und Stricke aus dem Schuppen geholt und den Pferden angezogen. Nur Colleen hatte sich offensichtlich nicht fangen lassen.

Sie hatten mit den Pferden den Bach und den Wald hinter dem Haus durchquert und waren von da auf dem kleinen Fahrweg zum Dorf geritten. Das alles musste um fünf Uhr in der Frühe gewesen sein. Entdeckt hat man die Pferde um halb acht. Welchen Weg sie in der Zwischenzeit zurückgelegt hatten, war nicht herauszufinden.

»Sie werden einen vergnügten Ritt gemacht haben«, sagte ein Polizist.

»Wieso vergnügt?«, fragte ich erstaunt.

»Ja, wissen Sie nicht, heute ist doch Himmelfahrt und Himmelfahrt ist Vatertag, da spielen viele Leute verrückt.«

Jetzt wurde mir einiges klar.

Aber wütend war ich trotzdem.

Das 27. Kapitel
handelt von einem »Rosstag«.

Colleen war nun schon neunzehn Jahre alt.
Ich hatte sie in den letzten Jahren nur noch selten geritten. Sie war so einfach zu reiten, dass sie zum Lieblingspferd der Kinder wurde, die mich begleiteten. Ihr ruhiges Wesen gab ihnen Sicherheit und sie spürten schnell, dass sie ihr vertrauen konnten. Auch vielen von meinen erwachsenen Freunden hatte Colleen die Angst vor dem Reiten genommen und einige andere hatte sie schlechte Erfahrungen vergessen lassen. Sie hatte den Umgang mit Menschen gelernt.
Dieser Sommer war besonders schön. Dort, wo die hohen Stauden der Wiesenkönigin das Ufer des Weihers freigaben, rankte sich gelbes Pfennigkraut in dicken Polstern über die Böschung. Am Zaun entlang und an der Schuppenwand wucherten lila blühende Pfefferminzbüschel neben Bärenklau und Kohldisteln. Einige Siebenschläfer hatten die Haferkiste erobert. Sie hatten ein Loch in die Seitenwand genagt und nutzten dieses als freien Zugang zu dem für sie so köstlichen Hafer. Die Haferkiste muss für sie so etwas wie ein Schlaraffenland gewesen sein. Wenn ich sie dort überraschte, starrten sie mich mit erschrockenen schwarzen Knopfaugen an, so als bäten sie mich um Verzeihung. Vielleicht hofften sie auch, dass ich sie nicht bemerkte, wenn sie sich still verhielten.

Im August kam mit der Post die jährliche Einladung, mit einem Pferd am »Rosstag« teilzunehmen. Der »Rosstag« war so eine Art Pferde-Wallfahrt in einem bekannten Fremdenverkehrsort, der seinen Gästen zeigen wollte, dass und wie viele Pferde es noch in seinem Bereich gibt. Teilnehmen durfte jeder, der ein Pferd mitbrachte. Es war völlig gleich, was für eines es war, ein kleines Shetlandpony oder ein dicker, schwerer Kaltblüter. Sie sollten geschmückt sein und geritten oder gefahren werden. Das war alles. Ich hatte bereits einige Male daran teilgenommen und immer Begonia geritten. Aber in diesem Sommer hatte Begonia ein Stutfohlen bekommen und Benisa war noch zu klein, um längere Zeit allein zu bleiben. Deshalb entschloss ich mich, Colleen zu reiten. Ingrid wollte uns begleiten.

Der Ritt sollte an einem Sonntag stattfinden. Am Samstagnachmittag wurde Colleen gewaschen. Sie war inzwischen so hell geworden, dass sie nur mit Wasser und Haarshampoo sauber zu bekommen war. Ich seifte sie ein, rubbelte mit den Händen Mähne und Schweif und spritzte sie anschließend mit dem Wasserschlauch ab. Ziemlich widerwillig ließ sie diese Prozedur über sich ergehen. Danach führte ich sie auf der Weide spazieren, damit sie schneller trocknete. Viel lieber hätte sie sich im Gras gewälzt, aber davon hielt ich nichts. Dann wäre die ganze Mühe umsonst gewesen.

Also ließ sie sich mit einem unfreundlichen, angewiderten Gesichtsausdruck hinter mir herzerren, aber ich blieb unerbittlich. Nachdem sie getrocknet war, bekam ihr Fell einen seidigen Glanz. Mähne und Schweif wurden locker und weich und das ganze Pferd stank nach dem billigen Shampoo. Begonia und das Fohlen werden sich gewundert haben.

Am Abend richtete ich weiß-blaue Bänder her, die ich ihr in die Mähne flechten wollte. Rechts und links am Zaumzeug steckten kleine Strohblumensträußchen.

Früh am nächsten Morgen verlud ich Colleen in den Pferdeanhänger, packte Sattel und Zaumzeug in den Kofferraum meines Autos und fuhr los.

Zuerst mussten Ingrid und ihr Pferd Andi abgeholt werden, dann ging es ungefähr dreißig Kilometer am Rand der Berge entlang nach Osten bis zu einem bekannten See und dem Fremdenverkehrsort an seiner Südostspitze. Wir fuhren durch hübsche Dörfer mit alten Bauernhäusern und Zwiebelturmkirchen und später am See entlang, auf dem die ersten Segelboote kreuzten.

Unterwegs überholten wir einige schön geschmückte Gespanne: blank geputzte, munter gehende Pferde vor prachtvollen, alten Kutschen. Seit einigen Jahren hatten wir unseren Standplatz bei einem Bauern. Dort luden wir die Pferde hinter dem Misthaufen aus, sattelten und schmückten sie. Während des Umzugs durfte das Auto dort stehen bleiben.

Wir saßen auf und ritten zum Sammelplatz. Dazu mussten wir den Ort durchqueren, an zwei Verkehrsampeln abbiegen, mit ausgestreckten Armen Zeichen gebend wie

Radfahrer. Der Zug stellte sich in einer Uferstraße auf. Jeder Reiter und jedes Gespann suchte den ihm zugewiesenen Platz. Er war mit einer Nummer versehen, die den Kopfnummern der Pferde entsprach.
So ging alles reibungslos und ruhig vor sich und es blieb nur noch die lange Warterei auf den Beginn. In der Zwischenzeit liefen Hunde und kleine Kinder zwischen den Pferdebeinen herum und es war ein großes Wunder, dass weder ein Kind noch ein Hund anstelle einer lästigen Bremse von einem Pferdehuf getroffen wurde. Aus der Ortsmitte tönte Blasmusik zu uns herüber. Einige Kurgäste fütterten die Enten am See und an der Anlegestelle legten Ausflugsdampfer an, spuckten ihre Fahrgäste aus und stampften wieder davon.
Andi und Colleen waren ruhig. Sie spitzten die Ohren, interessierten sich für die vor und hinter ihnen wartenden Pferde und scharrten ab und zu auf dem Pflaster herum, weil sie lieber vorwärtsgingen, als so lange herumzustehen.
Irgendwann setzte sich weit vor uns der Zug in Bewegung. Einige Fahnenreiter und die Kutsche mit dem Pfarrer, der die Pferde segnen sollte, machten den Anfang. Ihnen folgte eine Gebirgsjägerkompanie mit ihren hoch bepackten Maultieren, danach kamen einige Ponygespanne und mehrere Viererzüge vor mächtigen Bierwagen.
Dazwischen immer wieder Reiter.
Wir ritten auf der Uferstraße entlang. Colleen trippelte

mit hocherhobenem Kopf und gespitzten Ohren durch die Gasse der Zuschauer. Ihr schien das alles großen Spaß zu machen. Die vor uns gehende Fuchsstute tanzte nervös hin und her. Ihre Reiterin sah sich immer wieder ängstlich nach uns um, doch wir hielten unsere Pferde zurück. In unregelmäßigen Abständen standen Blaskapellen am Straßenrand. Die Bläser trompeteten und posaunten, als ob es um ihr Leben ginge. Ab und zu stockte der Zug. Das liebte Colleen gar nicht. Sie trat dann hin und her oder schlug mit dem Kopf, weil sie weitergehen wollte. Einer ihrer Mähnenzöpfe ging auf. Das weißblaue Band fiel auf die Straße, von wo es sich ein kleines Mädchen holte. Überall klickten Fotoapparate.

Langsam bewegten wir uns durch den Ort und hinaus in offenes, durch einfache Holzzäune unterbrochenes Wiesengelände. Eingebettet zwischen dem Grasland und kleinen Waldinseln lagen prächtige Höfe, manchmal allein, dann wieder in Gruppen von zweien und dreien. Ein leichter Herbstwind blies uns den Duft von Pferdeschweiß und frischem Grummet in die Nasen. Über uns kreisten Drachenflieger. Still schwebten sie dahin, weit über dem Trubel des Festzuges. Solange es möglich war, folgten wir ihnen mit den Augen.

In einem kleinen Weiler stand die Kapelle, von der aus der Pfarrer mit seinem Weihwasserbesen die Pferde besprühte.

»Auf dass euch nichts Arges widerfahre!«, sagte ein Zuschauer am Straßenrand und lachte.

Colleen schlug ihm ihre Schweifspitze ins Gesicht.
Das tat weh. Ich wusste es.
Verärgert drehte der Mann sich um und verschwand in der Menschenmenge.
Weit vorne bogen die Maultiere der Gebirgsjäger in eine Seitenstraße ein. Der Ritt ging seinem Ende zu. Das Ziel war eine große Wiese, die zu einem Gasthof gehörte. Dort standen Tische und Bänke. Die Reiter und Fahrer wurden zu einer Mahlzeit eingeladen und für jeden gab es eine Erinnerungsgabe. In diesem Jahr war es eine bronzene Gürtelschnalle mit einem springenden Pferd. Eine Lautsprecherstimme stellte die einzelnen Gruppen und Gespanne dem Publikum vor.
Dann waren wir entlassen.
Es war ein schöner »Rosstag« gewesen.

Im letzten Kapitel geht die Geschichte anders zu Ende, als ich dachte.

Dieses Buch war geplant, der Vertrag gemacht und das erste Kapitel geschrieben, da glaubte ich auch schon zu wissen, wie ich es enden lassen würde.

»Diese Geschichte hat einen guten Schluss«, wollte ich schreiben. »Immer noch galoppiert Colleen über die Weide vor meinem Haus, reibt sich ihren fetten Hintern an den tief hängenden Ästen der Apfelbäume und kommt gleich angelaufen, wenn ich vor die Haustüre trete, um mich erwartungsvoll anzubetteln. Hoffentlich tut sie das noch viele Jahre!«

So hatte ich es vor, aber leider kam es anders.

Als ich im März von einer längeren Autofahrt heimkam und die Pferde versorgte, war alles wie immer. Cashel schrie voller Empörung, weil es ihrer Meinung nach höchste Zeit war, dass sie ihren Hafer bekam, und sie und Colleen rauften sich wie jeden Abend um den Vortritt an der Stalltüre. Begonia trottete gemächlich und uninteressiert hinterher und Benisa konnte sich nur schwer entscheiden, wem sie folgen sollte, den Schimmeln oder ihrer Mutter. Ich nahm ihr die Entscheidung ab und schob sie in die Box zu Begonia. Alles schien in Ordnung zu sein.

Müde ließ ich mich mit einer Tasse Tee auf der Eckbank im Arbeitszimmer nieder, umgeben und eingelullt von den gewohnten Geräuschen des Hauses. Die Wasserpumpe sprang an, wenn eines der Pferde trank. Irgendwo trommelte ein Specht an die Holzwand. Die Mäuse veranstalteten ein Wettrennen über meinem Kopf auf dem Heuspeicher und der Ofen in der Küche donnerte vor sich hin, damit ich später genug heißes Wasser für ein Bad haben würde. Ich war daran gewöhnt, dass ab und zu eines der Pferde gegen die hölzerne Zwischenwand schlug oder Benisa leise nach der Mutter rief. Doch dann auf einmal polterte etwas und Cashel wieherte. Ihr Wiehern hatte einen merkwürdig anderen Klang als sonst. Ich fuhr hoch. Beim zweiten Mal stand ich auf und schaute durch das kleine Fenster über dem Stehpult.

Colleen lag festgeklemmt unter einer der Heuraufen. Ich lief hinaus, um ihr zu helfen, aber sie war zu schwer für mich. Auf meinen telefonischen Hilferuf hin kam ein junger Bauer. Zu zweit gelang es uns, Colleen zu befreien. Sie stand auf, schwankte ein wenig, starrte mich mit glasigen Augen an und wollte sich gleich wieder hinlegen. Kolik.

Die rasch herbeigeholte Tierärztin empfahl mir, sie sofort in eine Klinik zu bringen.

»Warum?«, fragte ich erschrocken.

»Ileus-Verdacht«, sagte sie kurz. »Ileus« bedeutet Darmverschluss. »Sie muss operiert werden!«

Während der Untersuchung versuchte Colleen immer wieder, sich hinzulegen, woran wir sie nur mit Mühe hindern konnten.

Es war fast halb neun Uhr abends und ich war nach der Bewältigung von über sechshundert Kilometern Autobahn ziemlich müde. Wer würde mir helfen? Bis in die Klinik waren es wieder fünfzig Kilometer und mit der schwer kolikenden Stute wollte ich nicht gern allein fahren. Nach einigem Herumtelefonieren fand ich jemand und um halb zehn Uhr stand Colleen in einer Pferdeklinik.

Der Chef untersuchte sie selbst.

»Sie ist nicht mehr die Jüngste«, murmelte er. »Sollen wir sie noch operieren?«

»Ja«, sagte ich.

»Dann lassen Sie sie da!«

Mach's gut, Colleen, dachte ich, aber ich war nicht sicher, ob sie es überstehen würde.

Und so verließ ich sie: Sie stand in einer großen Box unter Wärmestrahlern, die ihr rot glühendes Licht über sie ausschütteten. In ihrem Gesicht spiegelten sich die Schmerzen und sie beachtete weder mich noch sonst jemanden in ihrer Umgebung.

Am nächsten Mittag wurde sie operiert. Ein Stück Dünndarm hatte sich um eine Fettgeschwulst geschlungen und die Ärzte mussten einen Meter davon herausschneiden. In der darauffolgenden Nacht starb sie an Kreislaufversagen.

So schlimm der Tod Colleens für mich war – mit ihm war ein Abschnitt meines Lebens zu Ende gegangen –, so froh war ich, dass ich keine Entscheidung über ihren Tod treffen musste. Ich hatte alles getan, um ihr noch ein paar Jahre auf meiner Koppel zu ermöglichen. Es sollte nicht sein.

Schon lange vorher hatte ich den Plan gehabt, dass meine Freundin Monika Cronshagen, die Colleen gut kannte und sie auch geritten hatte, ein Bild von ihr malen sollte. Ich wollte es mir über den Schreibtisch hängen, so wie in England oft Porträts »bedeutender« Pferde die Salons ihrer Besitzer oder Züchter schmücken. Warum sollte nicht auch einmal ein »unbedeutendes« Pferd porträtiert werden?

Da starb Colleen und Monika musste neben ihrer Erinnerung Fotos zu Hilfe nehmen. So kam es, dass es eine jüngere Colleen ist, die sie darstellte. In den letzten Jahren war sie fast ganz weiß geworden. Nur das Erbstück ihres arabischen Großvaters, die Fliegentupfen, hatten sich vermehrt. Der weiche Rücken hing noch etwas mehr durch. Sie war immer noch zu dick und ihre Hufe waren von vielen Huflederhautentzündungen vernarbt. Nur ihre Augen waren jung geblieben. Dunkel wie die Tümpel der irischen Moore und immer ein bisschen frech.

Zwei Monate später wäre sie zwanzig Jahre alt geworden.

Das Pferd aus den Bergen

Für Begonia

Das Dorf

1.

Die Welt schien nur noch aus Steinen zu bestehen, aus schneebedeckten Gipfeln, kargen Hochebenen, tiefen Schluchten und den Felsbrocken, die auf die Straße fielen und den Autofahrern das Leben schwer machten. Kurz bevor der alte Lastwagen die Passhöhe erreichte, ging die Sonne unter und tauchte die Gipfel der Anden in tiefen Schatten. Der eiskalte Atem der Gletscher ließ die Menschen erschauern.

Dicht neben der Straße, am Scheitelpunkt des Passes, stand eine Bretterbude, in der Getränke ausgeschenkt wurden, davor ein windschiefer Pfosten mit einem Schild: Höhe über dem Meer 4.113 m.

Der Fahrer hielt an. Er stieg aus, öffnete die Kühlerhaube, schraubte den Deckel vom Wassertank und ließ den Dampf entweichen. Verärgert stellte er fest, dass ein Stein einen Scheinwerfer zerschlagen hatte.

Der Beifahrer drehte das Fenster nach unten. Er suchte mit der Hand den äußeren Türgriff und öffnete die Tür. Dann rutschte er von seinem Sitz, sprang auf die Straße, ging am Wagen entlang nach hinten und lugte durch einen Spalt in den offenen Laderaum. Das Pferd döste vor sich hin. Der Strick, an dem man es angebunden hatte, hing locker durch. Den Kampf gegen ihn hatte es schon lange aufgegeben.

»He«, redete es der Mann an. Das Pferd zuckte zusammen, weil es nicht wusste, woher die Stimme gekommen war. Doch als es sein Auge hinter dem Spalt erkannte, spitzte es die Ohren. Beruhigt kehrte der Beifahrer wieder auf seinen Platz zurück.

»Alles in Ordnung«, sagte er, während er die Kurbel betätigte, die die Glasscheibe auf seiner Seite hochschob. »Dein Karren ist auch nicht mehr neu.«

»Das hat niemand behauptet«, antwortete der Fahrer, der schon wieder hinter dem Lenkrad saß, während er missmutig die schmale, an einem steilen Hang entlangführende Straße betrachtete, deren gefährliche Haarnadelkurven noch vor ihnen lagen. Die aus dem Abgrund wie ein drohendes Ungeheuer nach oben kriechende Dunkelheit machte ihm Angst. Tief unten aus der Schwärze war das Tosen eines Gewässers zu hören, das im Kampf gegen die engen Wände, über riesige Steinblöcke schäumte, in hohen Kaskaden über Felsstufen stürzte und brodelnd weiterströmte, den sandigen Ebenen im Westen zu.

»Ein Brandy würde uns sicher nicht schaden!«, seufzte der Mann auf dem Nebensitz mit einem sehnsüchtigen Blick auf die Bretterbude und rieb sich dabei die vor Kälte halb erstarrten Hände. Sie waren schon lange unterwegs und ziemlich müde.

»Kommt nicht infrage«, sagte der Fahrer. »Dazu ist es zu spät. Wir müssen den verdammten Pass hinter uns bringen, bevor es ganz dunkel wird.« Krachend legte er den ersten Gang ein und ließ die Kupplung los. Mit einem

Satz sprang das Auto vorwärts und rollte weiter. Das Pferd polterte gegen eine Seitenwand.

Die Straße führte steil nach unten. Kleine, von den Reifen hochgeschleuderte Kieselsteine prallten gegen die Wände des Laderaums. Aus seinem Inneren drang ein dumpfer Schlag.

»Fahr langsam!«, sagte der Mann auf dem Nebensitz. »Señor Garcia reißt mir den Kopf ab, wenn seinem kostbaren Pferd etwas geschieht.«

»Ist es teuer, seine Stute von einem Champion decken zu lassen?«, fragte der Fahrer.

»Mehr als Leute wie du und ich im Monat verdienen.«

»Bekommt dieser Garcia dann auch einen höheren Preis für eine trächtige Stute als für eine, die kein Fohlen erwartet?«

»Wahrscheinlich schon. Soviel ich weiß, hat er sie schon einem reichen Haciendero versprochen.«

Obwohl es langsam an der Zeit gewesen wäre, den übrig gebliebenen Scheinwerfer einzuschalten, fuhren sie ohne Licht. Doch es hätte sie auch nicht vor dem bewahrt, was kurze Zeit später geschah und was von den Indios als ein Zeichen des Zorns ihrer alten Götter gedeutet wurde. Wenn sie recht hatten, dann musste der Zorn die Götter hier ziemlich oft übermannen, denn seit diese Straße dem Verkehr übergeben worden war, hatte das gleiche Schicksal schon viele andere Fahrzeuge auf ähnliche Weise ereilt.

Sie hatten schon einige Kurven hinter sich, als sich ein

kleiner scharfkantiger Stein in einen der vorderen Reifen des Wagens bohrte und ihn zum Platzen brachte. Unglücklicherweise geschah das mitten in einem Steilstück. Als der Schlag dem Fahrer das Lenkrad aus der Hand riss, trat er hart auf die Bremse. Das machte alles noch schlimmer. Der Wagen begann zu schlingern. Er rutschte seitlich weg und prallte auf der Höhe der Hinterachse gegen die Felswand. Das brachte das Pferd aus dem Gleichgewicht. Es krachte gegen eine der ohnehin morschen Seitenwände, zerbrach dabei einige Bretter und geriet in Panik. Durch eine heftige Bewegung zerriss der Haltestrick.

Währenddessen schleuderte das unlenkbar gewordene Auto auf die andere Seite und wieder zurück. Als das Pferd zum zweiten Mal gegen die Wand geworfen wurde, gab auch der Rest der Bretter nach und stürzte in einzelnen Teilen auf die Straße. In ihrer Angst setzte die Stute zu einem Sprung an, der ihr misslang, weil sie auf dem von ihrem Urin durchnässten Boden ausglitt. Sie überschlug sich und fiel ziemlich unsanft auf den harten Straßenschotter.

Immer noch versuchte der Fahrer, das Auto wieder in seine Gewalt zu bekommen, während sein Beifahrer mit angstgeweiteten Augen an der Kurbel drehte, um das Fenster zu öffnen. Doch nach wenigen Augenblicken schleuderte der Wagen über die Straßenkante und kippte nach unten. Er überschlug sich ein paarmal und stürzte dann in die Finsternis, dem tosenden Fluss entgegen. Eine Stichflamme erhellte die Wände auf beiden Seiten des Abgrunds und zugleich war der Schlag einer Explosion zu hören, der die Felsen erbeben ließ und einige Steinschläge auslöste. Die Berge warfen den Schall zurück und gaben ihn weiter, hinüber und herüber von Felswand zu Felswand, bis er als leises Donnern in der Ferne verhallte. Erst als der letzte Stein zur Ruhe gekommen war, kehrte die Stille zurück, eine spürbare, schreckliche Stille, die sich wie ein unsichtbares Leichentuch über alles legte.

2.

Die Stute berührte das nicht. Einige Atemzüge lang war sie völlig benommen liegen geblieben. Dann richtete sie sich auf und versuchte, auf die Beine zu kommen. Ein schrecklicher Schmerz durchzuckte ihr vorderes rechtes Fesselgelenk. Sie sank zurück. Ihre Atmung ging flach und schnell und ihr Herz klopfte wie rasend gegen die Rippen. Eine tiefe blutende Wunde zog sich in einem Bogen von ihrer Kruppe bis zu einem der Hüftgelenke. Qualvoll zog sie die Nüstern hoch und zwang sich zu einem neuen Versuch. Dieses Mal schaffte sie es. Schwankend blieb sie einen Augenblick stehen. Der Schmerz in ihrer rechten Fessel war fast nicht erträglich. Sie getraute sich nicht, das Bein zu belasten.
Inzwischen war die Nacht völlig hereingebrochen. Der

Stute war alles fremd. Sie war es gewöhnt, sich, zusammen mit vielen anderen Pferden, in einer umzäunten Weide aufzuhalten. Sie war es gewöhnt, dass immer genug Futter und Wasser da war und dass alle paar Tage ihre seidige, bis zu ihrem Buggelenk reichende Mähne gebürstet wurde. Nur auf der Hin- und der Rückfahrt zu diesem Hengst war sie allein gewesen, sonst nie. Immer hatten ihr andere Pferde oder auch Menschen Sicherheit und Schutz gewährt. Auf einmal war sie allein, allein mit ihren Schmerzen, nur umgeben von der mondlosen Nacht. Dass diese Finsternis ihr Schutz gewährte, weil ihr Fell so dunkel war wie der nächtliche Schatten, wusste sie nicht. Das einzig Helle an ihr war ein schmaler, nach unten messerspitz zulaufender weißer Streifen auf der Mitte der Stirn. Doch er wurde fast völlig von ihrem langen Schopf verdeckt.
Sie zitterte. Der Schreck saß ihr noch in den Gliedern. Der ihr angeborene Instinkt drängte sie dazu, die Flucht zu ergreifen. Deshalb hob sie das verletzte Bein vorsichtig an und setzte es kurz vor dem gesunden wieder auf. Wie ein Blitz durchzuckte der Schmerz ihr Fesselgelenk, als sie es zu belasten versuchte. Rasch zog sie das gesunde Bein nach. Nach wenigen Schritten hatte sie gelernt, wie sie den Huf aufsetzen und gleich wieder anheben musste, um diesen Schmerz so gering wie möglich zu halten. Der kühle, aus der Schlucht steigende Windhauch warnte sie vor der gefährlichen Straßenkante. Die Nähe der Felswand auf ihrer anderen Seite versprach Si-

cherheit. Es war ein Glücksfall, dass ihr kein Auto begegnete. Die meisten Fahrer scheuten sich, bei Nacht den Pass zu überqueren.
Die erste Haarnadelkurve verunsicherte die Stute. Plötzlich war der steile Hang auf ihrer Seite verschwunden. Vor ihr gähnte ein Abgrund. Sie verharrte kurz, um sich zu orientieren, und entdeckte gleich darauf die schützende Wand auf der gegenüberliegenden Seite. Alle paar Hundert Meter blieb sie stehen und wartete darauf, dass der Schmerz in der Fessel ein wenig nachließ. Doch ihre innere Unruhe trieb sie schon bald dazu weiterzugehen. Wieder setzte sie den verletzten Fuß nach vorn, belastete ihn so kurz wie möglich und verlagerte rasch ihr Gewicht auf die andere Seite. Die Wunde auf ihrer Kruppe behinderte sie nur wenig.
Einmal blieb sie längere Zeit unter einem Überhang stehen und döste ein. Ihr Kopf sank tiefer und tiefer. Doch als sie im Schlaf aus Versehen ihr Gewicht auf das verletzte Bein verlegte, wurde sie durch den Schmerz wieder wach. Sie schreckte hoch und hinkte weiter.
Ein heller Schein hinter den Bergen im Osten kündigte die Sonne an. Die Hänge auf beiden Seiten der Straße wurden allmählich flacher. Ein schmaler Ziegenpfad führte schräg abwärts zwischen Felsblöcken und niederen Sträuchern hindurch in das Tal, durch das der Gletscherbach strömte. Der Blutverlust hatte die Stute durstig werden lassen. Der Geruch nach Wasser und die Aussicht, ihren Durst dort unten löschen zu können, veran-

lassten sie, die Straße zu verlassen und den Pfad einzuschlagen. Der durch zahlreiche Regenrinnen zerrissene Boden machte ihr das Gehen schwer, doch das Rauschen des Wassers drängte sie, nicht stehen zu bleiben. Erst als die Sonne bereits hoch über den Gipfeln stand, erreichte sie das Ufer. An einer flachen von vielen Spuren durchsetzten Felsbank endete der Weg. Es war eine Tränke, die offensichtlich auch von anderen Tieren benützt wurde. An dieser Stelle sammelte sich das eiskalte, leicht milchig gefärbte Wasser des Flusses in einem Tümpel.

Erst als die Stute das verletzte Bein einknickte, erreichte sie mit den Lippen die Wasseroberfläche. Ohne auch nur einmal abzusetzen, trank sie in tiefen Zügen. Danach hob sie den Kopf und ließ den letzten Schluck auf den Boden tropfen. Der quälende Durst war gelöscht. Doch das war nicht der einzige Grund, warum sie sich wohler fühlte. Unbeabsichtigt war sie mit den Vorderbeinen ins Wasser gerutscht und die eisige Kälte hatte den Schmerz in der Fessel betäubt. Dieser fast schmerzfreie Zustand war die Ursache für ihr Wohlbehagen. Die Stute blieb eine Weile stehen und blickte sich um. Als sie auf der anderen Seite der Tränke ein saftiges Grasbüschel entdeckte, verspürte sie Hunger. Vorsichtig machte sie einen Schritt vorwärts, blieb wieder stehen und stapfte weiter, als nichts geschah. An der tiefsten Stelle des Tümpels reichte ihr das Wasser bis an die Sprunggelenke. Während es noch ihre Beine umspülte, schnappten ihre Zähne schon nach den Halmen und rissen sie ab. Das Gras schmeckte süß. Es weckte die Lust auf das nächste Büschel, das ein Stück weiter hinten zu sehen war. Dafür musste sie den Tümpel verlassen. Sofort war der Schmerz wieder da. Doch der Hunger und die Aussicht, ihn stillen zu können, trieben das Pferd das flach ansteigende Ufer hoch, an dem sich der Ziegenpfad fortsetzte. Von Büschel zu Büschel bewegte es sich weiter vorwärts bis in ein kleines Seitental. Sein dunkles Fell, durch das es sich kaum von der Umgebung abhob, bewahrte es davor, von einem der Autofahrer bemerkt zu werden, die den Pass überquerten.

Nachdem die Sonne untergegangen war, wurde es merklich kühler und die Stute blieb im Schatten eines großen Felsblocks stehen, der ihr ein wenig Schutz vor dem Wind bot. Sie hatte Angst davor, sich niederzulegen, und döste im Stehen ein. Am nächsten Morgen hinkte sie weiter, immer hinter den Grasbüscheln her. Als es gegen Mittag warm wurde, kehrte der Durst zurück und sie drehte um, weil der Wind ihr die Witterung des Baches in die Nüstern trieb.

Ein neuer, unbekannter Schmerz begann sie zu peinigen. Bei ihrem Sturz hatten sich kleine Steinchen in die Wunde auf ihrer Kruppe eingegraben. Sie entzündete sich. Gegen Abend wurden die Schmerzen so schlimm, dass die Stute zu fressen aufhörte. In dieser Nacht fand sie keinen Felsen, der sie vor dem Schneewind schützte. Zitternd vor Hunger, Schwäche und Schmerzen blieb sie einfach irgendwo zwischen den Büschen stehen und litt vor sich hin. Die Wunde auf ihrem Rücken fing an zu eitern. Auch als am nächsten Morgen ein riesiger Schatten über ihr kreiste, schreckte sie nicht hoch. Ein großer schwarzer Vogel ließ sich auf einem Stein in ihrer Nähe nieder. Er reckte den faltigen, im Nacken von einem hellen Federwulst umkränzten Hals in ihre Richtung und beobachtete sie mit gierigem Blick.

Gegen Mittag knickten der Stute die Beine weg und sie legte sich hin. Sie fieberte und verlor jegliches Interesse für das, was in ihrer Umgebung geschah. Deshalb berührte sie es auch nicht weiter, als der Kondor seine riesigen Schwingen ausbreitete und davonstrich. Er hatte Erfahrung. Solange das Pferd nicht mit ausgestreckten Beinen auf der Seite lag, steckte noch zu viel Leben in ihm.

Gegen Abend stieg das Fieber und die Stute träumte in ihrem Wahn von einer weiten Hochfläche, die sie zusammen mit vielen anderen Pferden in rasendem Galopp überquerte. Sie atmete röchelnd. Ihre matten, nur halb geöffneten Augen erkannten nichts mehr, nicht mehr den Strauch, in dessen Schatten sie niedergesunken war, nicht das Grasbüschel vor ihren Nüstern oder den Stein, um den sich der Pfad herumwand. Sie sank auf die Seite und streckte die Beine aus.

So entging es ihr auch, dass sie auf einmal nicht mehr allein war.

3.

Von den Gletschern, den verschneiten Gipfeln, den steilen steinigen Hängen, stieg ein alter Mann ins Tal hinab. Mit lautlosen Schritten ging er dem Nebel entgegen, der aus den Schluchten dampfte und den Fuß des Gebirges bedeckte, sodass die Gipfel zu schweben schienen. Das braune, runzlige Gesicht des Mannes, das von einer scharfkantigen, leicht nach unten gebogenen Nase beherrscht wurde, wirkte wie aus Stein geschlagen und die grauen, unter der Wollmütze hervorlugenden Haare wie die dürren Grashalme, die im Geröll ihr karges Dasein fristeten. Über den halblangen und schon ziemlich ausgefransten Hosen trug er einen Poncho, der ehemals rot gewesen sein musste, und an den Füßen Plastiksandalen. Seine Augen waren wach, leuchtend und scharf, ähnlich denen der Falken.

Von weit oben hatte er den dunklen reglosen Leib des Pferdes erspäht und auf einem Stein neben ihm den Kondor, der seine Zeit für gekommen hielt. Misstrauisch äugte der Vogel dem Mann entgegen, dann hüpfte er auf einen entfernter liegenden Felsblock, um den Abstand zwischen ihnen zu vergrößern.

Als der Alte die auf der Seite liegende Stute erreichte, legte er die Hand auf ihre Flanke und tastete nach ihrem Herzen. Er spürte ein schnelles Pochen. Sie lebte. Behutsam untersuchten seine Finger die Wunde auf ihrer Kruppe.

Wie kommt ein so edles Pferd wie du in diese raue Gegend?, fragte er sie mit einer lautlosen Stimme, die tief aus seinem Inneren drang und deren Worte nur der verstehen konnte, an den sie gerichtet waren. Wie kommst du zu dieser Verletzung? Mit einer zärtlichen Handbewegung strich er über die Augen der Stute. Wer hat dir das angetan, meine Schöne? Dein Fleisch steckt voller Straßenschotter, ohne ihn wirst du dich besser fühlen.
Er zog ein Messer unter seinem Poncho hervor und stocherte in der Wunde herum. Über das schweißnasse Fell der Stute lief ein Zucken.
Ich weiß, dass es wehtut, setzte der Indio sein stummes Gespräch fort und schnitt tiefer. Aber bevor ich nicht alles herausgekratzt habe, kann deine Wunde nicht heilen.
An den Stellen, an denen die Haut schon zerstört war, trennte er die Fetzen mit einem raschen Schnitt ab, an den anderen bahnte er dem Eiter einen Weg. Erst als er mit seiner Arbeit zufrieden war, legte er das Messer weg und stand auf. Dabei fiel sein Blick auf den Kondor, der immer noch auf dem Felsblock hockte und zu ihm hinüberstarrte.
»He«, schrie er ihn wütend an. »Hau ab! Such dir ein anderes Opfer! Das hier ist nichts für dich!«
Der Vogel reckte den Hals. Dann breitete er seine riesigen Flügel aus und hüpfte einige Male schwerfällig über den Boden. Als er genügend Luft unter seine Schwingen geschaufelt hatte, lösten sich seine mächtigen Greifer von der Erde. Mit einigen Flügelschlägen gewann er an Höhe

und flog davon. Beruhigt sah ihm der Mann nach. Dann entfernte er sich von dem Pferd und folgte dem Pfad in Richtung des Gletscherbachs. Ab und zu bückte er sich und pflückte eine zwischen den Steinen wachsende Pflanze ab. An der Tränke löste er den Knoten seines Halstuchs, tauchte es ins Wasser und wickelte anschließend die Kräuter hinein. Dann kehrte er zu der Stute zurück, die ruhig liegen geblieben war, und setzte die einseitige Unterhaltung mit ihr fort:

Na, wie geht es dir jetzt? Bald hast du's überstanden. Er presste das Tuch über ihrer Kruppe zusammen, bis es zu tropfen begann. Dabei achtete er sorgfältig darauf, dass der Sud in jeden Winkel der Wunde rann.

Längst waren die dichten Nebelschwaden über ihren Köpfen zusammengeschlagen, längst war die Nacht hereingebrochen. Der Alte sammelte Holz, schichtete es auf einen Haufen und machte Feuer. Dann hockte er sich auf einen Stein neben das kranke Pferd und bewachte seinen Schlaf. Während hoch über dem Nebel die Sterne ihren nächtlichen Bahnen folgten, stand der alte Indio mehrmals auf und wiederholte die Behandlung der Wunde.

Als ein heller Schein über den Bergen die Sonne ankündigte, ging es der Stute deutlich besser. Das Fieber war gesunken. Die Kräuter hatten geholfen.

Du solltest versuchen aufzustehen, forderte sie die innere Stimme des Mannes auf. Der Weg bis zur Tränke ist nicht allzu weit und das Wasser dort sehr gesund. Inti, die Sonne, hat es Tropfen für Tropfen dem Eis abgerungen und Pachamama, die Erdmutter, hat ihm die heilsame Kraft der Steine mitgegeben. Es ist abwärtsgerieselt und hat dabei den Durst vieler Tiere gelöscht. Nun wartet es darauf, auch deinen Durst löschen zu können und das Fieber endgültig aus deinem Leib zu waschen.

Nach mehreren vergeblichen Versuchen gelang es dem Pferd, auf die Beine zu kommen. Der Schmerz in seiner Fessel hatte etwas nachgelassen – vielleicht hatte es sich auch an ihn gewöhnt. Es hinkte hinter dem Indio her, der es mit gurrenden und schnalzenden Lauten ermunterte, ihm zu folgen. Schritt für Schritt quälte es sich den Pfad entlang, blieb stehen und raffte sich erst wieder auf, wenn der Mann seine Lockrufe lauter und eindringlicher werden ließ. Als sie den Bach erreichten, hielt er an und ließ es trinken. Danach führte er es zu einer Stelle, an der viele Grasbüschel wuchsen. Auf einen Stock gestützt stand er da und wartete, bis es satt war und sich niederlegte. Er betrachtete es lange und blickte kein einziges Mal auf, auch dann nicht, als der schwarze Schatten des Kondors über ihn huschte.

Gegen Abend fachte er in einiger Entfernung wieder ein kleines Feuer an. Er wühlte in seinen Taschen, bis er ein paar trockene Maiskörner fand, die er sich eines nach dem anderen zwischen die Lippen schob und zerkaute. Später zog er eine Flöte unter seinem Poncho hervor und begann, eine monotone Melodie vor sich hin zu blasen. Sie klang wie der Wind in den Bergen, der schon seit vielen Jahrmillionen in unverminderter Stärke über die Gip-

fel fegte, erzählte vom unablässigen Regen auf der einen Seite des Gebirges und der großen Trockenheit auf der anderen, von der Not der Menschen und der Vergänglichkeit aller Dinge. Es war ein Lied ohne Worte, das außer ihm niemand verstand.
Als die Stute mitten in der Nacht einmal erwachte, war der alte Indio nicht mehr da. Wieder war sie allein, aber es ging ihr viel besser.

4.

Abermals hinkte sie zur Tränke, um ihren Durst zu löschen. Dann kehrte sie zu der Stelle zurück, an der ihr der alte Indio begegnet war. Auf der Suche nach Futter quälte sie sich weiter hinauf, bis in ein weites, einsames Tal. Mit der Zeit ließ der Schmerz in der Fessel weiter nach. Hie und da zweigten an den Seiten andere Pfade ab und gruben kleine Schneisen in das Geröll. Einem von ihnen folgte das Pferd. Mit der Zeit lernte es, bittere und süße, dornige und schwer verdauliche Kräuter voneinander zu unterscheiden. Als es gegen Abend wieder durstig wurde, drehte es nicht um, sondern humpelte weiter, bis es am Ende des Tals einen klarblauen See erreichte, in dessen Oberfläche sich die Gipfel der Berge spiegelten. Dass ihm hier kein Strauch und kein Baum Schutz vor dem kalten Wind bot, störte es nicht. Es hatte seinen Bauch gefüllt, seinen Durst gelöscht und die Wunde auf seiner Kruppe heilte allmählich zu. Die einzige Regung, die es dazu trieb, sich eine flache sandige Stelle zu suchen, war der Wunsch, sich niederzulegen und so das verletzte Bein zu entlasten.

Über den Geröllhalden kreiste der Kondor. Es schien, als wären Pferd und Vogel die einzigen Lebewesen in einer Welt ohne Bäume, ohne Häuser, ohne Straßen und Eisenbahnlinien.

Es wurde kalt. Die Ränder des Sees bedeckten sich mit einer dünnen Eisschicht. Die Stute begann zu zittern. Sie stand wieder auf, scharrte, ging ein paar Schritte weiter und stolperte mit dem verletzten Bein, wobei ihr der Schmerz erneut in die Fessel fuhr. Sie wartete, bis er nachließ, und versuchte dann, ihren alten Liegeplatz wiederzufinden, gab aber nach einer Weile die Suche auf und blieb schicksalergeben stehen. Sie empfand nichts für die großartige Schönheit der Berge, nichts für den gläsernen Nachthimmel mit seinem Sternenmuster, der sich in dem See verdoppelte. Sie empfand nur Kälte, Hunger und Sehnsucht nach den anderen Pferden aus ihrer Herde. Sie wusste auch nicht, wie viel Zeit verstrich, bis der erste Sonnenstrahl über den Bergkamm huschte. Schneefahnen wehten über den Gipfeln. Um ihren Durst zu löschen, musste sie am Ufer des Sees erst die Eisschicht zerbrechen. Sie trank in kleinen langsamen Schlucken. Das eiskalte Wasser prickelte auf ihrer Zunge.

Drei Viertel des Tales waren von kargen Geröllhängen umgeben. Zwischen den Steinen wuchs kein Strauch, kein Gras. Die vierte Seite öffnete sich nach unten. Auf diesem Weg war die Stute hierhergekommen, nur auf diesem konnte sie es wieder verlassen. Vorsichtig, Fuß vor Fuß setzend, begann sie den Abstieg. Doch schon bald nahm der Schmerz in der Fessel wieder zu. In immer kürzer werdenden Abständen musste sie stehen bleiben und warten, bis er nachließ. Gegen Mittag kreuzte ein breit ausgetretener und offenbar viel benutzter Pfad ihren Weg. Er führte auf gleicher Höhe an einem Hang entlang und verschwand im nächsten Seitental. Ohne zu überlegen, schlug das Pferd diesen Weg ein.

Es war hungrig. Die Grasbüschel und niederen Büsche an den Seiten des Pfades hatten vor ihr schon andere Tiere bis zum Boden abgenagt. Immer wieder blieb die Stute mitten auf dem Pfad stehen und döste ein. Dabei sank ihr Kopf immer tiefer und sie begann, im Schlaf hin- und herzuschwanken. Auf einmal weckte sie ein fremdes Geräusch und sie schreckte hoch. Auf dem Pfad vor ihr stand ein Tier, das sie noch nie in ihrem Leben gesehen hatte. Es war etwas kleiner als sie und stand mit hocherhobenem Kopf und nach vorn geklappten Ohren still da und starrte sie an. Seine Beine waren dünn, die Hufe gespalten wie die Klauen von Schafen. Aber es war größer als diese und sein Körper bedeckt mit gelblicher Wolle. Es roch fremd, nicht wie ein Pferd und auch nicht wie ein Schaf. Die Stute schnaubte vor Schreck. Bis dahin hatte sie ihr Leben am Rand einer Wüste verbracht. Dort gab es weder Lamas noch Alpacas oder Vicunjas, Tiere, deren Heimat die Anden waren. Das Pferd wölbte seinen Hals nach vorne, blähte die Nüstern und prustete das fremde Wesen noch einmal an. Da machte das Lama einen Satz zur Seite und flüchtete hangabwärts. Die Stute starrte ihm eine Weile nach, bevor sie ihren Weg fortsetzte. Gegen Abend öffnete sich ein zweites Tal vor ihr, und als ihr der Wind den Duft von saftigem Gras in die Nüstern blies, nahm sie die erste Gelegenheit wahr, verließ den Hauptpfad und stieg dem Geruch entgegen. Schon bald hörte sie das gluckernde Rieseln von Wasser und das Geräusch, das entstand, wenn es über die Steine schäumte. Gegen Abend erreichte sie eine kleine, von einem schmalen Wasserlauf durchquerte Hochebene. Die Ufer des Baches waren dicht mit Gras bewachsen.

Die Stute trank, dann fraß sie so lange, bis sich ihr Bauch wölbte. Bei Einbruch der Nacht, als ihr der kalte Wind bis auf die Knochen drang, suchte sie sich einen Platz im Windschatten eines Findlingsblocks. In dieser Nacht schlief sie gut.

Die nächsten Tage verbrachte sie in der Nähe des Wassers. Sie achtete nicht darauf, dass der Kondor auf der Suche nach Aas oder verletzten Tieren, nach Lamafohlen, Ziegenlämmern und kleinen Nagern über ihr kreiste. Die Gefahr, dass sie eine Beute für ihn werden könnte, war vorbei, weil ihm zur rechten Zeit der alte Indio in die Quere gekommen war.

Die Zeit verging. Während die Nordhälfte der Erde von Winterstürmen heimgesucht wurde, war es südlich des

Äquators Sommer. Das bedeutete, dass sich hoch oben in den Anden Regen und Sonne abwechselten. Windig war es immer, doch die Nächte waren mild und nur selten frostig.

Nachdem die Stute die Ufer des Baches abgeweidet hatte, zwang sie der Hunger, sich weiter hinein ins Gelände zu wagen. Immer noch konnte sie das verletzte Bein nicht richtig belasten. Sie hatte inzwischen gelernt, dass sie den Huf vorsichtig aufsetzen und ihm ihr Gewicht für kurze Zeit zumuten konnte. Von Tag zu Tag ging es besser. Auf der Wunde, die von dem Indio behandelt worden war, hatte sich eine dicke Kruste gebildet.

Eines Morgens begann es, stärker zu regnen als sonst. Wie immer nahm ihr Fell zuerst die Nässe nicht an, doch als es nicht aufhörte und die Tropfen sie bis auf die Haut durchnässt hatten, begann sie zu zittern. Sie senkte den Kopf, damit ihr das Wasser nicht in die Augen rann. Gegen Abend wurde der Wind zum Sturm. Ein Graupelschauer peitschte Grasbüschel und Sträucher zu Boden. Wie viele Tausend Nadeln durchdrangen die Graupel das seidendünne Fell des Pferdes und stachen ihm in die Haut. Es zog sich in den Schutz eines Felsblocks zurück.

Es regnete mehrere Tage hintereinander. Die Gipfel der Berge verbargen sich hinter dichten grauen Wolken. Der kleine Gletscherbach schwoll zu einem reißenden Gewässer an, das die runden Steine an seinen Ufern überspülte. Für die Stute war es gefährlich, ihren Durst zu löschen. Da sie in der Nähe ihres Standplatzes alles abgefressen hatte und sie sich nur höchst ungern dem Wind aussetzte, hungerte sie. Bald traten ihre Rippen hervor und an den Flanken entstanden tiefe Mulden. Doch dann hörte der Regen auf und die Sonne trocknete das durchnässte Fell. Auch der Kondor ließ sich wieder auf seiner Kreisbahn unter den Wolken blicken.

Sobald sich der Bach beruhigt hatte, durchwatete ihn die Stute, um sich auf der anderen Seite auf die Suche nach Futter zu machen, das ihr den Leib füllen könnte. Ohne es zu bemerken, näherte sie sich wieder dem Ausgang des Tals. Als ein fremdes Geräusch an ihre Ohren drang, schreckte sie hoch. Es war eine Kinderstimme, begleitet von den Tönen einer Flöte, von Ziegengemecker und dem heiseren Ruf eines Lamas. Die Stute verharrte. Der Wind trug ihr die Ausdünstungen von Menschen und von jenem Tier zu, das ihr bei der ersten Begegnung einen so großen Schrecken eingejagt hatte. Nichts, aber auch gar nichts konnte sie veranlassen, den Tönen entgegenzugehen. Sie drehte sich rasch um und hinkte zurück.

Niemand zählte die Tage, Wochen oder Monate, die sie in den Hochtälern des Gebirges verbrachte. Nur die Anzahl der Grasbüschel, die sie abfraß, maß die Zeit. Ab und zu trug ihr der Wind den Geruch und die Stimmen der Kinder zu, die ihre Herde ein Stück weiter unten weiden ließen. Einmal gerieten sie auch in ihr Blickfeld. Doch die Stute vermied die Begegnung. Ihr dunkles Haarkleid, mit dem sie sich kaum von den Felsen abhob, half ihr dabei.

5.

In den Ebenen am Pazifik wünschten sich Menschen, Tiere und Pflanzen sehnlichst den Regen herbei, der in den Wäldern im Osten in so großen Mengen vom Himmel stürzte, dass der Amazonas und seine Nebenflüsse schon bald über die Ufer traten. Auch im Gebirge waren die Nächte immer noch mild. Wenn die Sonne schien, nahmen die Felsen ihre Wärme in sich auf und speicherten sie. Gegen Mittag brannten die Strahlen auf das Fell der Stute, die der Hitze nur entgehen konnte, wenn sie rechtzeitig einen Schattenplatz fand. Die Wunde war verheilt. Nur eine hässliche breite Narbe zeigte noch an, wo sie einmal gewesen war. Auch die Schmerzen in der Fessel waren auf ein erträgliches Maß zurückgegangen, an das sie sich gewöhnt hatte. In ihrem Inneren wuchs etwas Neues, Geheimnisvolles heran, das sie veranlasste, sich nur mit großer Vorsicht zu bewegen. Die Versuche, mit dem ihr angeborenen gebrochenen Passgang schneller voranzukommen, hatte sie schon bald wieder aufgegeben, da bei dieser Art Vorwärtsbewegung jedes Bein für einen kurzen Augenblick ihr volles Gewicht übernehmen musste. Das hielt die verletzte Fessel immer noch nicht aus.

An einem Tag, an dem der Wind dicke weiße Wolken über die Berggipfel trieb und ihre Schatten über die Gletscher huschten, an dem die Andenblumen wie jeden Tag ihre rosafarbenen Blütenkelche nach dem Lauf der Sonne ausrichteten, döste die Stute in den Mittagsstunden ein. Während sie schlief, wehrte sie mit dem Schweif lästige Fliegen ab. Sie hielt die Augen geschlossen und träumte von einer neuen Weide, da sie inzwischen fast alle verträglichen Blätter und Halme bis an den Fuß der Randmoränen abgegrast hatte. Um das verletzte Bein ein wenig zu entlasten, knickte sie es nach vorn, wenn sie stehen blieb. Sie hatte getrunken. Doch ein Magen voll Wasser verdrängte den Hunger nur für kurze Zeit. So war sie auf der Suche nach Futter, ohne es zu bemerken, allmählich wieder der Stelle näher gekommen, an der sie vor einiger Zeit den Hauptpfad verlassen hatte. Als ihr die Mittagshitze zuzusetzen begann, blieb sie im Schatten eines Felsens stehen, um sich ein wenig auszuruhen. Der aus der falschen Richtung kommende Wind war schuld, dass sie die Kinder nicht hörte, die ihr auf der Suche nach einem verirrten Lamafohlen auf dem Pfad entgegenkamen. Da sie keine Schuhe anhatten, verursachten ihre Schritte auch keinen Lärm. Nur das kleinste von ihnen benützte einen langen Stock, den es im Gehen auf den Boden stieß. Es waren ein Mädchen und zwei Jungen. Der jüngste war etwa sechs Jahre alt, in zerrissenen und für ihn viel zu großen Hosen, denen man ansah, dass sie vorher schon mehreren anderen Kindern als Kleidungsstück gedient hatten. Ein fahlgraues, wohl ehemals weißes Hemd steckte im Hosenbund, der nur durch einen Strick am Herunterrutschen gehindert wurde. Die braune Jacke, der man ansehen konnte, dass sie als Sakko schon bessere Zeiten erlebt haben musste, hing ihm über der Schulter. Das Gesicht des Jungen wirkte durch mehrere Schmutzflecken dunkler, als es tatsächlich war, und die schwarzen widerborstigen Haare standen nach oben. An der Ähnlichkeit war leicht zu erkennen, dass das vor ihm gehende, etwa zwölfjährige Mädchen seine Schwester sein musste. Sie hatte versucht, ihre Haare in einem Zopf zu bändigen, doch einzelne Strähnen waren seitlich herausgerutscht. Ab und zu strich sie sie mit einer Hand nach hinten, wo sie nicht lange blieben, vor allem nicht dann, wenn der Wind in Böen daherkam. Unter einem verschlissenen Schal trug sie ein rotes, bis fast an die Knöchel reichendes Kleid. Der Junge am Schluss hatte einen Poncho an, unter dem nur die nackten Beine zu sehen waren. Auf seinen Haaren saß ein alter löchriger Strohhut. An der Art, wie er ihn sich immer wieder in die Stirn zog, war zu erkennen, dass er sehr stolz auf dieses Bekleidungsstück sein musste. Er schien etwa acht, vielleicht aber auch schon zehn Jahre alt zu sein.

Als das Mädchen den Kondor entdeckte, der ohne Flügelschlag seitlich von ihnen seine Kreise zog, rief sie über die Schulter nach hinten:

»Juanito, Manolo, seht mal, ein Kondor!«

»Na und . . .?«, murrte Manolo.

»Vielleicht hat er das Lama entdeckt. Vielleicht ist es abgestürzt!«, rief der kleine Juanito aufgeregt. Der starke Wind riss ihm die Worte vom Mund. Erst als sich die drei bis auf wenige Meter der dösenden Stute genähert hatten, drangen ihre Stimmen in das Bewusstsein des Pferdes. Es warf den Kopf hoch. Durch die Bewegung aufmerksam geworden, blieben die Kinder stehen und starrten es an.

»Maria!« Juanito packte seine Schwester am Arm. »Was ist das?«

»Ein Pferd. Hast du noch nie ein Pferd gesehen?« Natürlich kannte der Junge Pferde. Es gab ein paar Männer, die auf ihnen zum Markt ritten. Doch hier oben, hoch über dem Dorf und den Terrassenfeldern, traute er seinen Augen nicht.

Die Stute hatte sich inzwischen von ihrem Schreck erholt. Sie war umgedreht und, so schnell es das wehe Bein erlaubte, auf dem Pfad vor den Kindern davongehumpelt.

»Es hinkt!«, schrie Manolo und stieß den vor ihm stehen gebliebenen Juanito unsanft zur Seite, weil er es verfolgen wollte. Doch Maria hielt ihn an einem Zipfel seines Ponchos fest. »Lass es in Ruhe«, sagte sie. »Sonst bleibt es mit einem Huf zwischen den Steinen hängen oder rutscht den Hang hinunter und verletzt sich noch mehr. Wenn wir es fangen wollen, müssen wir es überlisten.«

»Meinst du wirklich?« Juanito blickte seine Schwester bewundernd an. »Glaubst du, dass wir es alleine fangen können?«

»Wenn es uns nicht gelingt, können wir immer noch jemand um Hilfe bitten.«

»Dann werden sie's erschießen«, sagte Manolo.

»Das glaub ich nicht«, widersprach ihm das Mädchen. »Ein Pferd ist wertvoll, wertvoller jedenfalls als ein Lama oder eine Ziege, vielleicht sogar wertvoller als ein Rind«, weil Rinder für sie das Wertvollste waren, das eine Familie besitzen konnte.

»Wertvoll? Du meinst, man kann es verkaufen?« Manolo fand die Vorstellung, Geld für das Pferd zu bekommen, fast so aufregend, als habe er einen Goldschatz entdeckt. Einen Goldschatz zu finden, war ein Wunschtraum, dem die Kinder nachhingen, seitdem man sie mit der Herde in die Berge schickte. »Wenn das so ist, bin ich auch dafür, dass wir's allein versuchen.«

»Das geht aber nur, wenn keiner von euch im Dorf etwas davon erzählt. Auch du nicht, Juanito, ist das klar!«

»Natürlich«, antwortete der Junge beleidigt. »Ich bin doch kein Waschweib.«

»Gut«, sagte das Mädchen und fügte gleich darauf mit einem Blick auf die tief stehende Sonne hinzu: »Kehren wir um. Sonst wird's dunkel, bevor wir heimkommen.«

»Und was wird aus dem Lama?«, wollte Manolo wissen.

»Das suchen wir morgen weiter.«

Davon, dass der Kondor mit seinen scharfen Augen das abgestürzte Lamafohlen längst am Fuß eines Felsens entdeckt hatte und gerade dabei war, sich an ihm den Kropf zu füllen, ahnten sie nichts.

Das Dorf, in dem die Kinder lebten, bestand nur aus wenigen lehmbraunen Hütten, deren Dächer mit Stroh gedeckt waren. Vor ihnen dehnte sich ein fruchtbares Tal aus, doch in ihrem Rücken stieg das Gelände steil an. Dort hatten die Bauern schon seit vielen Jahrhunderten in mühsamer Arbeit Terrassen angelegt, um ihre Anbaufläche zu vergrößern. Hinter den Häusern befanden sich kleine ummauerte Höfe, in denen sich Schweine suhlten, ein paar Hühner im Sand scharrten oder magere Ziegen darauf warteten, gefüttert und gemolken zu werden.

Es war schon dunkel, als die Kinder heimkamen. Sie wohnten in zwei etwas abseits vom übrigen Dorf gelegenen Hütten. Das war auch der Grund, weshalb sie ihr Vieh gemeinsam und nicht mit den anderen Kindern des Dorfes austrieben. Wegen ihres Zuspätkommens mussten sie viele unbequeme Fragen beantworten. Manolo, der mit seiner Mutter allein in einer Hütte lebte, versuchte, dem Verhör zu entgehen, indem er schwieg. Maria, deren Familie die Nachbarhütte besaß, entschuldigte sich damit, dass sie das kleine Lama gesucht hätten.

»Habt ihr es wenigstens gefunden?«, wollte ihr Vater wissen.

»Nein, aber . . .!«, schrie der kleine Juanito aufgeregt und unterbrach sich erschrocken, als ihm seine Schwester einen unsanften Stoß in den Rücken versetzte. Doch da war es bereits zu spät.

»Was aber?«, fuhr der Vater den Sohn an.

»Ein Pferd. Wir haben ein Pferd gefunden, aber es hinkt.«

So erfuhren Marias und Juanitos Eltern von dem Pferd. Am nächsten Tag erzählte Gonzalez, der Vater, die Geschichte seinen Freunden Eusebio und José und die drei Männer beschlossen sofort, das fremde Pferd einzufangen.

6.

Schneller als es ihrem verletzten Bein zuträglich war, hinkte die Stute auf dem Pfad zurück. Ab und zu blieb sie stehen und lauschte, doch erst als sie sicher war, dass sich die Kinder entfernt hatten, drehte sie wieder um. Sie hatte Hunger. Das Verlangen, etwas zum Fressen zu finden, war stärker als ihre Angst und ließ sie ihre Vorsicht vergessen. An dem Platz, an dem ihr die Kinder begegnet waren, blieb sie stehen, hob den Kopf, spitzte die Ohren und sog die Luft durch die weit geöffneten Nüstern ein. Ihr Instinkt sagte ihr, dass sie ihren Weg gefahrlos fortsetzen konnte. Der fremde Geruch hatte sich verflüchtigt. Nach einer Weile bog sie in einen Seitenpfad ein und entdeckte schon bald ein paar niedere Sträucher, über die sie gierig herfiel.
An diesem Abend ging sie noch eine Weile in der gleichen Richtung weiter. Der Pfad führte sie im Zickzack einen immer steiler werdenden Hang hoch und endete schließlich auf einer Steinplatte, hinter der die Felsen senkrecht in den Himmel ragten. Dort machte sie halt, knickte das kranke Bein nach vorn und schlief im Stehen ein.

Während der Nacht begann es zu regnen, und als die Sonne hinter den Bergen wieder aufging, überragten nur die allerhöchsten Gipfel eine dicke Wolkendecke. Das war kein gutes Wetter für den Kondor, um nach versprengten Ziegenlämmern, Lamafohlen oder verendeten anderen Tieren Ausschau zu halten. Fast unmerklich wurden die Tage kürzer und die Nächte länger und kälter.

Das spürte auch die Stute. Die Nässe machte die Steine glitschig und die Erfahrung hatte sie gelehrt, dass ihr dann leicht die Hufe wegrutschten. Das verunsicherte sie.

Als auf einmal menschliche Stimmen an ihre Ohren drangen, zog sie sich in eine Nische in der Felswand zurück. Sie war scheu geworden in den letzten Monaten. Der Schock des Unfalls, die Schmerzen und das lange Alleinsein hatten dazu beigetragen, misstrauisch gegen alles zu werden, auch gegen Menschen. Sie begann zu zittern, als ihr bewusst wurde, dass die Stimmen näher kamen. Doch zwischen ihr und den Verursachern der Angst einflößenden Laute befanden sich dichte graue Wolken, die ihr die Sicht nahmen.

Kurz darauf verloren sich die Stimmen wieder im Nebel. Mit angespannten Nerven verharrte das Pferd auf seinem Standplatz. Lauschend hob es den Kopf. Doch es entdeckte nichts. Irgendwo kollerten Steine den Hang hinunter. Am frühen Morgen war es einmal bis zum Rand der Platte gehinkt und hatte dann erschrocken wieder

kehrtgemacht, denn von dort fiel der Felsen senkrecht ab in eine von Wolken verdeckte Tiefe.
Abermals polterten Steine hangabwärts. Dann tauchte auf einmal ein Schatten im Nebel auf und verdichtete sich zu einer dunklen Gestalt. Schritt für Schritt kam diese Gestalt auf sie zu. Die Stute drückte sich an die Wand an ihrer Seite, als ob sie wüsste, dass sich ihr dunkles Fell kaum von dem nebelfeuchten Gestein abhob. Sie schnaubte ängstlich.
»Hier ist es«, rief eine Stimme. »Ich hab's gefunden!« Ein zweiter, ein dritter Schatten erklomm hinter dem ersten die kleine Kanzel. Die Stute scheute und hüpfte einige Schritte nach vorn. Im gleichen Augenblick trieb ein Windstoß die Wolken fort und die Verfolger stellten erschrocken fest, dass sich das Pferd der Kante so weit genähert hatte, dass nur noch wenige Schritte fehlten, um es abstürzen zu lassen. Vorsichtig zogen sie sich ein Stück zurück.
»Was jetzt?«, fragte einer von ihnen ratlos. »Wir kommen nicht an das Vieh heran, bevor es vor unseren Augen in den Abgrund springt.«
»Hab ich euch nicht gleich gesagt, dass das ein blöder Einfall ist. Der Gaul soll lahm sein und mager, haben die Kinder gesagt. Was sollen wir mit ihm?«, murrte ein anderer. »Ich kehr um. Hab genug Arbeit zu Haus. Die Jagd nach dem Pferd ist vertane Zeit.«
»Du hast doch deine Flinte dabei«, fuhr ihn der dritte an. »Wir könnten es ja erschießen und das Fleisch unter uns

aufteilen.« Die Männer überlegten schweigend, was sie tun sollten, während die Stute mit bebenden Flanken immer noch an der Kante der Platte stand und angstvoll wartete, was weiter geschehen würde.

»Gut«, sagte der erste. »Erschießen wir es. Was anderes bleibt uns nicht übrig.«

»Du musst es aber mit einem Schuss treffen. Wenn es abstürzt, ist der Kondor da, bevor wir es finden, und das, was der Aasfresser übrig lässt, mag ich nicht mehr.«

Der Mann nahm seine Waffe von der Schulter. Er schob eine Patrone in den Lauf, legte den Sicherungshebel um, hob die Flinte und zielte. Im gleichen Augenblick legte sich ihm eine Hand auf die Schulter.

»He, fass mich nicht an, sonst schieß ich daneben.«

»Schieß lieber gar nicht!«, sagte eine ruhige Stimme in seinem Rücken, die ein wenig so klang, als fahre der Wind in einen Haufen trockener Blätter. »Am besten wär's, du legst dein Schießeisen schnell wieder weg.«

Hinter den Männern war unbemerkt eine vierte Gestalt aufgetaucht. Die Hakennase, die von dichten Wimpern überschatteten Augen, der Poncho und die verblichene Wollmütze, deren Zipfel man unterm Kinn zusammenbinden konnte, wenn's richtig kalt wurde: Keiner von ihnen hatte jemals einen Mann wie ihn in der Nähe ihres Dorfes gesehen.

»Misch dich nicht ein!«, fuhr ihn der mit der Flinte an. »Das hier ist unsere Sache.«

»Ist das dein Pferd?«, fragte ihn der Alte.

»Nein.«
»Dann gehört es sicher einem von euch?«
»Hau ab! Was geht dich das an!«, begehrte der Mann auf, der als erster das Pferd auf der Kanzel entdeckt hatte. Seine Stimme klang laut und böse. Die Stute erschrak.
»Du hast recht«, erwiderte der Fremde, »eigentlich nichts. Aber ich will euch bloß vor einer Dummheit bewahren, die ihr nie wiedergutmachen könnt.« Die drei starrten ihn entgeistert an.
»Ja, seht ihr denn nicht, dass das ein Rassepferd ist. Es trägt das Zeichen eines berühmten Hengstes auf der Stirn.«
»Ein was?«, fragte ein Mann erstaunt.
»Das Zeichen des weißen Dolches, das von der Mitte der Stirn bis zu den Nüstern reicht«, rief der Alte, verwundert über so viel Unwissenheit. »Das gleiche Zeichen trug der Hengst eines berühmten spanischen Hauptmanns.«
»Zum Teufel damit!«, zischte der Mann mit der Flinte. »Woher willst du das wissen?« Der Fremde lächelte ihn ein wenig mitleidig an und schwieg. Da gab einer der anderen dem Schützen ein Zeichen, er solle nun endlich schießen, um den Streit zu beenden.
»Ihr wisst hoffentlich, dass dieses Pferd ein Fohlen im Bauch hat«, fuhr der Alte gelassen fort. »Wäre es nicht klüger, wenn ihr wartet, bis das Fohlen da ist? Ihr könntet es sicher gut verkaufen und danach die Stute immer noch schlachten.«
»Dann müssten wir sie erst einmal fangen.«

»Geht ruhig nach Hause und überlasst das Einfangen mir«, schlug ihnen der fremde Mann vor. »Ich bring sie euch sicher ins Dorf.«

Einer der Männer öffnete den Mund, um ihm zu widersprechen, doch sein Nachbar gab ihm durch einen Wink zu verstehen, dass er den Alten für nicht ganz richtig im Kopf hielte.

»Geht, geht!«, wiederholte dieser und hob abwehrend beide Hände in die Höhe. »Seht ihr nicht, wie verstört sie ist?« Da ließen ihn die drei allein und kehrten ins Dorf zurück.

Der Wind hatte die Wolken in Fetzen gerissen und davongeblasen. Weit ging der Blick über die wie eine Riesentreppe angelegten Terrassenfelder, auf denen die Bauern Gerste und Mais anbauten, über die armseligen Hütten, aus deren Strohdächern Rauch aufstieg, bis ins Tal und hinüber zu den Bergen auf der anderen Seite, an denen sich dünn und gefährlich die Passstraße entlangwand. Wie kleine weiße Punkte sahen die Lamas und Ziegen aus, die weit unten am Hang grasten. Immer noch stand die Stute an der Kante der kleinen Kanzel.

Reg dich nicht auf, sprach sie der Alte auf seine wortlose Art an. Ich hab sie weggeschickt. Sie können dir nichts mehr antun. Du kannst mir vertrauen. Ich sorg schon dafür, dass sie dich am Leben lassen!

Nach diesen Worten zog er seine Flöte heraus, hockte sich hin und begann zu spielen. Es war dieselbe Melodie, die er ihr vorgespielt hatte, als er ihr Fieber bewachte. So wohltuend seine Medizin vor vielen Wochen für ihre Wunde gewesen war, so wohltuend tröpfelten die Töne nun in die Seele des Pferdes und flößten ihm Ruhe und Vertrauen ein. Es erkannte sie wieder. Tief in sein Spiel versunken, schien der Indio nicht zu bemerken, dass es den Kopf hob und ihn ansah. Auch als es einen Schritt auf ihn zumachte, blickte er es nicht an. Erst als die Melodie mit einem leisen Triller zu Ende ging, stand er auf, steckte die Flöte weg und begann, sich langsam auf den Pfad zuzubewegen, der von der Felskanzel ins Tal hinunterführte.

Komm, komm, meine Schöne, forderte seine innere Stimme die Stute auf. Du musst vorsichtig gehen, damit das Fohlen in deinem Bauch keinen Schaden nimmt! Ich kann dich nicht hier oben lassen, denn bald kommt der Winter mit Schnee und Frost. Das würdest du nicht überleben!

Ohne sich ein einziges Mal umzusehen, war er sicher, dass ihm das Pferd folgte. Es folgte den gurrenden Lauten, die aus der Kehle des Alten drangen und dem Schnalzen seiner Zunge. Sie führten es wie an einem unsichtbaren Zügel und stellten eine Verbindung zwischen Mensch und Tier her, die auf Vertrauen gegründet war. Der alte Mann führte das Pferd auf schmalen Pfaden durch die Terrassenfelder und über uralte verwitterte Steinstufen auf das Dorf zu. Manchmal blieb er stehen, damit es verschnaufen konnte, denn er wusste genau, wie weh ein verletztes Bein tun kann und wie gut es ist, darauf zu warten, bis der Schmerz ein wenig abklingt, bevor man seinen Weg fortsetzt. Als sie in die Nähe eines schmalen Bewässerungsgrabens kamen, ließ er es trinken.

Sie brauchten fast den ganzen Tag, bis ihnen der Rauch aus den Dächern in die Nasen stieg und kurz darauf die ersten Häuser unter ihnen auftauchten. Da hielt der Alte an und wartete darauf, dass die Sonne hinter den Bergen unterginge und der Nacht Platz machte. Er wollte das Pferd möglichst ungesehen ins Dorf bringen, weil er befürchtete, dass er mit ihm so großes Aufsehen erregen könnte, dass es erschrecken und wieder davonlaufen würde.

Es war Maria, die sie als Erste entdeckte. Sie hatte gehört, wie ihr Vater nach seiner Rückkehr der Mutter ihr Erlebnis in den Bergen erzählte.

Er hatte ein wenig bitter über seine Geschichte gelacht und hinzugefügt, dass es eine Riesendummheit von ihnen gewesen war, sich auf eine so unsichere Pferdejagd zu machen. Es sei die Mühe nicht wert und würde sowieso bald da oben verrecken. Auch dass er nicht glaube, was der verrückte Alte ihnen erzählte. Sie müssten sich das Pferd aus dem Kopf schlagen. Das habe er auch seinen Freunden Eusebio und José geraten.

Doch Maria hatte die Geschichte keine Ruhe gelassen. Was war, wenn der fremde alte Mann recht behielte? Wenn er das Pferd heil zu ihnen ins Dorf bringen würde? Wäre das so unmöglich? Unter dem Vorwand, noch einen Krug voll Wasser vom Brunnen holen zu müssen, hatte sie die Hütte verlassen. Nachdem sie den Krug gefüllt hatte, war sie ein Stück den Pfad hochgestiegen, der zu ihren Feldern führte. Dort hatte sie sich auf einen Felsblock gesetzt und gewartet, bis die Dämmerung hereinbrach. Sie wollte schon aufstehen und wieder zurückgehen, als sie leise Tritte vernahm, gleich darauf einen gurrenden Lockruf und das Rollen von Kieselsteinen. Trotzdem schrak sie zusammen, als vor ihr der Schatten des Alten wie ein Geist auftauchte, dem das Pferd folgte, ganz so, als habe er es verzaubert. Wie versteinert blieb sie stehen und starrte die beiden an, während ihr Herz im Hals pochte.

»Komm her, Kind!«, sagte der Mann zu ihr. »Du kannst mir behilflich sein. Weißt du, wo ich das Pferd einstellen kann, ohne dass es alle gleich merken?« Da löste sich Marias Erstarrung. Sie erkannte, dass der geheimnisvolle Fremde nur ein ganz gewöhnlicher alter Mann aus Fleisch und Blut war. Sie spürte, dass das Wasser in ihrem Krug über die Kante geschwappt war und ihren Rock durchnässt hatte, hörte das Pferd schnauben und mit dem kranken Bein ein wenig scharren, denn es hatte schon wieder Hunger. Da winkte sie dem Alten, er solle ihr folgen. Sie brachte ihn und das Pferd zu der kleinen Brettertür, die in ihren Innenhof führte. Dann lief sie ins Haus und berichtete ihren Eltern von dem fremden Besuch.

»Hat er es doch geschafft«, sagte ihr Vater kopfschüttelnd. Er stand auf, ging hinaus und begrüßte den Fremden. Anschließend bat er ihn ins Haus. Maria, die hinter ihm hergelaufen war, blieb allein bei dem Pferd zurück.

7.

Zuerst schüttete sie etwas Wasser aus ihrem Krug in eine Schüssel und stellte es vor die Stute. Nachdem sie das ihr fremde Gefäß einige Male angeschnaubt hatte, überwand sie ihre Scheu und trank gierig in langen Zügen. Inzwischen überlegte sich Maria, was sie ihr zu fressen geben könnte. In einem kleinen Verschlag bewahrte ihre Mutter noch etwas Mais und Gerste auf. Maria schaufelte ein paar Hände von beidem in ihren aufgeschürzten Rock. Sie hielt dem Pferd die Körner auf der flachen Hand vor und wartete darauf, dass sie angenommen würden.

»Komm«, flüsterte sie ihm zu, »friss! Du hast sicher Hunger. Komm, komm! Du gefällst mir. Vielleicht darf ich dich behalten. Der fremde alte Mann hat gesagt, dass du ein Fohlen bekommst. Du musst fressen, damit das Fohlen groß und stark wird.« Die Stute lauschte der Stimme des Kindes. Sie machte den Hals lang und näherte sich der Hand, schnupperte und nahm dann mit sanften Lippen ein paar Körner auf.

»Huh«, kicherte Maria, »das kitzelt!« Beinahe hätte sie die Hand weggezogen. Genussvoll zermalmte die Stute die Körner mit ihren Zähnen. Offensichtlich schmeckten sie ihr, denn sie machte einen Schritt auf das Mädchen zu und verlangte mehr. Maria langte in ihre Schürze und zog noch eine Handvoll Körner heraus.

»Maria!«, rief da eine Stimme. »Du sollst ins Haus kommen! Sofort!« Es war Juanito, den die Mutter in den Hof geschickt hatte, um Maria zu holen. Als er das Pferd entdeckte, lief ein Lächeln über sein kleines schmutziges Gesicht. »Oh!«, seufzte er leise. »Da ist es ja. Wie ist es hierhergekommen?«

»Ein Geist hat es durch die Luft getragen«, erwiderte seine Schwester grinsend.

Da drehte sich der Junge beleidigt um und kehrte ins Haus zurück. Maria hob ihren Wasserkrug auf und folgte ihm.

Das Innere der Hütte wurde nur durch das Herdfeuer erhellt. An den Wänden standen zwei Pritschen. Eine von ihnen teilten sich der Vater und die Mutter mit der erst vor wenigen Wochen auf die Welt gekommenen Elena, auf der anderen schliefen Maria und Juanito.

Als Maria die Tür hinter sich zumachte, stellte Luisa, die Mutter, gerade einen Topf dampfender Kartoffeln auf den Tisch. Dazu gab es scharf gewürzte Chilisoße.

»Gib mir den Krug und setz dich hin!«, sagte sie. Sie war eine abgehärmte Frau mit breiten Hüften, wie sie viele Frauen im Hochland haben. Ihre strähnigen Haare trug sie in der Mitte gescheitelt und in zwei dicke Zöpfe geflochten, die ihr über den Rücken hingen. Wenn sie am

Sonntag in die nächste kleine Stadt ging, um die Messe zu besuchen, holte sie ein buntes gewebtes Tuch aus einer Truhe und band sich mit ihm das Baby um die Schultern. Sie ging regelmäßig zur Beichte und erzog ihre Kinder nach den strengen Regeln der Kirche, die sie Pater Ignacio, der Priester, lehrte.

Gonzalez, der Vater Marias, Juanitos und Elenas war ein schweigsamer Mann. Er war kein reinblütiger Indio, sondern ein Mischblut, ein Cholo. Seine Haut war heller als die Haut des Fremden oder der Frau. Seinen kleinen wässrigen Augen war anzusehen, dass er gern einen über den Durst trank, obwohl Luisa nie wusste, woher er das Geld hatte, mit dem er den Rausch bezahlte. Wenn es geschah, dann wünschten die Kinder sich oft, sie wären so klein wie eines der vielen Meerschweinchen, die unter den Pritschen hausten, weil sie sich dann leichter verstecken konnten. Erst wenn der Vater auf seinem Lager zu schnarchen begann, atmeten sie wieder auf, denn es bedeutete, dass die Gefahr, von ihm verprügelt zu werden, vorüber war.

Marias Familie lebte, so wie die meisten Familien in ihrem Dorf, vom Ertrag ihrer Felder und der Viehzucht. War die Ernte gut, dann wurde der Überschuss einem Händler verkauft, der mehrmals im Jahr ihr Dorf besuchte. Das war vor allem Lamawolle, aber auch gegerbte Felle, Stoffe und Tücher, die von den Frauen während der Regenzeit gewebt wurden, manchmal auch Ferkel, Ziegen und einige Säcke voll Gerste oder Kartoffeln. War die

Ernte schlecht, blieb den Bauern nichts anderes übrig, als dem Händler den Preis für das, was sie dringend brauchten, schuldig zu bleiben oder den Gürtel enger zu schnallen und mit dem wenigen auszukommen, das sie besaßen. Die Kinder besuchten eine Schule in einem Dorf, das auf dem Weg zu der kleinen Stadt lag, in der sie zur Kirche gingen und in der einmal in der Woche ein Markt abgehalten wurde. Auf diesem Weg mussten sie einen kleinen Fluss überqueren. Früher war da mal eine Brücke gewesen, doch als in einem besonders warmen Frühjahr alle Flüsse Hochwasser führten, hatte sie der heftigen Strömung nicht mehr standgehalten und war zusammengebrochen. Seitdem blieb allen Dorfleuten nichts anderes übrig, als an einer flachen Stelle von Stein zu Stein zu hüpfen oder durchs Wasser zu waten. Diese Furt war allen vertraut, den Menschen und auch den Lamas, auf deren Rücken die Waren zum Markt gebracht wurden. Nur für die Kinder konnte es oft gefährlich werden, wenn der Fluss Hochwasser führte.
Wenn sie bei der Ernte oder zum Hüten des Viehs gebraucht wurden, gingen die Kinder nicht in die Schule. Das war fast den ganzen Sommer und Herbst über der Fall. Natürlich war der Lehrerin bekannt, dass der Grund für ihr Fernbleiben weder Faulheit noch Krankheit war. Sie kannte die Menschen in dieser Gegend zu gut, um nicht zu wissen, dass sie die Armut dazu zwang.
»Setz dich und iss!«, forderte die Mutter Maria auf. Der Fremde, der ihnen das Pferd gebracht hatte, hockte neben

dem Vater. Er hatte die Unterarme auf den Tisch gelegt. Seine Wollmütze lag neben ihm. Maria hockte sich ihm gegenüber an den Tisch. Dann griff sie, genau wie alle anderen mit der Hand in die Schüssel, holte sich eine Kartoffel heraus und tunkte sie in den Topf mit der heißen Chilisoße.

»Einfach nur Roca«, sagte der Vater gerade, »was für ein merkwürdiger Name.« Dann hielt er inne und dachte nach, weil es ihm vorkam, als habe er ihn früher schon einmal gehört. »Wo kommst du her?«

Der Alte zuckte die Schultern. »Aus den Bergen«, brummte er wortkarg und schob sich eine Kartoffel in den Mund.

»Von wo aus den Bergen?«

Der Fremde machte eine weit ausladende Handbewegung, die alles bedeuten konnte, die ungefähre Richtung, die Lage oder auch nur den Weg, der zu dem Dorf führte, aus dem er stammte.

»Na gut«, brummte Gonzalez unzufrieden. »Wenn du's nicht sagen willst . . .«

Luisa schob den Topf mit der Soße vor den Gast. »Was hast du gemacht, dass das Pferd mit dir ging?«, fragte sie und setzte sich mit Elena auf dem Arm neben ihn.

»Ich kenne mich eben aus mit Pferden«, brummte der Alte. »Wenn man unterscheiden kann, ob sie Angst haben oder bloß aufsässig sind, wenn man weiß, wie man ihr Vertrauen gewinnt und wie man mit ihnen umgehen muss, damit sie tun, was man von ihnen verlangt, dann ist es ganz leicht.«

»Wo hast du das gelernt?«

»Nirgendwo«, war die unbefriedigende Antwort. »Ich weiß es eben.«

»Dann bist du ein Zauberer!«, rief Juanito, der froh war, auch etwas zu dem Gespräch beitragen zu können. Doch bevor ihm der Alte antworten konnte, fing die kleine Elena auf dem Schoß der Mutter zu quengeln an.

»Ich muss das Kind ins Bett bringen«, sagte Luisa und stand auf. »Maria, räum den Tisch ab!«

»Bleibst du länger hier?«, wollte Gonzalez von dem alten Mann wissen.

»Mal sehen«, erwiderte der alte Indio einsilbig. »Vielleicht.«

Der alte Indio

1.

Die fremde Umgebung beunruhigte die Stute. In den letzten Monaten hatte sie sich an die Weite der Hochtäler gewöhnt, hatte frühzeitig gehört, gesehen und gewittert, ob sich ihr etwas Unbekanntes näherte, und dadurch immer die Möglichkeit gehabt zu flüchten. In dem kleinen Innenhof fühlte sie sich gefangen. Der sternenübersäte Nachthimmel, der sich früher von Gipfel zu Gipfel über ihr ausgebreitet hatte, war auf einmal durch Mauern begrenzt.

Hinter der Tür zu einem kleinen Verschlag grunzten Ferkel, deren Ausdünstungen ihr in die Nase stiegen. Es gab nichts, was sie mehr hasste, als Schweine. Früher war sie immer davongelaufen, wenn ihr eines in die Quere gekommen war. Hier konnte sie das nicht. Das Einzige, was sie tun konnte, war, sich in die weitestentfernte Ecke des kleinen Hofes zurückzuziehen und ängstlich abzuwarten, was geschehen würde. Nach einer Weile hörte das Grunzen wieder auf. Trotzdem blieb das Pferd in der Ecke stehen. Niederzulegen wagte es sich nicht, denn der Boden des kleinen Hofes war schlammig und aufgewühlt. Nach einer Weile döste es ein und wachte erst wieder auf, als die Hähne zu krähen begannen.

Gleich darauf schrie das Baby, weil es Hunger hatte. Lui-

sa stand auf und gab ihm die Brust. Danach stocherte sie in der Asche des Herdfeuers herum und legte etwas Holz auf die Glut. Dabei wäre sie fast über den Fremden gefallen, der sich sein Lager in der Nähe des Herdes hergerichtet hatte. Die Wärme tat seinen Knochen gut. Maria hatte ihm, auf Geheiß ihres Vaters, am Abend ein Bündel Maisstroh gebracht, auf das er sich legen konnte. Als Decke hatte ihm sein Poncho gedient. Jetzt stand er auf, zog sich den Poncho wieder über den Kopf, setzte die Wollmütze auf und ging hinaus, um nach der Stute zu sehen.
Wie geht's dir, meine Schöne?, fragte er sie in Gedanken, während er sich ein wenig ächzend neben ihr in den Schlamm hockte, um die verletzte Fessel näher zu untersuchen. Er tastete sie ab, drückte an einigen Stellen etwas fester zu und wartete auf eine Reaktion. Als er an die Stelle kam, die ihr am meisten wehtat, zuckte sie zurück.
Oh, das ist schlecht, setzte Roca seinen stummen Monolog fort. Ich glaube, das werden wir nie ganz heilen können. Aber wir werden's versuchen. Lass mich nur machen. Ich versprech dir, dass ich alles tun werde, damit du wieder wie früher im Galopp über eine Weide preschen kannst!
Er sagte es, ohne wirklich daran zu glauben.
Als Maria mit der Futterschüssel den Hof betrat, deutete der alte Mann auf das Bein. »Sie hat große Schmerzen«, sagte er.
»Wie ist das passiert?«, fragte Maria ihn.
»Weiß nicht. Vielleicht durch einen Unfall. Sie hat sich

auch an der Kruppe verletzt.« Erst jetzt entdeckte das Mädchen die Narbe auf der Kruppe des Pferdes. Behutsam strich sie mit den Fingern darüber und tastete sie ab. »Du musst immer gut zu ihr sein«, ermahnte sie Roca. »Sie hat Schlimmes erlebt.« Dann kehrte er ins Haus zurück.
Luisa stand am Feuer und rührte in einem Topf. Das Baby hatte sie sich auf den Rücken gebunden. Auf dem Tisch befanden sich eine Kanne Milch und daneben einige Fladenbrote.
Wortlos ließ sich der Alte auf einem Stuhl nieder. Die Frau goss Milch in einen Becher und stellte ihn vor ihn hin. »Nimm dir ein Brot!«, forderte sie ihn auf. Gonzalez hockte schon da, neben ihm Juanito.
»Wie geht's dem Pferd?«, fragte er. »Lahmt es noch?«
»Wenn wir nichts dagegen tun, wird es sein Leben lang lahmen«, entgegnete Roca. »Es ist schon etwas spät dafür.«
»Und was kann man machen?« Juanito sah den Alten neugierig an.
»Man kann ihm Kräuter auflegen und auch welche zu fressen geben.«
»Was für Kräuter?«
»Ich werde mich heut Morgen auf die Suche machen«, erklärte ihm der Fremde.
»Dürfen wir mit?«, fragte Maria.
»Oh ja, bitte!«, rief Juanito.
»Nein«, widersprach ihm Luisa. »Ihr müsst mit der Herde hinaus.«

»Ich werde euch begleiten«, sagte Roca. »Die Kräuter, die ich brauche, wachsen überall.« Dann fiel ihm noch etwas ein: »Wir sollten die Stute in einen größeren Pferch lassen. Sie fürchtet sich vor den Schweinen.« Gonzalez nickte. Ein größerer Pferch, ja, Luisa und er hatten zusammen mit den Kindern gerade erst einen gebaut. In ihn sperrte er während der Nacht die Lamas, Schafe und Ziegen ein und später einmal wollte er das Rind dort halten, das er kaufen wollte, sobald sie genügend Geld zurückgelegt hätten. Wochenlang hatten sie Steine zusammengetragen und mit ihnen den kleinen ebenen Platz hinter ihrer Hütte eingefriedet. Ihre Rücken hatten ihnen wehgetan von der ungewohnt schweren Arbeit und die raue Oberfläche der Steine hatte die Schwielen an ihren Händen aufgerieben. Er hatte die großen geschleppt, Luisa die mittelgroßen und die Kinder die kleinen, die er in die Zwischenräume steckte. Gonzalez war stolz auf seinen steinernen Zaun, der das Vieh zusammenhielt und es vor wildernden Hunden schützte. Solange die Kinder mit der Herde draußen waren, könnte das Pferd dort sein. Ja, das ginge. Schon war er wieder bei dem trächtigen Rind, das er sich kaufen wollte, wenn er genug Geld zusammenbekäme. Wenn er für die Stute und vielleicht auch für ihr Fohlen einen guten Preis bekäme, könnte dieser Traum wahr werden.
»Glaubst du, ich könnte mir für das Geld ein Rind kaufen?«, fragte er.
»Es ist noch zu früh, um das zu sagen«, erwiderte Roca.

»Bis dahin braucht das Pferd Futter und einen Stall für die kalte Jahreszeit. Glaubst du, das schaffst du allein?«
»Vielleicht stirbt es auch vorher«, sagte Luisa hart und fügte nach einer Weile entschuldigend hinzu: »Gonzalez träumt schon lange nicht nur von dem Rind, das er sich kaufen will, sondern auch davon, nach Lima zu gehen und dort eine Arbeit zu finden. Er ist eben ein Träumer, genau wie Juanito, der immer von einem richtigen Fußball schwärmt, und wie Maria, die davon redet, was für ein prächtiges weißes Kleid sie einmal tragen wird, wenn sie bei ihrer Hochzeit vor Pater Ignacio auf den Altarstufen kniet.« Ein bitteres Lachen drang aus ihrer Kehle. »Meine Tochter und ein weißes Kleid, vielleicht so eines mit einer Schleppe! Der Teufel soll alle Träume holen!« Sie erschrak über ihre Worte und bekreuzigte sich rasch. »Und dabei ist das Allerwichtigste, das wir brauchen, eine Brücke über den Fluss. Eines Tages geschieht noch mal ein schreckliches Unglück und dann ist es zu spät.«
»Lass ihnen ihre Träume!«, beschwichtigte sie der alte Mann. »Es ist gut, wenn sie welche haben. Das hilft ihnen über vieles hinweg.« Er folgte Gonzalez und den beiden Kindern, die den Raum bereits verlassen hatten.
Als er den kleinen Innenhof betrat, hielt Maria der Stute gerade die Schüssel mit Wasser vor, aber sie trank nur wenige Schlucke. Juanito hatte inzwischen das Gatter des kleinen Auslaufs geöffnet und die Herde nach draußen getrieben. Nachdem er das Gatter wieder geschlossen hatte, machte Gonzalez die kleine Verbindungstür

auf, die vom Innenhof in den neuen Pferch führte. Die Stute blieb abwartend stehen, weil sie nicht wusste, was man von ihr wollte.
Komm, komm, sagte Roca auf seine lautlose Art zu ihr, während er Gonzalez ein Zeichen gab, stehen zu bleiben, da er Anstalten machte, die Stute mit einem Stecken vorwärtszutreiben. Komm, meine Schöne, da draußen siehst du mehr von der Welt. Zögernd machte das Pferd einige Schritte vorwärts. Dann spürte es auf einmal den Wind, der durch das offene Gatter fegte. Der Wind kam von den Bergen herunter. Er trug den Geruch von Schnee mit sich, von eiskaltem Gletscherwasser und würzigem Gras. Neugierig betrat die Stute den Auslauf, dessen Boden ebenso schlammig und zertreten war wie der in dem Innenhof. Auch hier wurde ihre Freiheit durch Mauern begrenzt. Doch sie konnte über sie hinwegsehen und einige Schritte an ihnen entlanglaufen. Und das war gut.

2.

An diesem Morgen nahm Gonzalez nur den Grabstock und die Machete mit, als er sich auf den Weg zu seinen Feldern machte. Das Pferd brauchte etwas zu fressen, Gras, Maisblätter oder Laub, egal was. Während der kalten Jahreszeit würde es mit Maisstroh und etwas Gerste auskommen müssen, aber sein Vorrat reichte gerade für seine Lamas, Ziegen und Schafe, für ein Pferd würde es nicht langen. Entweder müsste er sich von zwei oder drei Tieren trennen oder irgendjemanden aus dem Dorf bitten, ihm mit Futter auszuhelfen. Das bedeutete, dass er es ihm entweder im darauffolgenden Jahr zurückgeben müsste, was er vermutlich nicht konnte, oder er müsste ihm etwas von dem Geld, das er für das zu erwartende Fohlen erhalten würde, abgeben. Ein Pferd konnte sich niemand im Dorf leisten. Alles, was von den Feldern heimgebracht werden musste, schleppten er, Luisa oder die Lamas nach Hause. Aber er wusste, dass auf der Sierra einige Indios Pferde besaßen.

Doch Gonzalez war der Meinung, dass dieses Pferd hier nichts taugte. Es war lahm, und ob dieser alte Mann in der Lage sein würde, es zu heilen, wussten höchstens die Götter. Er bekreuzigte sich schnell, denn auch er war, ebenso wie sein Vater, sein Großvater, seine Frau Luisa und die Kinder getauft worden. Die alten Götter hatten an Geltung verloren und Pater Ignacio hatte ihnen verboten, an sie zu glauben. Trotzdem widmete er, wenn er auf dem Feld den Krug an die Lippen setzte, den ersten Schluck der Erdmutter Pachamama, indem er ihn auf den Boden spuckte. Der einzige Grund, die Stute am Leben zu lassen, überlegte er weiter, war das Fohlen, das sie, wie der Fremde behauptete, in ihrem Bauch trug. Kopfschüttelnd setzte er seinen Weg fort. Er musste diese Angelegenheit noch einmal mit Luisa besprechen. Vielleicht wusste sie einen Rat?

Inzwischen hatten sich Maria, Juanito und der alte Roca mit der Herde auf den Weg hinauf in die Berge gemacht.

»Maria!«, rief eine Kinderstimme hinter ihnen her. »He, was ist los, wartet auf mich!« Es war Manolo mit seinen Tieren.
Maria blieb stehen. »Ach, du bist's«, sagte sie, als er sie eingeholt hatte. »Dich hätte ich fast vergessen.«
»Wie kommt das Pferd in euern Pferch?«, japste der Junge atemlos. »Ist es von allein heruntergekommen?« Da erzählte ihm das Mädchen, dass das Pferd einem fremden Indio bis zu ihrem Hof gefolgt sei.
»Er heißt Roca«, unterbrach sie ihr Bruder und zeigte auf den Alten, der schon ein Stück weit vorausgegangen war, und flüsterte dann: »Er ist ein Zauberer.«
»Ach, Juanito, du übertreibst mal wieder«, ermahnte ihn die Schwester. »Nur weil er offenbar etwas von Pferden versteht und auch davon, wie man ein wehes Bein behandelt, ist man noch lange kein Zauberer.«
»Na, dann eben ein Medizinmann«, verbesserte sich Juanito beleidigt.
»Ja und?«, fragte Manolo neugierig. »Wollt ihr das Pferd behalten?«
»Wenn's nach mir ginge, ja.« Maria beschleunigte ihre Schritte, um die Herde wieder einzuholen. »Aber mein Vater befürchtet, dass unser Futter nicht reicht. Ein Pferd frisst mehr als ein Lama und noch einmal mehr, wenn es ein Fohlen bekommt.«
»Ein Fohlen!«, rief Manolo überrascht. »Woher wisst ihr das?«
»Roca hat es gesagt.«

Der alte Indio hatte inzwischen den Pfad verlassen. Er kletterte über die Steine am Wegrand, zwängte sich durchs Gesträuch und suchte mit den Augen den Boden ab, so, als habe er etwas verloren.
»Was macht er denn da?«, fragte Manolo.
»Er sammelt Kräuter, mit denen er das lahme Bein wieder gesund machen will«, erklärte ihm Juanito.
Die Herde verteilte sich über die Hänge. Durch den vor einigen Tagen in den Boden gesickerten Regen war frisches Gras nachgewachsen. Die Kinder ließen sich auf einem Felsblock nieder, um sich ein wenig von dem Aufstieg zu erholen. Hoch über ihnen im Himmelsblau kreiste der Kondor. Seinen scharfen Augen schien nichts zu entgehen. Sie erkannten jeden Unterschied in der Färbung des unter ihm liegenden Bodens, jeden Stein, jedes Grasbüschel und jedes Tier.
Weißgraue Wolken verhüllten die Gipfel der Berge. Für die Menschen im Tal war es ein Zeichen, dass das Wetter schön bleiben würde. Gegen Mittag wurde es heiß. Manolo zog seinen Poncho aus und Juanito seine Jacke. Weitab von den Kindern sammelte der alte Mann seine Kräuter gegen ein wehes Pferdebein, Kräuter, die ein schreiendes Baby beruhigen würden, Kräuter, die das Ungeziefer von den Lagern fernhielten, und solche, mit deren Hilfe viele andere Krankheiten von Menschen und Tieren geheilt werden konnten. Wenn er müde wurde, setzte er sich auf einen Felsen. Dann verfolgten seine Augen den schwarzen Vogel, der sich von der an den Berg-

flanken hochsteigenden Luft in großen Bögen in die Höhe tragen ließ, während sein Schatten über die Geröllhalden huschte.
Später breitete der Alte die Kräuter auf dem Boden aus, damit sie trocknen konnten. Gegen Abend bündelte er sie, band sie mit seinem Halstuch zusammen und kehrte zu den Kindern zurück.
Maria erkannte am Stand der Sonne, wann es Zeit war, die Herde wieder heimzutreiben. Natürlich hatten sich die Gespräche der Kinder fast den ganzen Tag lang um das fremde Pferd gedreht. Sein geheimnisvolles, unerklärliches Auftauchen war eine willkommene Abwechslung im täglichen Einerlei ihres Lebens. Es würde ihnen, wenn sie in der Schule davon erzählten, große Achtung verschaffen und vielleicht auch den Neid der anderen erregen.
»Vielleicht können wir dann auf dem Pferd in die Schule reiten«, sagte der kleine Juanito, der nie zugeben wollte, dass er Angst vor der Überquerung des Flusses hatte.
»Du vergisst, dass es lahm ist«, entgegnete ihm Manolo, während er sich einen Dorn aus dem Fuß zog.
». . . und dass es ein Fohlen bekommt. Da muss man besonders gut auf es achten«, gab ihnen Maria zu bedenken und stopfte sich eine Strähne in den verfilzten Zopf. Doch das alles hinderte die Kinder nicht daran, sich in den lebhaftesten Farben auszumalen, was man mit diesem Pferd alles anfangen könnte, wenn ihm die Kräuter des Medizinmanns helfen würden und wenn es nicht verkauft werden müsste.

Am frühen Nachmittag schlief Juanito im Schatten eines Felsens ein und wachte erst wieder auf, als ihn seine Schwester weckte, weil es Zeit für die Rückkehr war.

3.

Luisa hatte sich, nachdem sie die Schweine versorgt und im Haus ein wenig aufgeräumt hatte, das Baby auf den Rücken gebunden. Dann hatte sie einen Brotfladen und eine große Flasche Maisbier in einen Beutel gesteckt und sich auf den Weg gemacht, um ihrem Mann bei der Feldarbeit zur Hand zu gehen.
Wenn man von den Ferkeln in ihrem Verschlag und einigen im Straßenstaub scharrenden Hühnern absah, blieb die Stute allein in dem kleinen Anwesen zurück. Sie stand in der von Haus und Innenhof am weitesten entfernten Ecke der Einfriedung. Die Wasserschüssel, die Maria ihr hingestellt hatte, war längst leer. Sie hatte Durst und Hunger hatte sie auch. Das Fohlen in ihrem Bauch verlangte sein Recht. Es nahm sich, was es brauchte.
Als Erste bemerkte Teresa, Manolos Mutter, dass sich in dem neuen Pferch ein Pferd befand. In ihrer Gegend war der Besitz eines Pferdes gleichbedeutend mit einem gewissen Reichtum. Sie konnte sich nicht erklären, woher ihre Nachbarn das Geld genommen hatten, um sich ein Pferd zuzulegen. Doch dann fiel ihr ein, dass ihr Luisa

zwei Tage zuvor von einem Pferd erzählt hatte, das Maria, Juanito und Manolo in den Bergen begegnet war. Sie hatte ihrem Bericht keinen Glauben geschenkt, hatte nur gelacht und ihr vorgehalten, die Kinder hätten wohl einen verwitterten Felsen mit einem Pferd verwechselt, und im Übrigen hätte ihr Sohn Manolo ihr nichts davon erzählt. Dass Gonzalez zusammen mit seinen Freunden Eusebio und José es zu fangen versuchten, war ihr entgangen.

Als sie das Pferd leibhaftig vor sich sah, schlug sie erstaunt die Hände über dem Kopf zusammen, drehte sich um und lief von Haus zu Haus, um allen von dieser Neuigkeit zu erzählen. Ein paar von ihnen wussten bereits von Josés und Eusebios vergeblichem Jagdausflug, aber sie hatten der Sache keinen Glauben geschenkt. Einige Kinder rannten sofort zu Gonzalez' Pferch. Dort angekommen, kletterten sie auf die Mauer und bestaunten das Pferd, das immer noch in seiner Ecke stand. Erst später, als die von ihren Feldern heimkehrenden Männer ebenfalls an der Mauer des Pferchs stehen blieben und sich die daheimgebliebenen Frauen zu ihnen gesellten, zog sich das Pferd auf die andere Seite zurück.

José und Eusebio erkannten es gleich wieder.

»Dann hat's der Alte doch geschafft«, sagte Eusebio. »Das hätte ich nie geglaubt.«

»Was soll wer geschafft haben?«, wollte seine Frau wissen.

»Das hab ich dir doch erzählt. Als wir das Pferd gefunden

und in die Enge getrieben hatten«, erklärte ihr José, »tauchte plötzlich ein alter Mann auf, Gott weiß, von wo der auf einmal herkam. Er schickte uns weg und versprach uns, dass er es dazu bringen könne, freiwillig mit ihm zu gehen. Aber wir hielten ihn für verrückt.«
Immer wieder mussten die beiden den übrigen Dorfbewohnern alles haarklein berichten: dass der Alte ihnen gesagt hätte, es sei ein Rassepferd und trüge das Zeichen eines berühmten spanischen Hengstes auf der Stirn, dass es im nächsten Jahr ein Fohlen bekäme, das sie teuer verkaufen könnten, und dass sie es, falls sich das offenbar verletzte Bein nicht gebessert hätte, immer noch schlachten könnten.
Voll Misstrauen beobachtete die Stute die schwatzenden und mit den Armen herumfuchtelnden Menschen. In ihren Augenwinkeln erschienen kleine weiße Dreiecke und in ihren weit aufgeblähten Nüstern die rote Innenhaut. Sie begann, leicht zu schwitzen.
Da drängte sich auf einmal ein Mann durch die Menschengruppe.
»Platz da!«, rief er. »Geht zur Seite!« Es war Gonzalez, der von seinen Feldern heimkam. Das Tuch über seiner Schulter war prall mit frischen Maisblättern angefüllt. Er zwängte sich zwischen zwei Frauen hindurch, schob ein paar Kinder zur Seite und öffnete die kleine Tür, die in seinen Pferch führte. Ohne die Stute eines Blickes zu würdigen, durchquerte er ihn und betrat durch die zweite Tür seinen Innenhof, wo er das Blätterbündel auf den

Boden warf. Während er das tat, ließ ihn die Stute nicht aus den Augen. Der würzige, süße Geruch der Maisblätter stieg ihr in die Nase. Vorsichtig machte sie einen Schritt nach vorne, dann noch einen. Schließlich trieb sie der Hunger und die Aussicht, sich zurückziehen zu können, hinter Gonzalez her in den kleinen Hof, in dem die Blätter auf sie warteten und vielleicht auch Wasser, denn sie hatte entsetzlichen Durst. Dass der Mann hinter ihr die kleine Tür zusperrte, jagte ihr keinen Schrecken mehr ein.

Unbemerkt von den Nachbarn und den anderen Dorfbewohnern, war auch Luisa inzwischen heimgekehrt. Als ihr Mann die Hütte betrat, stand sie schon am Herd und fachte das Feuer an. Elena lag auf einer der Pritschen und nuckelte zufrieden an ihrem Daumen. Gonzalez warf ein Bündel Maiskolben auf den Tisch, stellte den Grabstock und die Machete in die Ecke und verließ den Raum wieder.

Nachdem die kleine Tür hinter der Stute ins Schloss gefallen war, gingen die meisten Leute weiter ihrer Arbeit nach. Nur José und Eusebio blieben zurück. Sie wollten wissen, wie der Alte das Pferd hergebracht hatte, denn dass es freiwillig mit ihm gegangen war, glaubten sie nicht. Doch Gonzalez beteuerte heftig, dass es so gewesen sei und er nichts damit zu tun gehabt hätte.

»Dann gehört es uns allen«, sagte Eusebio gereizt. »Wir hätten das Fleisch ja auch geteilt.«

»Und was ist mit dem Alten?«, gab ihm Gonzalez zu bedenken.

»Na gut, meinetwegen«, gab Eusebio widerwillig zu. »Dann teilen wir den Erlös eben in vier Teile.«

»Von welchem Erlös sprichst du?«, wollte José wissen.

»Eusebio meint damit das Geld, das wir für das Pferd bekommen«, erklärte ihm Gonzalez.

»Gar nichts bekommt ihr dafür«, erklang hinter ihm die Stimme des alten Roca, der mit den Kindern und der Herde zurückgekehrt war, »nicht einen einzigen Sol, wenn ihr es lebend verkaufen wollt. Ein lahmes Pferd kauft höchstens der Metzger, und dem ist es sicher zu mager.«

»Aber du hast uns doch gesagt, es hätte ein Fohlen im Bauch«, erinnerte sich Gonzalez.

». . . und es sei ein Rassepferd, denn es trüge das Zeichen eines berühmten Hengstes auf der Stirn.«

»Ja, habt ihr denn nicht erkannt, dass der Fleck die Form eines Dolches hat!«, rief der Alte verwundert. »Ein Hengst mit dem gleichen Zeichen wurde vor vielen Hundert Jahren von einem spanischen Hauptmann geritten, der bei der Unterdrückung unseres Volkes und der Vernichtung der Inkas eine große Rolle spielte.«

»Da weißt du aber mehr als wir alle zusammen«, stellte Gonzalez verwundert fest.

Dämmerung hatte sich über das Dorf gelegt. Der Mond stand als bleiche Sichel am Himmel. Luisa, die inzwischen die Schweine gefüttert und die Ziegen gemolken hatte, rief ihren Mann und Roca ins Haus.

»Kommt später zu uns«, lud Gonzalez die beiden Männer ein. »Dann kann uns Roca vielleicht noch mehr über das Pferd des Spaniers erzählen.«

4.

Daraus wurde nichts. Während der alte Roca die Stute mit Kräutern und allen möglichen Beschwörungsformeln behandelte, wobei ihm Maria, so gut sie konnte, zur Hand ging, versammelten sich Gonzalez, Eusebio und José in der Hütte und warteten auf ihn. Die Wartezeit verkürzten sie sich mithilfe eines Krugs voller Branntwein, den sie ständig reihum gehen ließen.

Luisa hatte sich auf eine Pritsche zurückgezogen. Sie hielt eine Spindel in der Hand und schwang sie immerzu hin und her. Das Baby war an ihrer Brust eingeschlafen.

Die Unterhaltung der Männer drehte sich um die Frage, wer den Hauptanteil an dem Pferd bekommen sollte, denn Gonzalez war inzwischen eingefallen, dass sie gar nichts von dem Pferd erfahren hätten, wenn Juanito nicht damit herausgeplatzt wäre. Er und Maria hatten zusammen mit Manolo das Pferd in den Bergen entdeckt. Diese Tatsache konnten die anderen nicht leugnen und deshalb wollte er, als ihr Vater, den größten Anteil an dem Erlös des Pferdes.

»Wenn ich dich recht verstehe«, fuhr ihn Eusebio wütend an und knallte den Krug, aus dem er gerade getrunken hatte, auf den Tisch, »dann willst du nicht nur den Hauptanteil, sondern möchtest Teresa auch noch beteiligen?«

»Sie hätte Anspruch darauf.«

»Aber sie ist Witwe. Wenn sie noch einen Mann hätte, wäre das anders«, entgegnete ihm Eusebio. Dass ihm Luisa von ihrem Platz aus bitterböse Blicke zuwarf, schien er nicht zu bemerken.

»Ohne meine Kinder . . .«, wiederholte Gonzalez.

Doch Eusebio ließ ihn nicht ausreden: ». . . ohne uns wärst du nicht in die Berge gegangen, um das Pferd zu suchen . . .«

». . . und ohne den alten Mann hättest du es erschossen«, vollendete José den Satz.

»Dann hätten wir wenigstens das Fleisch gehabt«, wandte Eusebio ein.

»Vorausgesetzt, deine Beute wäre nicht abgestürzt. In diesem Fall hätte nur der Kondor etwas von ihr gehabt. Wir nicht«, schimpfte Gonzalez, der ebenfalls in Zorn geriet.

»Nicht so laut!«, ermahnte Luisa die Männer. »Sonst wacht Elena auf.« Doch niemand kümmerte sich um das, was sie gesagt hatte.

»Dann gib's doch gleich zu!«, schrie Eusebio Gonzalez erbost an und sprang hoch, wobei nicht nur sein Stuhl umfiel, sondern auch der Krug auf dem Tisch. »Sag gleich, dass du das Pferd für dich allein haben willst und wir dabei leer ausgehen.«

»He, nicht so schnell«, versuchte ihn Gonzalez wieder zu besänftigen. »So war das nicht . . .« Doch da war Eusebio schon auf und davon. Elena begann zu wimmern. Auch Juanito fuhr erschrocken hoch. Luisa rutschte die Spindel aus der Hand und kollerte auf den Boden.

Im selben Augenblick betraten Maria und der alte Roca die Hütte durch die kleine Tür, die zum Innenhof führte.

»Was ist denn hier los?«, fragte er verwundert.

»Das Pferd ist schuld«, erklärte ihm Luisa verbittert. »Es bringt Unfrieden ins Haus.«

»Verdammtes Mistvieh!«, fluchte ihr Mann. »Allmählich wünschte ich, wir hätten nie etwas von ihm erfahren! Kein Mensch kann vorhersagen, ob es je wieder richtig laufen kann und ob das Fohlen gesund zur Welt kommt. Bis es so weit ist, frisst es unseren Tieren das Futter weg.«

»Du musst dich mit deinen Freunden einigen«, sagte Roca. »Ihr müsst euch das Risiko teilen.«

»Freunde! Die nennst du Freunde . . .«, höhnte Gonzalez, hob den umgefallenen Krug hoch und setzte ihn an die Lippen, um den letzten Tropfen nicht verderben zu lassen. Dann warf er ihn an die Wand, wo er scheppernd zu Boden fiel. Luisa benützte die entstandene Stille, um sich bei Roca nach den Heilungsaussichten des verletzten Pferdebeins zu erkundigen.

»Es sieht nicht gut aus«, erklärte ihr der Alte. »Aber ich will mein Bestes tun. Die Geister werden mir dabei helfen.«

Dass Roca die Hilfe der Geister in Anspruch nahm, wunderte Luisa nicht, denn Pater Ignacio hatte es weder bei ihr noch bei den anderen Frauen geschafft, den Glauben an die Allgegenwart der Geister völlig aufzugeben. Daran hatten auch seine Predigten nichts ändern können, die er über dieses Thema schon gehalten hatte. Sie fand, dass es keinen Widerspruch bedeutete, der Muttergottes eine Kerze zu stiften, während sie Pachamama um eine gute Ernte bat.

José stand auf und verabschiedete sich. Gonzalez hatte den Kopf auf die Arme gelegt und war eingeschlafen.

»Kommt morgen wieder!«, bat Luisa José. »Wenn er wieder nüchtern ist, sieht alles ganz anders aus.« Er versprach ihr, bei Eusebio ein gutes Wort einzulegen.

»Morgen«, sagte er. »Will sehen, was sich machen lässt.«

Maria schloss die Tür hinter ihm.

»Mama«, bat sie die Mutter. »Ich will nicht, dass dem Pferd etwas geschieht. Bitte hilf uns dabei! Du weißt ja, dass es ein Fohlen bekommt.«

»Lass mich mit so was in Ruhe!«, knurrte Luisa sie unfreundlich an. »Hilf mir lieber, deinen Vater ins Bett zu bringen, und leg dich dann auch schlafen. Für heute reicht mir alles.«

Mit vereinten Kräften schleppten sie Gonzalez zu seinem Lager. Jede von ihnen wusste, wo sie zupacken musste, Luisa an den Schultern und Maria an den Beinen. Trotzdem schleifte sein Rücken auf dem Boden entlang. Roca half ihnen, den schweren Mann auf die Pritsche zu he-

ben und an die Wand zu rollen, um Platz für Luisa und die kleine Elena zu schaffen.
Dann ließ sich auch Maria neben Juanito auf ihrem Bett nieder und der alte Mann suchte sein Lager neben dem Herd auf. Es gelang dem Mädchen lange nicht einzuschlafen. Es hörte den Wind, der um die Hütte sauste und die Dachbalken knarren ließ, irgendwo in der Nachbarschaft klappte eine Tür auf und zu. Manchmal grunzte ein Schwein in seinem Verschlag und weiter unten im Dorf heulten Hunde. Einmal glaubte Maria, zwischen allen diesen Geräuschen das zufriedene Schnauben der Stute herauszuhören.
Am nächsten Morgen konnte der Alte die Kinder nicht in die Berge begleiten. Manolo kam angelaufen und bat ihn, seiner Mutter zu helfen, die sich mit Magenkrämpfen auf ihrem Lager wälzte.
»Sie bittet dich, gleich zu ihr zu kommen«, sagte Manolo. An dem flehenden Klang seiner Stimme und dem Ausdruck seines Gesichts erkannte Roca, dass es eilig war. Er nahm sein Kräuterbündel und folgte dem Jungen ins Nachbarhaus.
Enttäuscht machten sich Maria und Juanito mit ihren Tieren allein auf den Weg. Gonzalez schloss das Gatter hinter ihnen. Dann ließ er die Stute wieder in den Pferch.
»Geht langsam, damit ich euch einholen kann!«, schrie Manolo hinter den beiden her. Doch bevor der Alte mit der Behandlung Teresas begann, schickte er Manolo hinaus. »Ich brauche dich nicht«, sagte er. Das ließ sich der

Junge nicht zweimal sagen. Er rannte hinaus, um seine Tiere zu holen und sie eilig davonzutreiben.
Inzwischen tastete der alte Indio den Leib der Kranken mit seinen schwieligen Händen ab. Er machte es zart und ohne Druck auszuüben. »Kommen die Schmerzen oft?«, fragte er.
»Seit dem Tod meines Mannes«, sagte die Frau. »Es ist, als wünsche mir jemand Böses an den Hals.«
»Das Böseste, das dir widerfahren ist, war der Tod deines Mannes, und die Ursache deiner Schmerzen die Einsamkeit. Mal sehen, was sich da machen lässt«, knurrte der Alte. Er zerkrümelte einige trockene Blätter in einem Tonschälchen und zündete sie mit einem glühenden Zweig an, den er aus dem Herd holte. Eine schmale, betäubend riechende Rauchsäule stieg in die Luft. Das Gleiche machte er mit einem zweiten Schälchen. Dann stellte er die Gefäße rechts und links von der Kranken auf den Boden. Anschließend nahm er ein Kräuterbündel und strich es mit langsamen und immer gleichen Bewegungen über den Leib der Frau, wobei er unverständliche Worte murmelte.
»Oh, tut das gut!«, seufzte die Kranke leise. »Hör nicht damit auf! Mach weiter, weiter!« Kurze Zeit später schlief sie ein. Der Rauch staute sich in dicken Schwaden unter der Decke. Der alte Roca setzte seine Behandlung so lange fort, bis alle Blätter verglüht waren und die Rauchsäulen in sich zusammensanken. Dann stand er auf, legte das Kräuterbüschel zu den anderen in sein Halstuch zurück und verließ Teresas Hütte.

5.

Es war kein Zufall, dass Luisa an diesem Tag mit Eusebios Frau am Brunnen zusammentraf, und ebenfalls keiner, dass sie sich später bei der Frau von José ein Gewürz auslieh. Nachdem sie das, was sie bedrückte, bei den beiden losgeworden war, besuchte sie noch Teresa. Sie traf sie auf dem Feld hinter ihrer Hütte. Sie pflückte Bohnen.

»Na«, erkundigte sich Luisa, »geht's dir schon wieder besser?«

»Es geht mir nicht schlecht.« Teresa richtete sich auf und stützte die Hände in die Seiten. »Der Alte ist gut. Ein echter Heiler. Er sollte sich hier niederlassen.«

»Bei uns geht das nicht«, wehrte Luisa ab. »Es ist zu eng. Ist bei dir nicht ein Lager frei?«

»Vielleicht«, entgegnete ihr Teresa zögernd und fuhr dann fort: »Ich weiß nicht, was Pater Ignacio dazu sagen wird, wenn ich einen fremden Mann in meinem Haus aufnehme.«

»Aber er ist alt«, sagte Luisa. »Du tust ein gutes Werk.«

»Vergiss nicht, ich bin eine Witwe.«

»Dann frag Pater Ignacio um Erlaubnis und sag mir dann später Bescheid!« Mit diesen Worten drehte sich Luisa um und ging zu ihrer Hütte zurück. Sie fand den alten Roca im Pferch bei der Stute. Er hockte auf seinen Fersen. Dass der Saum seines Ponchos in eine Pfütze hing, kümmerte ihn nicht. Seine Augen blickten ins Leere. Alle seine Sinne schienen nach innen gekehrt. Luisa nahm an, dass er das Bein des Pferdes noch einmal behandelt hatte.

»He«, sprach sie ihn an, »könntest du mir eine Frage beantworten?« Der Alte schreckte hoch, als habe sie ihn aus dem Schlaf gerissen. »Eine Frage«, wiederholte er. »Was für eine Frage?«

»Weißt du, wie viel Futter ein Pferd braucht?« Das war es, was Luisa quälte. Ihre Futtervorräte würden nicht reichen. Da sie voraussah, dass ihr Mann die Stute behalten wollte, befürchtete sie, dass er einige Ziegen oder ein Lama verkaufen würde. Das musste sie verhindern. Sie brauchte die Milch für die Kinder und im Tausch gegen die Lamawolle bekam sie bei jedem Händler alle lebensnotwendigen Dinge, die sie nicht selbst herstellen konnten.

»Es braucht morgens und abends einen Arm Maisstroh, dazu einige Handvoll Gerste«, erklärte ihr Roca. »Und dann braucht es noch einen Verschlag für sich allein, damit ihm der kalte Schneewind nichts anhaben kann. Dort, wo es herkommt, regnet es selten. Wenn es bei uns kalt wird, ist es dort mild und die Sommer sind sehr heiß und trocken.«

»Heilige Muttergottes, was sollen wir tun«, jammerte Luisa. »Wo sollen wir bloß das viele Futter hernehmen?«

»Das ist doch ganz einfach«, gab ihr der alte Mann zu bedenken. »Dein Mann muss sich mit Eusebio und José die Kosten teilen. Dann fällt auf jeden nur ein Drittel. Das müsste doch gehen?«

»Das klappt nur, wenn ihre Rechnung mit dem Fohlen aufgeht«, sagte Luisa. »Ach, wenn die Männer nur nicht so stur wären«, seufzte sie und kehrte ins Haus zurück. Der alte Mann blieb im Pferch bei der Stute.

Gegen Abend bezog sich der Himmel. Wind kam auf und es begann zu regnen, zuerst nur in einzelnen Tropfen, dann stärker. Über die ausgetretenen Stufen und Pfade zwischen den Terrassenfeldern ergossen sich in Sekundenschnelle kleine Sturzbäche. Maria, Juanito und Manolo rutschten und schlitterten hinter ihren Tieren her, fielen hin, standen wieder auf und hatten große Mühe, ihrer Herde zu folgen, die es eilig hatte. Keines der Kinder, nicht einmal der kleine Juanito, jammerte darüber. Schicksalergeben ließen sie den Regen über sich ergehen, ließen sich von ihm bis auf die Haut durchnässen und zeigten mit keiner Miene, dass ihnen der Schlamm, der schon bald ihre Kleider bedeckte, etwas ausmachte.

Der Pferch war frei. Gonzalez hatte die Stute bereits mit einem Armvoll Laub in den Innenhof gelockt. Wortlos trieben Maria und Juanito ihre Tiere hinein und schlossen das Gatter. Wortlos hatten sich Manolo und seine kleine Herde von ihnen getrennt.

Die Stute stand im Innenhof. Sie hielt den Kopf gesenkt, damit ihr der Regen nicht in die Augen rann. Von ihren langen Mähnenhaaren tröpfelten Rinnsale auf den Boden. Sie fror.

Luisa hatte das Herdfeuer angefacht. Sie befahl den Kindern, die nassen Kleider auszuziehen, und gab ihnen Decken, in die sie sich einwickeln konnten. Der Geruch nach feuchter Wolle zog durch die Hütte. Gonzalez suchte nach einer neuen Flasche Branntwein, doch seine Frau hatte sie versteckt. Der alte Roca beschäftigte sich mit seinen Kräutern, die er in einzelne Bündel aufteilte und unter der Decke zum Trocknen aufhängte.

Dann waren auf einmal durch das Heulen des Windes und das Trommeln des Regens auf dem Strohdach Schritte zu hören und gleich darauf ein Poltern. Die Tür flog auf und von einem heftigen Windstoß geschoben betraten Eusebio und José den Raum. José schlug Gonzalez zur Begrüßung freundschaftlich auf die Schulter. Sie hockten sich zu ihm an den Tisch. Ihre Ponchos waren am Rücken und an den Schultern völlig durchweicht.

»Was ist?«, begann José. »Du wolltest uns sprechen?«

»Ich?«, fuhr Gonzalez hoch. Er warf seiner Frau einen bösen Blick zu.

»Ich finde, ihr solltet noch einmal in aller Ruhe über die Stute reden«, schlug der alte Roca vor. »Einer allein bringt sie nicht durch. Ihr müsst euch das notwendige Futter und die Arbeit teilen und später dann auch das Geld für das Fohlen, wobei ihr Teresa auch einen kleinen Anteil abgeben solltet.«

»Die Arbeit?«, rief Eusebio. »Was meinst du mit Arbeit?«

»Sie ist ein Rassepferd und die Kälte in den Bergen nicht gewöhnt. Sie braucht so etwas wie einen Stall oder einen Unterstand, der sie vor Wind und Regen schützt. Sonst stirbt sie, bevor das Fohlen auf die Welt kommt.«

»Ich kenne kein Indiopony auf der ganzen Sierra, das jemals einen Stall von innen gesehen hat«, sagte Gonzalez.
»Sie ist keines von denen«, erklärte ihm der alte Mann. »Obwohl sie gemeinsame Ahnen haben. Die Stute gehört zu jenen Pferden, die nur auf Schönheit und einen stolzen Gang hin gezüchtet wurden. Ihre Aufgabe ist es, den Stolz ihrer Reiter zu unterstreichen und aller Welt vorzuführen, dass sie die Herren sind. Sie wollen, dass ihre Pferde unter ihnen tanzen, während sie völlig ruhig im Sattel sitzen. Für ein Pferd, das diese Eigenschaften besitzt, werden hohe Preise bezahlt.« Die drei Männer starrten den Alten verwundert an.
»Hat das etwas mit dem Hengst des spanischen Hauptmanns zu tun, von dem du uns schon einmal erzählt hast?«, wollte José wissen.
»Das hat es«, bestätigte ihm Roca. »Und es hat überhaupt mit allen Spaniern zu tun, die damals an der Vernichtung der Inkas und am Untergang des alten Reiches Tahuantinsuyo, das für uns Indios den Nabel der Welt bedeutete, beteiligt waren.«
»Mit den Spaniern?« Eusebio schien den Streit um seinen Anteil an dem Pferd auf einmal vergessen zu haben.
»Ja, mit den Spaniern«, wiederholte der alte Mann. »Mit ihnen fing alles an. Sie brachten nicht nur die ersten Pferde in dieses Land, sondern auch Mord und Totschlag, Armut und Elend.« Er schwieg.
»Weißt du noch mehr?«, drängte ihn José. »Dann erzähl es uns, bitte!«

6.

»Kennt ihr nicht die Geschichte der großen Inkaherrscher?«

»Der Inkas?«, unterbrach José den Alten und sah ihn fragend an.

»Vom Beginn ihrer Herrschaft und ihrem Ende«, sagte Roca. »Zuerst führten sie untereinander Krieg und danach gegen die Spanier.«

»Und was haben Pferde damit zu tun?«, fragte Gonzalez, während er Luisa durch einen Wink zu verstehen gab, sie möge noch etwas Holz auf die Glut legen.

»Ohne eine alte Legende und ohne Pferde wäre die Eroberung unseres Landes den Spaniern kaum oder nur unter großen Verlusten gelungen.«

»Was denn für 'ne Legende?« Eusebio lehnte sich ungläubig lächelnd zurück.

»Die Legende, dass der Schöpfergott Viracocha eines Tages zu uns zurückkehren wird, dass seine Haut dann weiß und seine Haare golden sein würden und dass er übers Meer hierherkommt.«

»Wer hat das geglaubt?«

»Das Volk, die Soldaten, vielleicht auch die obersten Kriegsherren. Als sie dem kleinen Haufen der hellhäutigen Spanier gegenüberstanden, unter denen es auch blonde Männer gab, waren sie fest davon überzeugt, das göttliche Gefolge Viracochas vor sich zu haben. Das lähmte ihren Widerstand. Dazu jagte ihnen der Anblick der Reiter einen riesigen Schrecken ein, denn niemals vorher hatten sie Wesen wie diese, die halb Mensch und halb Tier waren, zu Gesicht bekommen.«

»Gab's vorher hier keine Pferde?«, fragte Maria aus dem Dunkel der Hütte. Sie folgte der Unterhaltung mit der gleichen Aufmerksamkeit wie Luisa und Juanito.

»Nein, nein«, antwortete der alte Roca. »Alle unsere Pferde sind Nachkommen jener paar Tiere, die auf den Segelschiffen der Eroberer hierhergebracht wurden.«

»Und wo kamen die her?«

»Von der Insel Hispaniola, die man heute Santo Domingo nennt.«

»Und wie kamen sie dorthin?«

»Ein Mann namens Christoforo Colombo, der im Auftrag einer Königin den Seeweg nach Indien suchte, soll sie aus Spanien mitgebracht haben.«

»Dann waren es königliche Pferde?«

»Keineswegs«, sagte der Alte. »Jener Capitan Colombo wurde betrogen. Die Königin hatte befohlen, man solle ein Dutzend gute Pferde aus Andalusien kaufen und auf eines seiner Schiffe bringen, doch kurz vor der Ausfahrt stellte der Capitan fest, dass man die teuren Andalusier gegen billige Bauernpferde eingetauscht hatte. Das waren kleine Passgänger aus Asturien, die von Wanderschäfern in den Süden Spaniens gebracht worden waren, weil man so bequem auf ihnen reiten konnte. Es waren halbwilde Pferde aus den Flussniederungen des Sorraiaflusses, aber auch von den Mauren zurückgelassene Ber-

berpferde, kurz alles Mögliche, bloß nicht das, was der Capitan erwartet hatte. Doch als er den Schwindel bemerkte, war es zu spät, um den Kauf noch vor dem geplanten Auslaufen seiner Schiffe wieder rückgängig zu machen.«

»Und wie ist aus diesen Pferden etwas so Edles wie das Pferd, das die Kinder in den Bergen fanden, entstanden?«

»Du vergisst, dass das alles länger als vierhundert Jahre her ist. In dieser Zeit haben die großen Hacienderos die Pferde untereinander verkreuzt und nur mit den besten Fohlen weitergezüchtet. Dabei haben sie immer vor Augen gehabt, ein möglichst schönes, einem spanischen Herrn würdiges, temperamentvolles und trotzdem bequemes Pferd zu züchten. Und weil sich die Ländereien dieser reichen Plantagenbesitzer fast ausschließlich in dem warmen und flachen Küstenstreifen befinden, kam es, dass man diese Art Pferde in den Bergen nur äußerst selten antrifft, da der Boden dort zu steinig und das Wetter zu hart für sie ist.«

»Und wie kam die Stute hierher?«, wollte Gonzalez wissen.

»Was weiß ich.« Roca zuckte mit den Schultern. »Vielleicht hat sie der Kondor entführt und durch die Luft hierhergeschleppt.«

»Dabei hätte sie sich wohl kaum am Bein verletzen können«, rief Eusebio verärgert, weil ihm der Spott in der Stimme des Alten nicht entgangen war.

»Da hast du recht.«

In der Hütte wurde es still. Rauchwolken stauten sich unter der Decke. Juanito war an der Seite der Mutter eingeschlafen und Elena schlief auf ihrem Schoß. Es hatte aufgehört zu regnen. Die Müdigkeit eines anstrengenden Tages nebelte die Köpfe der Männer ein. Die Gedanken von Gonzalez und José kreisten um das Pferd. Eusebio döste vor sich hin.

Nur Maria sah den Alten immer noch erwartungsvoll an. Gebannt hatte sie der Geschichte von der fernen Königin und dem kühnen Entdecker gelauscht. Es war eine Geschichte, in denen Pferde offenbar eine wichtige Rolle spielten. Und weil sie alles über das Pferd aus den Bergen erfahren wollte, wünschte sie sich, der alte Indio möge weitererzählen, doch sie wagte es nicht, ihn darum zu bitten.

»Ihr solltet euch friedlich einigen«, sagte der Alte zu den vor sich hin dösenden Männern. »Wenn ihr die Kosten teilt, dann könnt ihr auch den Gewinn teilen. Vielleicht gelingt es mir ja, das Bein der Stute wieder in Ordnung zu bringen!«

Und was gestern noch unmöglich erschien, wurde auf einmal Wirklichkeit: Mit wenigen Worten beschlossen die drei, zusammen einen Stall zu bauen und sich die Futterkosten so zu teilen, dass keiner von ihnen eines seiner anderen Tiere verkaufen müsste. Teresa sollte einen kleinen Anteil von dem Erlös abbekommen unter der Bedingung, dass sie den Alten bei sich aufnähme, denn sie waren sicher, dass nur er in der Lage sein würde, dem Pferd zu helfen.

Danach verließen José und Eusebio die Hütte und Maria kroch zu ihrem Bruder unter die Decke.
In der Nacht klarte es auf. Der Wind riss die Wolken auseinander und trieb sie in Fetzen über den Himmel. Die Mauer des kleinen Hofes bot der Stute nur wenig Schutz vor den heftigen Böen. Sie stand mit gesenktem Kopf da und zitterte vor Kälte. Kein einziges Maisblatt hatte sie übrig gelassen. Kein Gerstenkorn war in der Schüssel zurückgeblieben, die Maria ihr hingestellt hatte. Das, was ihr fehlte, waren eine Fettschicht auf den Rippen und ein dichtes Fell, das sie gegen Wind, Nässe und Kälte schützen würde. Doch um das zu erreichen, brauchte es Zeit, viel Zeit und vor allem genügend Futter.

Atahualpa

1.

In den nächsten Tagen zimmerten die Männer eine Unterkunft für die Stute. Sie hatten beschlossen, dass sie bei Gonzalez bleiben sollte, da sie sich an seinen Pferch und die Ferkel schon gewöhnt zu haben schien. Der Verschlag bestand aus drei Bretterwänden und einem Dach aus zusammengesetzten Wellblechteilen. Die vierte Seite blieb offen. So konnte die Stute hinein- und hinausgehen, wie sie wollte. Eusebio und José hatten Gonzalez versprochen, sich am Futter zu beteiligen.

Als dichte Wolken über den östlichen Kamm der Kordilleren schwappten, regnete es einige Tage hintereinander. Das kam nur selten vor und die Kinder konnten die Tiere nur in der Nähe des Dorfes hüten. Die Säcke, die sie sich um die Schultern hängten, waren schnell durchnässt und die Kälte drang ihnen bis in die Knochen. Dann drängten sie sich unter Teresas altem zerfetztem Regenschirm zusammen und versuchten, sich gegenseitig zu wärmen. Weit oben in den Bergen schneite es. Die dichten Flocken legten sich auf Felsbrocken, Ziegenpfade, Grasbüschel und Sträucher. Sie versperrten zeitweilig die Zugänge zu den Hochflächen, auf denen die Stute den Sommer verbracht hatte.

Der alte Roca war zu Teresa gezogen. Im Dorf hatte sich

herumgesprochen, dass der Fremde Teresa wieder gesund gemacht hatte.
»Er ist wirklich ein Heiler«, flüsterten sich die Frauen zu, »ein Medizinmann, ein Weiser, der sicher auch etwas von Magie versteht. Ein Zauberer.«
Die Tatsache, dass er das fremde Pferd ohne Halfter und Strick von den Bergen heruntergebracht hatte, schien ihnen der beste Beweis für diese Annahme. Einigen fiel ein, dass ihnen schon lange etwas wehtat, dass eines der Lamas nicht mehr so recht fressen wollte oder dass eine kranke Base, ein Vetter, eine Tante oder ein Onkel im Nachbardorf dringend Hilfe brauchten und Roca der richtige Mann dafür wäre. Er bekam viel zu tun und Teresa freute sich sehr über die Geschenke, die er mit heimbrachte und die aus etwas Salz und Gewürzen, einem Beutel voll Tee, einer Kerze oder ein paar Betelnüssen bestanden, manchmal aber auch aus einem selbst gewebten Tuch, einem Säckchen voll Gerste oder getrockneter Bohnen.
Trotz dieser Krankenbesuche versäumte es der Alte nie, jeden Abend nach der Stute zu sehen und ihr verletztes Bein zu behandeln. Maria kehrte mit der Herde so zeitig zurück, dass sie ihm dabei helfen konnte. Einmal kam sie zu spät und der Alte hatte seine Behandlung schon abgeschlossen. Als sie den Innenhof betrat, hockte er auf den Fersen neben dem Pferd und es kam ihr so vor, als unterhalte er sich mit ihm und erzähle ihm irgendwelche Geschichten. Doch sie sah nicht, ob sich seine Lippen dabei bewegten, und hörte auch keinen Laut.

Nach einer Woche zog er der Stute ein einfaches selbst geknüpftes Strickhalfter über den Kopf, führte sie hinaus und begann, mit ihr auf der Dorfstraße auf- und abzugehen. Dass ihn die Leute erstaunt dabei beobachteten, störte ihn nicht.

»Warum tust du das?«, fragte ihn Maria, die neben ihm herlief.

»Sie braucht Bewegung. Das ist gut für ihr Bein.«

Die Stute musste das Dorf mit seinen Menschen und Tieren erst kennenlernen. Sie musste sich an herumlaufende Hühner oder Ferkel gewöhnen. Mit aufgerichtetem Kopf und gespitzten Ohren betrachtete sie alles, was dort geschah. Doch niemals zog oder zerrte sie an dem Strick, an dem sie der Alte führte. Nach einer Weile sagte er zu Maria: »Nimm du sie!«

»Kann ich das denn?«, fragte Maria zögernd und ein wenig ängstlich.

»Wenn du ihr vertraust«, ermunterte sie der alte Mann. »Dann wird sie auch dir vertrauen.«

Maria nahm den Strick, den der Alte ihr reichte. Dabei klopfte ihr Herz so laut, dass sie Angst bekam, er könne es hören. Unsicher hielt sie den Arm steif von sich weggestreckt. Das sah aus, als hätte die Stute die Führung übernommen. Doch schon nach kurzer Zeit löste sich die Verkrampfung des Mädchens. Als sie am Ende des Dorfes angekommen waren, hing sein Arm locker an der Seite herunter und das Pferd lief neben ihm her, als sei es die selbstverständlichste Sache der Welt.

»Rede mit ihr!«, sagte Roca.

»Ja aber . . .« Maria sah ihn verwundert an. »Versteht sie mich denn?«

»Nicht deine Worte, aber den Klang deiner Stimme.« Da begann Maria, dem Pferd von ihrem Tag auf der Hochebene zu erzählen. Sie sprach davon, dass das Gras schon langsam gelb würde und die kleinen Seen am Morgen einen Eisrand hätten. Sie erzählte ihr, dass sich die Lamas auf der Suche nach gutem Futter oft weit über das ganze Gelände verteilten, sodass Manolo, Juanito und sie viel Arbeit damit hatten, alle Tiere zusammenzuhalten. Auch dass sie den Kondor wieder gesehen hätten, wie er in weiten Spiralen über das Tal schwebte, und dass der Wind manchmal den Rauch der Herdfeuer aus dem Dorf bis zu ihnen herauftrüge, sagte sie. Die Stute senkte den Kopf, um ihr näher zu sein. Die Öffnungen ihrer Ohren standen seitwärts, damit sie dem Mädchen besser zuhören könnte. Einmal stieß sie es sanft an der Schulter an und blies ihm in den Nacken. Maria lachte.

»Du machst es sehr gut«, lobte sie der alte Mann. »Aber ich glaube, es reicht für heute.«

Maria bedauerte es, umkehren zu müssen. Sie wäre am liebsten noch weitergegangen, immer weiter und weiter bis zu der Passstraße und dann immer noch weiter bis nach Lima, der Hauptstadt des Landes.

Luisa, die schon Ausschau nach ihr hielt, sah, wie die drei, der alte Mann, das Pferd und ihre Tochter, auf der Dorfstraße auf sie zukamen. Sie erschrak.

»Wie kannst du Maria das Pferd führen lassen!«, schimpfte sie Roca. »Wenn es ausschlägt oder nach ihr schnappt, kann sie verletzt werden. Warum hast du Gonzalez nicht Bescheid gesagt? Er hätte dir helfen können.«
»Wir brauchen keine Hilfe«, gab ihr Roca zur Antwort. »Ich wollte deiner Tochter nur eine Freude machen.« Er nahm Maria den Strick aus der Hand und führte die Stute in den Innenhof. »Bring Futter und Wasser«, sagte er zu dem Mädchen. »Und denke daran: Rede mit ihr, wann immer du in ihre Nähe kommst. Sie freut sich darüber, auch wenn sie es dir nicht zeigen kann.«
In den nächsten Wochen kamen viele Leute aus den Nachbardörfern herbei, um das Pferd zu bestaunen, das so unverhofft in den Bergen aufgetaucht war. Für sie war das ein außergewöhnliches Ereignis, eine wohltuende Unterbrechung ihres täglichen Einerleis und beinahe so etwas wie eine Geistererscheinung. Es war der Anlass für viele Vermutungen und Spekulationen, die nach der Sonntagsmesse und auf den Wochenmärkten untereinander ausgetauscht wurden. Doch niemand erinnerte sich mehr daran, dass sich vor einiger Zeit ein Fremder nach dem Verbleib einer Stute erkundigt hatte, die in einem Lastwagen über den Pass transportiert worden war und dabei verunglückt sein sollte. Auf dem Pass verunglückten ständig Autos. Das war nichts Besonderes mehr, und wenn sie dabei in die Schlucht gestürzt waren, wo sie niemand bergen konnte, gerieten sie schnell in Vergessenheit.

Als Pater Ignacio von dem Pferd erfuhr, eilte auch er herbei. Doch seine Sorge, die Leute könnten das Auftauchen eines Pferdes in den Bergen vielleicht als ein Wunder betrachten, erwies sich als unbegründet.

Dann wurde das Wetter wieder besser und der in den Hochtälern gefallene Schnee taute. Das Tauwasser ließ Bäche und Flüsse anschwellen. Die reißende Strömung versperrte den Männern, die mit ihren Lamas auf den nächsten Markt wollten, den Übergang über den Fluss.

»Wir brauchen dringend eine neue Brücke«, sagte Luisa eines Abends zu ihrem Mann.

»Und woher sollen wir das Geld dafür nehmen?«, fragte Gonzalez. »Ohne Zement und Eisenträger würde eine Brücke kaum einen Winter halten.«

Geld, dachte Luisa verbittert, immer dreht sich alles um Geld, und wenn eines Tages ein Kind im Fluss ertrinkt, ist das Geschrei groß. Auch wenn sie selbst ein- oder zweimal im Jahr den Fluss nicht überqueren konnten, sahen die Männer die Notwendigkeit, für eine Brücke Geld auszugeben, das sie sich leihen mussten, überhaupt nicht ein. Genauso wenig, wie sie es einsahen, dass die Kinder die Schule besuchen sollten. In ihrer Jugend hatte es so etwas nicht gegeben. Viel wichtiger als Lesen und Schreiben war doch, dass sie auf die Herden aufpassen konnten und wussten, wie man Wasser aus dem Brunnen holt oder mit dem Grabstock umgeht. Es gab viel wichtigere Dinge, für die man das Geld verwenden könnte, falls man welches in die Hand bekam.

2.

Eines Abends, als sich die schweren Regentropfen allmählich in Schneeflocken verwandelten und die Nacht frostig zu werden versprach, lud Luisa Eusebio, José und den alten Roca ein, sich in der Hütte ein wenig aufzuwärmen. Eusebio und José hatten Futter gebracht. Auch Teresa und Manolo waren da. Sie hockten sich an den Tisch, auf dem ein kleines Öllicht flackerte, und ließen den Branntweinkrug reihum gehen. Luisa wiegte die kleine Elena an ihrer Brust hin und her und Juanito hatte sich eine Decke um die Schultern gezogen, weil ihm kalt war. Die Männer unterhielten sich über die Ernte, die Preise auf dem Wochenmarkt, über das Wetter und alle möglichen anderen Dinge. Die Frauen hörten schweigend zu. Der muffige Geruch nach feuchten Ponchos dampfte durch den Raum.

Maria, der der Gedanke an die alten Inkas und die Pferde der Spanier keine Ruhe gelassen hatte, fand die Gelegenheit günstig, mehr darüber zu erfahren. Doch ihr Vater reagierte unwillig, als sie Roca darum bat.

»Lass ihn in Ruhe!«, herrschte er sie an. »Wen interessiert das schon!« Aber der Alte überhörte seinen Einwand.

»Einer Legende nach sind die alten Inkas vor langer Zeit aus einem Berg gekommen«, begann er. »Dieser Berg hieß ›Tambotoco‹ und er hat drei Fenster gehabt. Aus den beiden Seitenfenstern kamen verschiedene Indianerstämme, aber aus dem mittleren, dem größten, nur vier Männer und vier Frauen. Sie behaupteten, vom Schöpfergott Viracocha erschaffen worden zu sein, der ihnen erklärt habe, sie wären die Herren des Landes. Deshalb nahmen sie den Namen ›Inka‹ an, was so viel bedeutet wie ›Herr‹. Der älteste und angesehenste von ihnen nannte sich ›Manco Capac‹. Er heiratete eine der Frauen, die ›Mama Ocllo‹ hieß. Dieser Manco Capac hatte als äußeres Zeichen seiner Macht einen goldgefiederten Falken bei sich, den er nach der Sonne ›Inti‹ getauft hatte. Auf dem Totenbett gab er ihn seinem Sohn mit den Worten weiter: ›Wer diesen Falken besitzt, ist Herr über alle Völker.‹ In kurzer Zeit unterwarfen diese acht Inkas alle anderen Stämme. Doch sie herrschten gerecht und erließen Gesetze, die für die Menschen gut waren. Nach dem Tod des Manco Capac bestieg sein Sohn den Thron der Inkas und nach dessen Tod wieder sein Sohn, und das ging immer so weiter, bis die Spanier in dieses Land eindrangen und alles zerstörten.«

»Und deiner Meinung nach haben ihnen die Pferde dabei geholfen?«, fragte Manolo, der sich neben Maria auf einer der Pritschen niedergelassen hatte.

Der Alte nickte. »Ganz recht. Dazu wurden sie benützt.«

»Wussten die Pferde das?«, fragte Juanito.

»Aber nein«, sagte der alte Roca lächelnd. »Pferde sind zwar sehr kluge Tiere, aber sie können nicht zwischen dem, was die Menschen Recht oder Unrecht nennen, unterscheiden. Im Übrigen hätte ihnen das auch nicht viel genützt, denn sie wurden dazu gezwungen.«

»Womit?«
»Mit großen eisernen Sporen und scharfen Gebissen.«
»Und der Hengst des spanischen Hauptmanns, von dem du erzählt hast, war der auch dabei?«
»Aber ja. Er soll ein schwarzer Teufel mit Funken sprühenden Augen und einer mächtigen, bis zu den Buggelenken reichenden Mähne gewesen sein«, fuhr der Alte fort. »Er soll von den zweiundsechzig Pferden, die Francisco Pizarro, der oberste Feldherr und seine Schar mitgenommen hatten, die entsetzlichen Strapazen des Rittes von den hitzedurchglühten Wüsten des Westens über die eisigen Andenpässe am besten überstanden haben. Sein Reiter hieß Hernando de Soto.« Während der Alte sprach, knäulte er die neben ihm auf dem Tisch liegende Wollmütze zusammen und strich sie wieder glatt. Gebannt hing Maria an seinen Lippen.
»Was für eine Rolle spielte er bei der Eroberung unseres Landes?«, fragte sie, als der Alte keine Anstalten machte weiterzureden.
»Das ist eine ziemlich lange Geschichte«, erwiderte Roca und nahm einen tiefen Schluck aus dem Branntweinkrug. »Ein Abend langt nicht, um sie zu erzählen.«
»Dann fang schon mal an!«, forderte ihn Eusebio auf.
»Wo soll ich anfangen?«, fragte ihn der alte Mann, überlegte kurz und fuhr dann fort: »Welcher Art die Pferde gewesen sind, die Christoforo Colombo auf die Insel Hispaniola brachte, wisst ihr schon. Dort sammelte man sie in einem Gestüt, aus dem sich Capitan Pizarro die Pferde

aussuchte, die er auf seinem Eroberungszug nach Peru mitnehmen wollte. Nach außen hin gab er als Grund für seinen Feldzug an, er würde ihn im Namen der Königin und des Papstes unternehmen, um die heidnischen Götzenanbeter zum christlichen Glauben zu bekehren. Doch in Wahrheit ging es ihm nur um die unermesslichen Goldschätze, die er in diesem Land zu finden hoffte.«

Roca schwieg. Gonzalez hob den Krug hoch und trank ihn in einem Zug leer. Danach gab er seiner Frau einen Wink, ihn nachzufüllen, während der alte Roca weitererzählte.

»Nach mehreren Erkundungsfahrten, auf denen er und zwei andere spanische Edelleute nicht nur reiche Goldfunde machten, sondern auch schreckliche Stürme, undurchdringlichen Dschungel und himmelhohe Berge kennenlernten, auf denen sie Hunger litten und viele Männer verloren, sahen sie sich gezwungen, nach Panama zurückzukehren. Pizarro musste nach Spanien fahren, um Königin Isabella um Unterstützung zu bitten. Er erhielt einen Vertrag, in dem er zum Oberbefehlshaber des spanischen Heeres ernannt wurde und der ihm zugleich alle Vorrechte eines Vizekönigs verlieh. Wieder segelte er nach Süden und brachte seine Truppe an Land. Er ritt an der Küste entlang und durchquerte dabei weite Sandwüsten. Das grelle Licht blendete die Pferde. Die Hitze in den Rüstungen war für die Reiter schier unerträglich. Viele starben an einem schrecklichen Fieber. Nur mit Mühe konnte Pizarro eine Meuterei unterdrücken. Die Bewohner einer kleinen Hafenstadt, die ihn zuerst gastfreundlich empfangen hatten, stellten sich gegen ihn, weil einige seiner Gefolgsleute drei Frauen raubten. Sie griffen die Eindringlinge an, doch die Spanier schlugen den Angriff blutig nieder.

In dieser gefährlichen Lage brachten zwei Schiffe aus Panama Verstärkung. Sie bestand aus mehr als hundert Soldaten und vielen Pferden. Alle Reiter standen unter dem Befehl Hauptmann de Sotos.«

Roca unterbrach sich und nahm einen Schluck aus dem Krug, den ihm Luisa hingeschoben hatte. »Als Nächstes schickte Pizarro Boten aus, die erkunden sollten, wo sich der große Inkaherrscher, den die Leute ›Atahualpa‹ nannten, aufhielt. Doch bis auf einen kehrten alle unverrichteter Dinge wieder zurück. Dieser eine war Capitan de Soto mit seinem schwarzen Teufel von Hengst. Kühn war er in die Berge geritten und dort zu einem kleinen Dorf gekommen, dessen Einwohner ihm erzählten, dass sich der Inkaherrscher derzeit in einer Stadt namens Cajamarca aufhalte, um dort in den heißen Quellen zu baden. Begleitet würde er von einem Heer von dreihunderttausend Kriegern. So schnell sein Hengst laufen konnte, ritt Capitan de Soto zurück und überbrachte die Nachricht seinem obersten Kriegsherren. Gleich am nächsten Morgen brach Pizarro mit einer Gruppe auf, die aus einhundertsechs Fußsoldaten, zwanzig Armbrustschützen, zweiundsechzig Reitern und drei Kanonieren mit ihren Kanonen bestand. Er war fest entschlossen, den Übergang über die Berge zu erzwingen, ganz gleich, wie gefährlich er werden würde. Und er erfuhr bald, dass die Gefahren viel größer waren, als er befürchtet hatte. Oft wurde der Weg so schmal, dass die Reiter absitzen und ihre Pferde hinter sich herführen mussten, und mehr als einmal versanken die Tiere bis zu den Bäuchen im Schnee. Immer wieder erschwerten ausgewaschene Stufen und tiefe Rinnen ihr Fortkommen. Beim Überqueren der Pässe setzte ihnen die eisige Kälte zu. Viele Pferde wurden krank. Sie magerten ab und blieben immer wieder vor Erschöpfung stehen. Mit letzter Kraft erreichte die kleine Heerschar endlich den westlichen Kamm der Kordilleren. Capitan de Sotos Hengst war das einzige Pferd, das diese Strapazen gesund und ohne ein Anzeichen von Schwäche überstand. Dann begann der Abstieg. Als Pizarro etwa eine Meile entfernt am gegenüberliegenden Berghang Atahualpas Heerlager sah, befahl er seinem Fußvolk, sich hinter großen Steinen, Bodenerhebungen oder wildem Gesträuch zu verstecken, und seinen Kanonieren, die Kanonen so aufzustellen, dass sie von der Siedlung aus nicht bemerkt werden konnten. So vorbereitet, ritt er selbst mit wenigen Gefolgsleuten in Cajamarca ein. Doch zu seinem größten Erstaunen war die Stadt menschenleer.«

Der alte Roca schwieg. Er war müde. Die Falten in seinem Gesicht hatten sich vertieft. Die kleine Elena war auf dem Schoß der Mutter eingeschlafen. Der Geruch nach nasser Wolle hatte sich verflüchtigt. Als sich Eusebio und José erhoben, folgte Teresa ihrem Beispiel.

»Ja und«, seufzte Maria unzufrieden. »Wie ging es weiter?«
»Das erfährst du ein andermal«, versuchte sie, Luisa zu trösten. »Bald werden die Abende länger.«
»Steh auf, Manolo! Wir müssen gehen.« Teresa zerrte ihren Sohn hoch. Der Alte zog sich die Wollmütze über den Kopf und folgte ihnen zur Tür.

3.

Der nächste Morgen war frostig und klar. Luisa wühlte aus einer Kiste ein wollenes Wintertuch für Maria heraus und für Juanito einen warmen Poncho. Manolo wartete schon auf sie. Gonzalez hatte bereits die Herde aus dem Pferch gelassen und die kleine Verbindungstür für die Stute geöffnet. Er warf einen Armvoll Maisblätter auf den Boden und stellte eine Schüssel Wasser daneben. Dann beobachtete er, wie die Stute von der Rückseite des Pferchs auf den Blätterhaufen zuhinkte. Während seine Augen ihr folgten, bildete er sich ein, dass sie das verletzte Bein ein wenig stärker belaste als bei ihrer Ankunft im Dorf. Er hatte die Hoffnung, dass sie jemals wieder richtig laufen könne, beinahe schon aufgegeben und nur mit dem Fohlen gerechnet. Doch an diesem Morgen glomm sie wieder auf und Gonzalez begann, sich auszurechnen, wie viel Geld sie für zwei gesunde Pferde verlangen könnten und ob die Summe vielleicht doch ausreiche, Eisenträger und Zement für die neue Brücke zu kaufen. Es

müsste eine Brücke werden, die vielleicht auch die Belastung eines kleinen Lieferwagens aushalten würde, den sie sich außerdem noch zulegen wollten, um ihre Ernte schneller und müheloser zum Markt bringen zu können als auf den Rücken der Lamas.
Gedankenverloren holte Gonzalez Machete und Grabstock sowie den Beutel mit Bier und Fladen, den ihm Luisa hergerichtet hatte, und machte sich auf den Weg zu seinen Feldern, um den Mais zu ernten.
Erst gegen Abend, als die Sonne bereits den Kamm der Berge berührte, kehrte der alte Roca von dem Gang zu seinen Kranken zurück, von denen einige in weiter entfernten Dörfern lebten. Er hockte sich zu der Stute in den Pferch, zog seine Flöte heraus und spielte ihr etwas vor, um ihr und sich die Zeit zu vertreiben, bis die Kinder mit der Herde zurückkehrten. Als er sie kommen sah, führte er das Pferd in den kleinen Innenhof, in dem der Verschlag stand, und legte ihm das Strickhalfter an, damit Maria sie noch ein wenig bewegen könnte. Doch er ging immer noch mit, weil er wusste, dass seine Anwesenheit dem Mädchen Sicherheit gab.
»Sie lahmt immer noch«, sagte Gonzalez später zu dem Alten. »Es ist besser geworden, aber noch nicht in Ordnung.« Sie standen an die Mauer gelehnt und beobachteten, wie die Stute jedes einzelne Maisblatt mit den Lippen aufnahm und anschließend zwischen den Zähnen zermalmte. Der süßliche Maisgeruch vermischte sich mit dem Gestank der Schweine.

»Das braucht Zeit.« Roca schüttelte den Kopf. »Du bist zu ungeduldig.«

»Hört auf zu schwatzen und kommt herein!«, rief Luisa ihnen aus dem Haus zu. »Es gibt Gerstensuppe mit Bohnen und Chili.«

»Ich glaube, Teresa wartet auf mich«, entgegnete der Alte.

»Dann sag ihr Bescheid, dass du mit uns isst und dass sie später mit Manolo rüberkommen soll!« Und als dann noch José und Eusebio vorbeikamen, weil sie sich mit Gonzalez für einen Besuch des nächsten Wochenmarktes verabreden wollten, zupfte Maria den alten Mann an seinem Poncho und fragte ihn, ob er ihnen nicht noch etwas von dem Hengst des spanischen Hauptmanns oder von Atahualpa erzählen könne.

»Wenn's die anderen auch hören wollen – gern«, sagte Roca. Die Männer nickten und schoben sich gegenseitig die Flasche zu.

»Also gut.« Der alte Mann stützte die Arme auf den Tisch und überlegte. Dann räusperte er sich und begann: »Außer der Legende von den ersten acht Inkas, die aus einer Felswand hervorgetreten sein sollen, erzählt man sich noch eine andere Geschichte von dem Beginn ihrer Herrschaft über die Andenvölker. Sie handelt von Inkarri, einem gottähnlichen Wesen, der von einer wilden Frau geboren wurde und dessen Vater die Sonne gewesen sein soll. Dieser Inkarri teilte die Felsen mit einem Peitschenschlag, schleuderte sie dann in die Höhe und setzte sie auf die Berge. Er sperrte den Wind in den großen Osqontaberg und im kleinen Osqontaberg setzte er seinen Vater, die Sonne, fest, weil er wollte, dass die Zeit stehen bleiben und der Tag niemals enden sollte. Als er so den Wind gefesselt hatte, warf er einen goldenen Stab vom Gipfel des großen Osqonta. Dort, wo der Stab zu Boden fiel, gründete er Cuzco, die heilige Stadt. Das alles ist unendlich weit und unendlich viele Jahrtausende von uns entfernt. Doch viele von uns glauben, er würde eines Tages wiedergeboren, um alles Unrecht zu rächen. Atahualpa war einer seiner vielen Nachkommen. Kurz bevor sein Vater an einer Seuche starb, hatte er seinen Söhnen Huascar und Atahualpa das riesige Reich übergeben. Doch weil nur einer von ihnen Herrscher sein konnte, sollte Huascar als der ältere diese Stellung einnehmen. Atahualpa war nicht zufrieden mit dieser Entscheidung, weil er den Thron des höchsten Inkas für sich selbst beanspruchte. Daher schickte er ein Heer gegen seinen Bruder aus. Seine Krieger bezwangen das Gefolge Huascars in einer vier Tage andauernden Schlacht. Sie lockten den Herrscher in eine Falle und nahmen ihn gefangen. So kam es, dass Atahualpa nur wenige Tage vor der Ankunft der Spanier in Cajamarca zum obersten Inka ausgerufen wurde.«

Das kleine Öllicht auf dem Tisch war längst heruntergebrannt und das Feuer im Herd bestand nur noch aus Glut.

»Aber irgendwann müssen Atahualpa und Pizarro doch zusammengetroffen sein?«, fragte Luisa.

»Allerdings. Von diesem Zusammentreffen gibt es viele widersprüchliche Augenzeugenberichte«, fuhr Roca fort. »Die einen behaupten, Atahualpa habe dreihunderttausend Krieger außerhalb von Cajamarca zusammengezogen. Die anderen sprechen von achtzig- und wieder andere nur von zwanzigtausend. Auch die Angaben über die Stärke der Schar Pizarros stimmen nicht überein. Einigen Berichten nach soll sie aus einhunderteinundneunzig Fußsoldaten, Reitern, Musketieren und Hauptleuten bestanden haben, andere behaupten, es seien viel weniger gewesen. Nur in einem Punkt waren sich alle einig: Atahualpas Übermacht stand in keinem Verhältnis zu der Heerschar der Spanier. Doch Pizarro vertraute den Kanonen, die er mit sich führte, und seinen Reitern, weil er wusste, dass noch kein Inkakrieger jemals vorher den entsetzlichen Donner eines Kanonenschusses vernommen hatte und ihnen auch der Anblick eines Pferdes unbekannt war. Als er entdeckte, dass Atahualpa mit seinen Soldaten die Stadt Cajamarca verlassen hatte, schickte er seinen Bruder Hernando und Hauptmann de Soto mit vierzig Reitern in das etwas außerhalb der Stadt aufgebaute Lager des Inkaherrschers. Er sollte ihn bitten, Francisco Pizarro, den Abgesandten des spanischen Königs, zu empfangen.

In diesem Lager trafen die Spanier unzählige bis an die Zähne bewaffnete Krieger: Axtträger, Hellebardiere, Pfeil- und Bogenschützen sowie Keulenträger. Kühn ritt Hernando de Soto durch die unbeweglich verharrenden

Reihen bis vor den Thron des Atahualpa, der, umgeben von seinen Frauen, vor seinem Zelt saß.

Der Spanier lenkte sein Pferd so nahe an den regungslosen Inka heran, dass die neben ihm stehenden Würdenträger erschrocken zurückwichen und sich bei jedem Schnauben des Hengstes eine Quaste an der Stirn des Inka hin- und herbewegte. Atahualpa schien sich dadurch aber nicht beeindrucken zu lassen. Nur seine Augen verrieten die Neugier über dieses wunderbare und zugleich erschreckende Wesen, das von den Sporen seines Reiters gezwungen wurde, vor dem Thron auf- und abzugaloppieren, bis Mähne und Schweif wie Kriegsbanner hinter ihm herflatterten. Auch als de Soto mit dem Hengst direkt auf ihn zusprengte und ihn kurz vor dem Thron so hart durchparierte, dass er stieg, und der aus seinen Nüstern sprühende Schaum den kostbaren Mantel beschmutzte, bewahrte Atahualpa seine königliche Haltung. Daraufhin zog sich der Capitan einen Ring vom Finger und überreichte ihn dem Inka als ein Zeichen des Friedens und der Freundschaft. Gleichmütig nahm ihn Atahualpa entgegen. Doch er ließ de Soto und Hernando Pizarro auch sagen, er könne Pizarro erst empfangen, wenn er seine Kur beendet hätte. Für die stolzen Spanier war diese Antwort ein Schlag ins Gesicht. Atahualpa fuhr fort: ›Einer meiner Hauptleute erzählte mir, wie schlecht Ihr meine Stammeshäuptlinge behandelt und dass Ihr sie in Ketten legt. Trotzdem freue ich mich, vielleicht schon morgen den Gesandten Eures Volkes kennenzulernen und ein Freund der Christen zu werden, denn man sagt, sie sollen gut sein.‹

Hernando de Soto erkannte, dass er nichts anderes tun konnte, als mit seinem Gefolge zu Pizarro zurückzukehren. Der Oberbefehlshaber rief alle Hauptleute zu einem Kriegsrat zusammen und heckte mit ihnen einen teuflischen Plan aus: Sie nahmen sich vor, dem Inka eine Falle zu stellen und ihn in einen Hinterhalt zu locken.« Roca hielt inne.

»Und . . .«, rief Manolo aufgeregt. »Was passierte dann?«

»Für heute ist's genug«, sagte der Alte mit müder Stimme. »Ich erzähl ein andermal weiter.«

Wortlos und etwas enttäuscht erhoben sich José und Eusebio. Teresa, Manolo und Roca schlossen sich ihnen an, als sie die Hütte verließen. Maria half ihrer Mutter dabei, den Vater ins Bett zu bringen, dem das Maisbier wieder einmal die Beine schwer gemacht hatte.

In dieser Nacht träumte Maria von dem schwarzen Hengst des spanischen Capitans. Er stand eines Morgens gesattelt und gezäumt vor ihrer Hütte. Sie schwang sich auf seinen Rücken und ritt davon. Dass ihre Mutter ihr nachrief, sie solle dableiben, kümmerte sie nicht. Sie ritt die Dorfstraße hinunter und alle Kinder rannten hinter ihr her. Als sie den Fluss erreichte, überwand ihn das Pferd mit einem mächtigen Satz und landete so weich am anderen Ufer, dass Maria glaubte, auf einem dicken Polster zu sitzen. Weiter trug sie der Hengst durch das Hochtal. Der Wind zerrte und zog so lange an ihrem Zopf, bis er aufging und sich ihre Haare in der flatternden Mähne verfingen. Er sauste und brauste in ihren Ohren wie die Orgel in ihrer kleinen Kirche, wenn sie von Pater Ignacio gespielt wurde. Schon bald kam es ihr vor, als lösten sich die Hufe des Hengstes vom Boden, als flöge er mit ihr über die steilen Andenpässe, über Gletscher, Felsen, Sierras und durch die Wolken bis hinauf zu den Sternen. Doch dann erkannte sie, dass diese Sterne nichts mit den Sternen am Himmel zu tun hatten, die sie kannte. Es war ein mit goldenen Fäden auf einen kostbaren Umhang gesticktes Sternenmuster. Dieser Poncho wurde von einem Mann getragen, der auf einem goldenen Thron saß und einen goldgefiederten Falken auf der Faust hielt. Er hatte große Ähnlichkeit mit dem alten Roca. Keine Miene verzog er, als sie auf ihn zugaloppierte und den Hengst so hart durchparierte, bis er stieg. Doch gerade als sie überlegte, ob er ein Mensch sei wie sie oder vielleicht einer der alten Götter, hörte sie, wie jemand zu ihr sagte: »Maria, was machst du? Das ist dein Großvater. Warum führst du Krieg gegen ihn?« Da erschrak sie furchtbar und wachte auf.

4.

Am nächsten Tag drückte der Alte dem Mädchen das Halfter in die Hand.

»Zieh es ihr an«, sagte er, »und bring sie hinaus! Hab keine Angst, ich bleib in deiner Nähe!«

Noch nie hatte Maria dem Pferd das Halfter übergezogen. Noch nie war sie ihm so nahe gekommen. Sie spürte, wie ihr Herz bis zum Hals hinauf klopfte.
»Komm, komm!«, murmelte sie, als sie sich der Stute näherte. »Ich tu dir nichts, will nur mit dir ein wenig spazieren gehen. Das ist gut für dein verletztes Bein, sagt Roca. Er weiß genau, was für dich gut ist. Du brauchst keine Angst vor mir zu haben. Ich hab auch keine. Das verspreche ich dir!« Als die Stute das Mädchen auf sich zukommen sah, wich sie zur Seite und wendete ihm ihr Hinterteil zu. Doch als sie Marias Stimme vernahm, blickte sie sich um und spitzte die Ohren. Nach einer Weile machte sie abermals kehrt und kam ihr ein Stück entgegen. Mit ruhigen weichen Bewegungen streifte ihr Maria das Halfter über die Ohren.
Tief aufatmend vor Erleichterung sah sie sich nach Roca um, der lächelnd hinter ihr stehen geblieben war.
»Das war gut«, lobte er sie.
»Wirklich?«
»Besser hätte ich's auch nicht gekonnt.« Daraufhin kam es Maria vor, als wüchse sie ein Stück. »Jetzt führ sie hinaus!« Im gleichen Augenblick hatte Juanito die beiden entdeckt.
»Maria, wartet auf mich! Ich will mit!« Er rannte hinter ihnen her. Doch der alte Roca gab ihm mit einem Wink zu verstehen, dass er seine Schwester allein gehen lassen sollte.
»Ein andermal«, tröstete er den Jungen, weil er sah, dass

die Enttäuschung sein Gesicht wie eine Regenwolke überschattete. »Morgen vielleicht.«

An diesem Abend blieb er immer wieder ein Stück hinter Maria zurück. Es fiel ihr nicht auf, da sie alle Gedanken auf das Pferd ausrichtete. Sie lief mit ihm die Dorfstraße hinunter und weiter auf dem schmalen Weg, den die Kinder benützten, wenn sie in die Schule gingen.

Die ganze Zeit sprach sie auf das Pferd ein, das völlig gelöst neben ihr herlief. Sie erzählte ihm von der Schule und ihrer Lehrerin, von den anderen Schülern und von dem, was sie dort schon gelernt hatten und noch lernen würden. Sie erzählte ihm, dass sie bald wieder in die Schule gehen müssten, denn die Weidezeit nähere sich ihrem Ende. Während der kalten Jahreszeit würden sie, Manolo und die anderen Kinder jeden Morgen über den Fluss ins Nachbardorf gehen, nur wenn die Strömung zu reißend wäre oder Schnee fiele natürlich nicht. Aber bei ihnen würde es selten schneien, und wenn, dann würde der Schnee schnell wieder wegtauen. Das hätte etwas mit dem Äquator zu tun, habe ihnen die Lehrerin erklärt, aber sie habe es nicht so recht verstanden. Nur oben auf den Bergen würde es häufig schneien, erzählte sie der Stute. Bei klarem Wetter könne man das gut vom Dorf aus erkennen. Dort wäre es dann auch bitterkalt, viel, viel kälter als hier unten bei ihnen. Sie gestand ihr auch, dass sie oft Angst hatte, wenn sie auf den Steinen den Fluss überquerte, aber dass sie immer versuche, es sich nicht anmerken zu lassen, weil sie nicht ausgelacht wer-

den wollte. In diesem Jahr würde zum ersten Mal auch Juanito mit ihnen gehen.
Unten am Ufer drehte sich Maria um. Ohne zu zögern, folgte das Pferd ihrem Beispiel. Erst jetzt entdeckte das Mädchen, dass der alte Mann am Rande des Dorfes stehen geblieben war. Es erschrak, doch als sein Blick auf das ruhig neben ihr herlaufende Pferd fiel, wusste sie, dass die Stute ihr vertraute, und seine Angst verflog.
»Du hast mich allein gelassen!«, sagte Maria nicht ohne Vorwurf zu Roca, als sie wieder bei ihm war.
»Wieso denn?«, fragte der Alte sie erstaunt. »Ich hab gesehen, dass du mich nicht brauchst, und da hab ich meine alten Knochen geschont. Wie war euer Gespräch?«
»Einseitig«, antwortete Maria verärgert.
»Komm, sei nicht böse! Ich möchte, dass du lernst, wie man mit dem Pferd umgeht.«
»Du verlässt uns?«, rief sie erschrocken. »Wann?«
»Keine Angst. Erst, wenn es wieder völlig gesund ist, und keinesfalls, bevor es sein Fohlen bekommen hat.«
»Und wann wird das sein?«
»Irgendwann, wenn Inti wieder höher in den Himmel steigt und die Tage länger werden lässt.« Mit dieser Antwort musste sie sich zufriedengeben.
Es wurde bitterkalt und die Frauen zogen alle Röcke übereinander, wenn sie ihre Männer auf den Markt begleiteten. Auch die Kinder froren, wenn sie die Herde die Hänge hochtrieben.
Tag für Tag sah Roca nach dem Bein der Stute, die in

dem Innenhof bleiben musste, solange die Lamas im Pferch eingesperrt waren. Von der Verletzung auf ihrer Kruppe war nur noch eine schmale gezackte Narbe zu sehen.

Na, meine Schöne, tut's immer noch weh, wenn du dein Bein belastest?, fragte er sie auf die Weise, mit der er sich immer mit ihr unterhielt. Spürst du dein Fohlen? Wie es an Gewicht zunimmt und sich bewegt? Ja, ich weiß, dort oben zwischen den Bergen hat es dir besser gefallen als hier. Aber in dieser Jahreszeit ist es dort zu kalt für ein so edles Pferd, wie du eines bist. Du würdest es nicht überstehen und darüber würde sich nur der Kondor freuen. Hier bist du gut aufgehoben. Manchmal spielte er ihr etwas auf seiner Flöte vor. Es waren wortlose Lieder, so wortlos, wie die Gespräche, die er mit ihr führte. Sie handelten vom Wind, der einmal sanft sein konnte und gleich darauf wild und gewalttätig, vom Elend der Indios, von der Herrschaft der Spanier und der Schönheit ihrer Pferde, ihrem Temperament, ihrem graziösen Gang. Die Stute nahm seine Lieder in sich auf, ohne ihren Sinn zu verstehen. Sie hörte ihm zu, aber zugleich auch in sich hinein auf das Fohlen in ihrem Leib. Es war ihr erstes und sie wusste nicht recht, was mit ihr geschah, nur, dass da etwas war, auf das sie achten musste. Versonnen stand sie da und döste vor sich hin.

Maria wusste Bescheid. Sie hatte den sich rundenden Leib ihrer Mutter miterlebt, als sie Elena erwartet hatte. Jetzt wartete sie darauf, dass sich auch der Bauch der

Stute verändern würde. Doch von außen konnte sie dem Pferd noch nichts ansehen.
Den Traum, in dem sie auf dem schwarzen Hengst geritten war, konnte sie lange nicht vergessen. Sie hatte ihre Zuneigung für die Stute, die wie ein Wunder in den Bergen aufgetaucht war, längst auch auf den schwarzen Hengst übertragen, den sie nur aus Rocas Erzählungen kannte. Aber waren dieser Hengst und die anderen Pferde der Spanier nicht mitschuldig am Untergang ihres Volkes? Dann fiel ihr ein, dass ihr der alte Mann erklärt hatte, Pferde wären ursprünglich wilde und freie Tiere, die nur von Menschen dazu abgerichtet werden konnten, um ihnen zu helfen, andere Menschen zu unterdrücken. Das Gefühl für Recht oder Unrecht wäre ihnen fremd.
Maria hätte ihre Gedanken gern der Stute mitgeteilt, wenn sie mit ihr die Dorfstraße entlangging. Doch Juanito machte ihr einen Strich durch die Rechnung, weil niemand ihn mehr abhalten konnte, seine Schwester zu begleiten.
»Nimm mich mit, Maria!«, schrie er, wenn er sah, dass Maria das Halfter vom Haken nahm. Und wenn sich das Mädchen dann Hilfe suchend nach dem alten Roca umsah, dann war dieser entweder nicht aufzufinden oder er sagte lächelnd: »Lass ihn!«
Seitdem versäumte es Juanito kein einziges Mal, neben Maria herzulaufen, während sie das Pferd spazieren führte. Dabei redete er auf sie ein und stellte ihr dumme Fragen, sodass ihr nichts anderes übrig blieb, als eine

Antwort darauf zu suchen. Das Pferd kam dabei zu kurz, doch es schien, als höre es der Unterhaltung der beiden Kinder zu und als mache es keinen Unterschied, ob Maria mit ihm oder ihrem kleinen Bruder sprach.

Die ruhigen Bewegungen taten dem verletzten Bein offenbar gut. Es machte Fortschritte. Bald erkannte auch Gonzalez, dass die Stute kaum mehr lahmte. Nur wenn sie eine schnellere Gangart einschlug, konnte man sehen, dass sie das eine Bein mehr als das andere belastete. Im Allgemeinen lief sie locker neben Maria her. Nur einmal schreckte sie vor einem auf der Straße liegenden Tau zurück. Sie schnaubte, warf den Kopf hoch und sprang zur Seite. In ihren Augen stand panische Angst. Der Strick zwischen ihr und dem Mädchen straffte sich. Doch da war auf einmal der alte Roca neben ihr.

»Höh«, beruhigte er das Pferd mit sanfter Stimme. »Erschrick nicht! Das ist keine Schlange, sondern nur ein alter Strick.« Und sofort sank der Pferdekopf wieder nach unten, bis die Nüstern die Hand des Alten berührten. »Ist ja schon gut«, murmelte er. »Verlass dich auf mich: Das ist keine Schlange!«

Verwundert hatten Maria und Juanito ihm dabei zugesehen. »Wie kommst du darauf, dass das Pferd glauben könnte, das sei eine Schlange?«, fragte der kleine Junge Roca. »Das sieht doch jedes Kind, dass das ein altes Hanfseil ist.«

»Jedes Kind schon, aber kein Pferd«, erklärte ihm der Alte. »Ihnen ist die Furcht vor allem, was schlangenartig auf dem Boden liegt, ebenso angeboren, wie die Angst vor dem, was sich ihm von oben nähert.«

»Aber der Kondor greift keine gesunden Pferde an«, sagte Maria.

»Es muss nicht der Kondor sein, vor dem sie Angst hat«, entgegnete Roca. »Es könnte auch eine Raubkatze sein, die auf einem Felsen lauert.«

5.

Es kam die Zeit, dass die Kinder wieder in die Schule gehen mussten. Im Augenblick gab es wenig Arbeit und Gonzalez oder Teresa konnten selbst auf ihre Tiere aufpassen.

Bevor sich Maria und Juanito auf den Weg ins nächste Dorf machten, wo sich die Schule befand, fuhr ihnen die Mutter mit einem nassen Lappen übers Gesicht und kämmte ihnen die Haare. Marias Zopf wurde neu geflochten. Juanito musste ein frisches Hemd anziehen, das sie einige Tage zuvor am Fluss gewaschen hatte, und Maria wurde ein warmes Tuch um die Schultern gelegt, eines mit langen Fransen, das sie sonst nur anzog, wenn sie zur Messe gingen.

Manolo schloss sich ihnen an. Da es für Juanito das erste Mal war, begleitete Gonzalez die Kinder bis an den Fluss. Dort zeigte er seinem Jüngsten, auf welche Steine er springen musste, um trockenen Fußes ans andere Ufer zu kommen. Er wusste nicht, dass Juanito das Steinehüpfen längst konnte. Schon im Frühling hatten Manolo und die anderen Jungen des Dorfes von ihm diese Mutprobe verlangt und ihn ausgelacht, als sie entdeckten, dass er zögerte. Doch weil Juanito es hasste, ausgelacht zu werden, hatte er all seinen Mut zusammengenommen und war gesprungen. Zwei oder drei Steine lang war alles gut gegangen, doch dann war ihm mitten in der Strömung auf einmal schwindlig geworden. Um ihn herum hatte sich alles zu drehen begonnen, dann war er ins Wasser gefallen. Doch Maria, die ihn weinen hörte, war schnell herbeigelaufen, um ihn zu trösten.

»Du darfst nie in die Strömung schauen«, hatte sie ihm erklärt, »nur auf den nächsten Stein oder ans andere Ufer!«

Er hatte ihren Rat befolgt und war gut auf der anderen Seite angekommen. Viele Male war er hin- und hergehüpft. Kein Wunder, dass sein Vater staunte, wie leichtfüßig er an seinem ersten Schultag von Stein zu Stein sprang.

In der Schule mussten Maria, Juanito und Manolo allen anderen Kindern erzählen, wie sie das Pferd in den Bergen entdeckt hatten und dass es wirklich ganz freiwillig hinter dem alten Mann hergelaufen war. Stolz waren sie darauf, denn sie hatten etwas erlebt, was in ihrer Gegend noch niemand erlebt hatte. Als sie mit ihrer Schilderung fertig waren, klatschten auf ein Zeichen der Lehrerin hin alle anderen Kinder Beifall. Danach begann für Juanito die lange, mühsame Arbeit des Lesen- und Schreibenlernens, an das Maria und Manolo schon gewöhnt waren.

In den Wochen vor dem Fronleichnamsfest hatten alle viel zu tun. Gonzalez war damit beschäftigt, Maiskolben auf eine Schnur zu fädeln und zum Trocknen an eine Wand zu hängen. Er sammelte Holz und schichtete es im Innenhof auf, schätzte seine Ernte und brachte den Überschuss auf den Markt, um ihn dort zu verkaufen oder gegen andere lebenswichtige Dinge einzutauschen. Eusebio, dessen Felder einem Landbesitzer gehörten, lieferte die jährliche Pacht in Form eines Teiles seiner Ernte ab und José zahlte die Zinsen für einen Kredit bei einem Händler. Das, was übrig blieb, musste für sie, ihre Familien und das Vieh ausreichen. Es war wenig. Der Futteranteil für das Pferd bedeutete ein großes Opfer für die drei Männer, das sie ohne die Aussicht auf einen guten Gewinn nicht auf sich genommen hätten. Doch die Stute war für sie so etwas Ähnliches wie eines der staatlichen Lotterielose, die auf allen größeren Märkten angeboten wurden. Sie wussten um das Risiko, hofften jedes Mal auf den großen Gewinn und verloren fast immer. Doch die Möglichkeit, eines Tages doch den Hauptgewinn zu ziehen, ließ sie es immer wieder versuchen. Genau wie Gonzalez dachten auch José und Eusebio darüber nach, was sie mit dem Geld anfangen könnten. Sie überlegten, ob ihnen ihr Anteil an dem Verkaufserlös ermöglichen würde, ein eigenes Stück Land zu kaufen, ihre Hütten mit einem festen Dach zu versehen, zum Allermindesten aber, sich einen großen Vorrat Branntwein zuzulegen.
Während sich die Männer um die Vorräte kümmerten

und die Felder für eine neue Aussaat herrichteten, holten die Frauen ihre Webstühle heraus und begannen zu weben. Sie hatten immer ihre Spindeln dabei und spannen bei jeder sich bietenden Gelegenheit ihre Lamawolle, die sie später selbst einfärbten. Früher hatten sie dazu Pflanzenfarben verwendet, doch seit einigen Jahren tauschten sie einen Teil der Rohwolle gegen chemische Farben ein, die bunter waren als ihre eigenen und ihnen besser gefielen.

Seitdem die Tage kürzer wurden, waren am frühen Morgen die Steine am Flussufer mit einer dünnen Eisschicht bedeckt und die von der Strömung offen gehaltene Rinne war nur schmal und leicht zu überspringen. Juanito, dessen Neugier auf die Schule rasch nachgelassen hatte, wäre lieber zu Hause geblieben und hätte der Mutter beim Weben zugeschaut, aber Luisa war unerbittlich. Sie zog ihm einen alten Pullover ihres Mannes über, der ihm fast bis zu den Kniekehlen reichte, und eine Wollkappe, die Gonzalez einmal am Rand der Passstraße gefunden hatte. So schickte sie ihn mit Maria und Manolo jeden Morgen los.

Kurz vor dem Fronleichnamsfest gingen Luisa, Teresa und einige andere Frauen in die Stadt, um die kleine Kirche und die Sänften, auf denen zwei Statuen in der Prozession mitgetragen wurden, zu schmücken. Während sie das taten, schwatzten sie und lachten, redeten sich all ihren Kummer von der Seele, vor allem den über ihre Männer, die sich immer wieder von ihrem ersparten Geld

Branntwein kauften. Aus einem Teil der Blumen banden sie Girlanden und aus dem Rest riesige bunte Sträuße. Als sie fertig waren, ließen sie Pater Ignacio begutachten, ob alles so recht sei, und nachdem sie dieser, so wie er es jedes Jahr tat, für ihren Eifer gelobt und die Schönheit der Sträuße gepriesen hatte, kehrten sie zufrieden wieder in ihr Dorf zurück.
Einen Tag vor dem Fest packte Gonzalez ein Schwein und zerrte es aus dem Verschlag. Das Schwein schrie laut. Das Kreischen seiner Todesangst war bis zum obersten Terrassenfeld zu hören. Dann brach es ab und die darauf folgende Stille bedeutete, dass ihm Gonzalez die Kehle durchgeschnitten hatte.
Das Geschrei und der Blutgeruch jagten der Stute einen großen Schrecken ein. Sie zitterte. In ihren Augen spiegelte sich die Furcht vor etwas, das sie nicht verstand. Immer wieder versuchte sie, über die Mauer des Pferchs zu springen, doch sie war zu hoch. Erst als das Schwein zu schreien aufhörte, beruhigte sie sich wieder.
Gonzalez schickte Juanito zu Teresa und Maria zu Eusebio und José, um sie zu bitten, am Abend seine Gäste zu sein. Die beiden Männer sollten ihre Frauen mitbringen und Teresa Manolo und natürlich den alten Roca. Luisa hatte einen großen Topf Suppe mit Innereien gekocht und frische Brotfladen gebacken. Niemand sprach während des Essens, das köstlich schmeckte. Alle schlürften und schmatzten und füllten ihre Bäuche, denn Fleisch gab es selten.

Als sie satt waren, begannen die Männer, den Branntweinkrug kreisen zu lassen. Luisa, die Angst davor hatte, dass Gonzalez schon bald betrunken sein würde, unterbrach die Unterhaltung ihrer Gäste an einem Punkt, an dem alles Wichtige und Notwendige gesagt zu sein schien.

»Findet ihr nicht, Roca könnte uns noch etwas erzählen?«, schlug sie vor. »Ich bin neugierig darauf, wie es weiterging mit den Spaniern und Atahualpa.«

Die Männer rissen die Köpfe hoch und starrten sich mit glasigen Blicken an. Luisa hatte ihnen mit ihrem Vorschlag den Gesprächsfaden abgeschnitten und sie mussten sich erst darauf besinnen, was sie gemeint hatte. Dann fiel es ihnen ein und sie nickten eifrig.

»Roca, was passierte, als diese Spanier dem Atahualpa einen Hinterhalt stellten?«

Dieses Mal begann er seinen Bericht mit einem Spiel auf der Flöte. Außer Maria und dem Pferd hatte ihn noch niemand spielen gehört. Die Männer unterbrachen ihr Gespräch. Auch die kleine Elena, die auf Marias Schoß hockte, stellte ihr Greinen ein, als Roca zu spielen begann. Die Melodie bestand nur aus wenigen Tönen, die langsam durch den Raum schwebten, eine Weile unter dem Strohdach verharrten und dann verklangen, als wären sie aus einem Kerker entwichen. Es war ein uraltes Lied, dessen Wirkung darin bestand, dass die Zuhörer Abstand von ihren alltäglichen Sorgen gewannen und sich bereit machten, der Geschichte weiterzufolgen.

6.

»Am nächsten Morgen kündigte ein Bote aus Atahualpas Lager die Rückkehr des Inka in die Stadt Cajamarca an. ›Atahualpa lässt dich wissen‹, sagte er, ›dass sein Kriegsvolk unbewaffnet kommt. Das geschieht auf seinen ausdrücklichen Wunsch hin. Er wird in Cajamarca Quartier nehmen. Haltet sein Haus bereit!‹ Pizarro versprach, das Gewünschte zu tun«, begann der alte Roca, nahm einen Schluck aus dem Krug und fuhr fort: »Der Spanier ließ den Pferden Schellen um die Hälse hängen, um ihren erschreckenden Eindruck noch zu verstärken. Reiter und Fußvolk mussten sich in einigen leeren Hallen in der Nähe der Plaza verbergen und die Feldartillerie brachte er auf der inmitten der Stadt gelegenen Festung in Stellung. Sie sollten auf ein Trompetensignal warten, bevor sie das Feuer eröffneten. Er selbst wollte mit zwanzig ausgewählten Soldaten warten, was weiter geschehen würde. Die Sonne stieg höher und die Spannung stieg. Gegen Mittag verließ ein prächtiger Zug das Lager des Inka und bewegte sich auf die Stadt zu. Den Anfang machten Diener, die mit großen Wedeln die Straße säuberten. Ihnen folgten Frauen und Kinder. Atahualpa saß in einer prachtvollen offenen Sänfte, die von achtzig vornehmen Edelleuten getragen wurde. Um den Hals trug er ein Geschmeide aus großen Smaragden und auf der Faust den goldgefiederten Falken. Die Sänfte war aus purem Gold und mit vielen bunten Vogelfedern geschmückt. Neben ihm liefen Würdenträger, deren goldene Ketten in der Sonne glänzten. Augenzeugen schätzten dieses Gefolge auf mehr als fünfzigtausend Mann. Doch Atahualpa ließ am Stadtrand einen Teil seines Heeres zurück. Wie viele Krieger im Lager zurückgeblieben waren, wusste niemand. Die Sonne stand schon tief über den Bergen, als sich der Zug dem Hauptplatz näherte. Pizarro schickte dem Inka Vicente de Valverde, einen Priester, entgegen, der ihm die Bibel vorhielt und ihn im Namen Gottes und des Königs aufforderte, sich zu unterwerfen. Atahualpa nahm die Bibel in die Hand und versuchte, sie aufzuschlagen. Er hatte noch nie in seinem Leben ein Buch gesehen. Woher sollte er wissen, was er damit anfangen könnte? In seiner Unwissenheit und vielleicht auch in seinem Ärger darüber, ließ er es einfach fallen. Da hob der Priester das Buch auf, kehrte wütend zu Pizarro zurück und rief ihm zu: ›Wie könnt Ihr von diesem vor Hochmut berstenden Hund noch lange eine Huldigung fordern!‹ Da gab Francisco Pizarro seinen Trompetern das verabredete Zeichen, zum Angriff zu blasen. Die Kanoniere feuerten ihre Kanonen ab, die Reiter stießen ihren schellenbehängten Pferden die Sporen in die Seiten und sprengten aus ihrem Hinterhalt. Für Atahualpas Männer war der Anblick der auf sie zugaloppierenden, steigenden und ausschlagenden Pferde wie ein Angriff böser Geister und Dämonen. Völlig gelähmt vor Entsetzen wagte es keiner von ihnen, sich zu verteidigen. Sie versuchten, vor diesen Wesen zu flüchten, doch die Spanier fielen über sie her und metzelten sie nieder. Inzwischen kämpfte sich Pizarro zu Atahualpa durch. Er zerrte ihn aus seiner Sänfte und befahl seinen Leuten, ihn in Gewahrsam zu nehmen und streng zu bewachen, ohne ihn dabei zu verletzen. Nicht länger als eine halbe Stunde hatte dieses schreckliche Blutbad gedauert, bis die Trompeten Pizarros kleinem Gefolge verkündeten, dass es den Sieg errungen hatte. Kein Indio hatte die Hand gegen einen Spanier erhoben, doch zwölftausend indianische Krieger haben bei diesem Blutbad ihr Leben verloren. Wenn man den spanischen Augenzeugen Glauben schenken kann, dann hatte auf ihrer Seite nur ein Lebewesen eine Wunde davongetragen. Und dieses eine war ein Pferd.«

»Und was geschah mit dem Falken?«, fragte Maria, als Roca verstummte.

»Welchem Falken?«

»Dem goldenen Falken, der auf der Faust des Inkas saß.«

»Der soll, als der Kampf begann, senkrecht in den Himmel gestiegen sein und rüttelnd dort verharrt haben, bis die Niederlage seines Herrn feststand. Danach ist er in den Wolken verschwunden und niemand hat ihn mehr gesehen«, erwiderte der alte Mann. »Viele indianische Krieger, die den Flug des Falken beobachtet hatten, schrien entsetzt: ›Inti hat uns verlassen! Was soll jetzt aus uns werden?‹«

»Heilige Mutter Maria!«, seufzte Teresa. »Wie schrecklich muss das gewesen sein!«

»Und wie ging es weiter?«, wollte Luisa wissen. »Was haben die Spanier mit Atahualpa gemacht?«

»Sie behandelten ihn gut«, sagte Roca. »Er bekam alles, was er sich wünschte, gutes Essen, die Erlaubnis, dass seine drei Lieblingsfrauen bei ihm bleiben durften, und Besuch, so viel er haben wollte. Nur seine Freiheit erhielt er nicht zurück. Schon nach kurzer Zeit wurde ihm bewusst, wie süchtig Pizarro hinter dem Gold her war. Da bot er ihm an, einen fünf Meter breiten, sechs Meter langen und zweieinhalb Meter hohen Raum mit kostbaren Goldgegenständen anzufüllen und dazu noch zwei Kammern mit Silberzeug. Als Gegenleistung verlangte er nur seine Freiheit zurück. Allerdings benötigte er mindestens zwei Monate, um alles herbeizuschaffen. Hocherfreut nahm Pizarro den Vorschlag des Inkas an. Er ließ einen Vertrag aufsetzen, der von beiden unterzeichnet wurde. Gleich danach schickte Atahualpa seine Hauptleute in alle Gegenden seines riesigen Reiches, um die Herbeischaffung des Goldes in die Wege zu leiten. Es dauerte nicht mehr lange, bis schwer bepackte Träger Gold und Silber herbeischleppten. Der größte Teil bestand aus wertvollen Kunstgegenständen wie Götterstatuen und Schmuck. Darunter befanden sich auch die Darstellung einer goldenen Landschaft mit weidenden Lamas und zwei Hirten in Lebensgröße, ein Brunnen, aus dem das Wasser in einen künstlichen See floss, und Vögel, die daraus tranken, Frauenfiguren, ein kostbarer Thron, Maispflanzen mit goldenen Kolben, Köcher für Pfeil und Bogen, Spiegel, Trommeln, Löffel, Schachteln, Medaillen und vieles mehr, alles aus purem Gold. Es war der größte Schatz, der jemals Kriegsherren, Banditen, Eroberern oder Piraten in die Hände gefallen war. Sobald die Kammern gefüllt waren, gab Pizarro den Befehl, alles, ausgenommen einiger erlesener Stücke, die er der spanischen Königin mitbringen wollte, einzuschmelzen. Nachdem er jedem Mann aus seinem Gefolge den ihm zustehenden Anteil gegeben hatte, war so viel Gold im Umlauf, dass sich die Spanier auf einmal dafür fast nichts mehr kaufen konnten. Jeder hatte mehr als genug davon, und das machte es wertlos.

Als der Inka seinen Teil des Vertrages erfüllt hatte, ließ Pizarro öffentlich verkünden, dass er nun frei sei, dass es ihm aber im Interesse der Krone und zur Sicherheit des Landes ratsam erscheine, ihn noch einige Zeit in Gewahrsam zu behalten. Da kam sich Atahualpa zu Recht betrogen vor. Heimlich schickte er Boten aus, um alle seine Getreuen von dem Wortbruch des Spaniers zu unterrichten und sie zu bitten, ihn mit Gewalt zu befreien. Doch Pizarro erfuhr davon. Er befahl, dem Inka eine Kette um den Hals zu legen, und ordnete schärfste Bewachung an. In einem kurzen Prozess wurde der Inka zum Tod durch Verbrennen verurteilt. Mehr als acht Monate war es her, seitdem er in die Hände der Spanier gefallen war. Auf den Gipfeln der Kordilleren lag Neuschnee und über dem Tal von Cajamarca kreiste ein Kondor. Zwei Stunden nach Sonnenuntergang führte man ihn auf die

Plaza von Cajamarca, um das Urteil an ihm zu vollstrecken. Doch Atahualpa, der wusste, dass das Feuer seinen Leib unwiederbringlich zerstören würde, bat Pizarro um Gnade, denn bei den Inkas war es Sitte, den toten Herrscher einzubalsamieren und aufzubewahren, damit ihn sein Volk noch weiter verehren könne. Er erklärte sich bereit, sich taufen zu lassen, vorausgesetzt, dass er dadurch dem Feuertod entginge. Vicente de Valverde, der Priester, dessen Bibel er bei ihrer ersten Begegnung fallen gelassen hatte, taufte ihn auf den Namen ›Juan de Atahualpa‹.«

Die Stimme des Alten war leiser und leiser geworden. Das Rinnsal seiner Worte versickerte in seinem Inneren.

»Und dann«, drängte ihn Luisa. »Was geschah dann?«

»Dann erwürgte man ihn mit einer Schlinge.« Flüsternd fuhr er fort: »Sein Tod bedeutete den Untergang des Reiches der Inkas und ihres unermesslich großen Wissens über Goldschmiede- und Steinmetzkunst, Staatskunde, Medizin und den Lauf der Gestirne.«

Die spanischen Herren

1.

Fronleichnam war eines der größten Feste des Jahres. Aus allen Dörfern kamen die Menschen, um die heiligen Statuen zu begleiten, die in einer Prozession durch die Straßen getragen wurden. Niemand wollte die Messe und Pater Ignacios Predigt versäumen. Nur die Alten und Kranken, die zu schwach waren, blieben zu Hause.

Die Frauen hatten ihre Festtagsgewänder aus den Truhen geholt. Die vielen Röcke, die sie übereinanderzogen, machten sie unförmig. Sie kämmten sich die Haare und flochten sie neu. Auf dem Kopf trugen sie schwarze Melonen. Ihre Babys banden sie sich mit einem bunten Tuch auf den Rücken. Alle achteten darauf, dass sich die älteren Kinder das Gesicht und die Hände wuschen. Die Männer zogen sich den besten Poncho über den Kopf, banden sich ein sauberes Halstuch um, und wer eine Silbernadel besaß, steckte es mit ihr fest.

So geschmückt, machten sich auch die Bewohner aus Gonzalez' und Luisas Dorf auf den Weg. Nur der alte Roca wollte lieber daheimbleiben.

»Es ist besser so«, hatte er Teresa erklärt, die ihn umzustimmen versuchte. »Es ist besser, wenn jemand dableibt, der auf alles achtet.«

»Auf was willst du achten?«, hatte die Frau ihn gefragt. »Diebe finden hier nichts, was sie stehlen können.«
»Und was ist, wenn in einer der Hütten Feuer ausbricht?«
Dagegen hatte Teresa nichts zu erwidern gewusst.
Es war ein kalter, trockener Tag. Schneefahnen flatterten an den Gipfeln. Schon am frühen Morgen hatte der Kondor ein totes Tier entdeckt. Er füllte sich an seinen Eingeweiden den Kropf, der lange leer geblieben war. Ab und zu zog er den blutbesudelten Schnabel aus dem Kadaver, um sich zu vergewissern, dass ihm kein anderes Tier seinen Fund streitig machte. Als er sah, dass sich die Gruppe der Dorfbewohner dem Fluss näherte, verharrte er einen Moment. Doch die Menschen hatten Besseres zu tun, als sich um ihn zu kümmern.
Alle, auch Juanito, erreichten wohlbehalten das andere Ufer. Juanito trug Schuhe, wie die anderen auch. Das war er nicht gewöhnt. Die Angst, er könnte ausrutschen und ins Wasser fallen, so wie es ihm schon einmal passiert war, schnürte ihm die Kehle zu. Doch sein Vater kam ihm ein Stück entgegen, packte ihn unter den Schultern und hob ihn hinüber.
Dort, wo mehrere Wege aufeinandertrafen, stießen sie auf Leute aus anderen Dörfern. In der Kirche drängten sich die Menschen zusammen. Diejenigen, die zu spät kamen, blieben vor der geöffneten Tür stehen. Dann wurde das Gemurmel auf einmal leiser und verstummte schließlich ganz. Die Glocken begannen zu läuten. Das Getöse überflutete den Platz und die Menschentraube

vor dem Eingang der Kirche. Die stärkeren schoben die schwächeren zur Seite, um besser sehen zu können. Dann öffnete sich die kleine Tür in der Seitenwand des Chors und Pater Ignacio kam herein, gefolgt von vier Messjungen.

Nach der Messe formierte sich der große Zug. An der Spitze ging ein Mann, der ein Kreuz trug, gefolgt von einem Jungen, der einen Weihrauchkessel schwang. Die Honoratioren der Stadt trugen an diesem Tag ihre schwarzen Sonntagsanzüge und rote Schärpen über dem Hosenbund. Hinter ihnen marschierte eine Musikkapelle. Die Musiker spielten ein altes Kirchenlied, das blechern und grell das Gedröhne der Glocken begleitete und die beiden Statuen ankündigte. Zuerst die der Maria, holdselig lächelnd mit schräg geneigtem Kopf, in einen hellblauen Mantel gehüllt, hinter ihr die Christusstatue, die von einem Mann zum Dank für die wundersame Errettung vor einem Bergsturz geschnitzt und der Kirche gestiftet worden war. Es war nicht sicher, ob der nach oben gerichtete Blick der hölzernen Figur dem Himmel galt oder nur den Bergen, zu denen auch jener Gipfel gehörte, von dem aus damals die Felsen ins Tal gedonnert waren. Der etwas starre Gesichtsausdruck der Statue glich dem eines Indiobauern. Beide Sänften waren über und über mit bunten Blumengirlanden behängt.

Die Menge der Gläubigen ordnete sich hinter den Heiligenfiguren ein. Als der Mann mit dem Kreuz an der Spitze des Zugs in die erste Gasse einbog, schleppte er eine Schlange aus Menschen hinter sich her. Auch Gonzalez, Luisa und ihre Kinder, auch Teresa mit ihrem Sohn Manolo, auch Eusebio und José mit ihren Familien waren zu einem Glied in dieser Schlange geworden. Sie sangen und murmelten ihre Gebete, lauschten den Kirchenglocken und der scheppernden Musik der Trompeten und waren sich dabei manchmal nicht mehr so sicher, ob sie in der Muttergottes nicht in Wahrheit die Erdmutter Pachamama und in ihrem Sohn Jesus Christus nicht den Maisgott anbeteten. Aber war das nicht eigentlich gleich? Pater Ignacio wusste von diesem Zwiespalt, und wenn ihn jemand darauf ansprach, lächelte er nur und fragte: »Sind wir nicht alle Kinder Gottes?«

Der Zug wand sich durch die Gassen der Stadt. Schließlich endete er wieder vor der Kirche, wo der Priester eine Abschlussandacht hielt, während bereits die Strahlen der Mittagssonne die goldene Monstranz erglänzen ließen. Nachdem der letzte Glockenton verhallt war, verliefen sich die Menschen schnell. Die Frauen und Kinder machten sich auf den Rückweg in ihre Dörfer, während sich ihre Männer noch vor einem Stehausschank drängten oder in einer Bar verschwanden, um ein Bier oder einige Gläser Branntwein zu trinken.

Jedes Jahr ist es das Gleiche, dachte Luisa und seufzte, am Ende so eines Tages kamen die Männer betrunken heim. Dass noch keiner von ihnen auf dem Rückweg in den Fluss gestürzt war, kam ihr fast wie ein Wunder vor.

Roca stand mit der Stute am anderen Ufer, als sie über die Steine sprangen.
Er hatte sie kommen sehen, als er das Pferd spazieren führte.
»Hei, Roca«, begrüßte ihn Juanito strahlend. »Darf ich's einmal führen?«
»Wenn es deine Schwester erlaubt«, erwiderte der Alte und lachte.
Maria verzog das Gesicht, aber es fiel ihr so schnell keine Ausrede ein, mit der sie Juanitos Bitte abschlagen konnte. Der Junge nahm Roca den Strick aus der Hand und führte das Pferd vor ihnen her.
»Man sieht nicht viel von dem Fohlen«, stellte Luisa fest und erinnerte sich daran, wie rund und schwer ihr Bauch schon viele Wochen vor der Geburt gewesen war.
»Vergiss nicht, ein Pferd trägt elf Monate, eine Frau dagegen nur neun«, sagte der Alte. »Es ist ihr erstes Fohlen und ich schätze, sie hat noch etwa drei Monate Zeit.«
»Hoffentlich können wir's auch verkaufen.«
»Wenn es gesund ist, sicher.«
»Und die Stute?«
»Wenn das Bein wieder in Ordnung kommt, auch.«
Aber Luisa hatte da ihre Zweifel. Gonzalez hatte schon viele Lotterielose vom Markt mit heimgebracht, aber noch nie hatte eines gewonnen.

2.

In den Nächten gefror der Boden, doch die warme Vormittagssonne taute ihn wieder auf. Die Zeit glich einem Rinnsaal, das von irgendwoher kam und nach irgendwohin verrann. Luisa und Gonzalez gingen wie immer ihrer täglichen Arbeit nach. Roca besuchte seine Kranken, behandelte das Bein der Stute oder suchte Heilkräuter und Maria führte das Pferd jeden Tag spazieren. Allmählich sah man der Stute an, dass sie Nachwuchs erwartete. Ihr Bauch wurde voller, und wenn das Mädchen ihre Hand auf die Rundung legte, dann konnte sie spüren, wie sich etwas darin bewegte.

»Freust du dich?«, fragte sie das Pferd, wenn sie es versonnen, mit einem nach innen gekehrten Blick vor seinem Verschlag stehen sah, weil sie annahm, dass es sich ebenso wie sie auf das Fohlen freute. Doch die Stute hatte noch nie geboren. Woher sollte sie wissen, was mit ihr los war?

In jenen Tagen hatte Gonzalez einen merkwürdigen Traum, den er am nächsten Morgen seiner Frau erzählte:

»Ich stand mit dem Pferd auf einem Markt, um es zu verkaufen, als mich ein merkwürdiger Mann ansprach.«

»Was war denn so merkwürdig an ihm?«, wollte Luisa wissen.

»Auf dem Kopf trug er einen bunten, mit Federn geschmückten Hut, über einem weiten, spitzenbesetzten Hemd eine Weste und darüber noch eine Art Poncho, der vorne aufgeschnitten war. Die engen Hosen wurden oben weit wie die Melonen auf unserem Feld und die hohen Stiefel gingen ihm bis über die Knie. Seine Nase glich mehr dem Schnabel eines Kondors als einer Nase und die schwarzen Locken fielen ihm bis auf die Schultern.«

»Was sagte er?«, fragte Luisa ungeduldig, weil sie die Ausführlichkeit, mit der ihr Gonzalez den Mann beschrieb, langweilte.

»Er wollte mir das Pferd abkaufen.«

»Na und, was war so besonderes daran?«

»Genau weiß ich das auch nicht mehr«, antwortete Gonzalez nachdenklich. »Ich glaube, es war die Antwort, die ich ihm gab. Ich sprach, ohne zu überlegen, erschrak selbst über das, was ich zu ihm sagte, und fand es im gleichen Augenblick richtig und gut.«

»Was hast du zu ihm gesagt?«

»Wenn ich mich recht erinnere, antwortete ich ihm etwa so: ›Mein Herr, Exzellenz, oder wie auch immer Ihr angeredet werden möchtet, ich bin nur ein armer indianischer Bauer, einer von denen, deren Vorfahren von Euch beraubt wurden. Ihr habt uns mithilfe Euerer Pferde besiegt und unser Gold weggeschleppt, und wenn Ihr jetzt dieses Pferd, das von ganz allein aus den Bergen zu uns gekommen ist, von mir kaufen wollt, dann nur gegen das, was Ihr uns gestohlen habt.‹«

»Oh«, stöhnte Luisa erschrocken. »Was hat er geantwortet?«

»›Versteh ich dich recht!‹, hat er geschrien. ›Du willst das

Gold zurück, auf das wir nach dem Sieg über euch im Namen der spanischen Krone und völlig zu Recht Anspruch hatten? Was willst du damit?‹ Und während er das sagte, konnte ich seinen Augen nicht nur die Gier ansehen, die ihn dazu trieb, die Stute in seinen Besitz zu bringen, sondern auch die Empörung über den Preis, den ich für sie verlangte.«

»Eine Brücke bauen, Herr, hab ich ihm geantwortet, eine Brücke, auf der unsere Kinder und wir sicher über den Fluss kommen. Vielleicht langt es auch noch für einen alten Lieferwagen.« Gonzalez stockte.

»Na und!«, fuhr ihn seine Frau ärgerlich an. »Wie ging es weiter? Lass dir doch nicht jedes Wort aus der Nase ziehen!«

»Er lachte mich aus.«

»Und dann?«

»Dann bin ich aufgewacht.« Unzufrieden vor sich hin murmelnd ging Luisa weiter ihrer Arbeit nach. Sie konnte nichts anfangen mit dem Traum ihres Mannes, und als sie bei der nächsten Gelegenheit Roca danach fragte, sagte er lächelnd: »Nur Geduld. Eines Tages wirst du alles verstehen.«

Die Nächte waren lang und kalt. Wenn sich die Kinder morgens auf den Weg in die Schule machten, war es oft noch nicht richtig hell. Als die Lehrerin von Maria erfuhr, dass der alte Roca ihnen die Geschichte der Unterwerfung der Inkas erzählt hatte, verlangte sie von ihr, alles zu wiederholen. Und das Mädchen tat, was die Lehrerin von ihr verlangte. Zuerst stockend, dann immer freier redend, berichtete sie von der Landung der Spanier und von ihren Pferden, die noch kein Indio vorher gesehen hatte. Sie redete und redete und hörte erst auf, als sie alles erzählt hatte, was sie von Roca wusste.

»Ja und«, rief ein Junge, »wie ging es weiter? Was geschah dann?«

»Das weiß ich nicht«, antwortete Maria verlegen. »Aber ich kann Roca danach fragen.«

»Tu das«, sagte die Lehrerin, »und erzähl es uns dann!«

Schon bald ergab sich eine gute Gelegenheit, dass alle bei Teresa zusammentrafen und das Mädchen Roca bitten konnte, die Geschichte vom Untergang des alten Inkareiches weiterzuerzählen. Luisa hatte Elena dabei. Sie quetschte sich neben Teresa auf die schmale Bank, während die vier Männer am Tisch einander gegenüberhockten. Der Rauch des Herdfeuers staute sich unter dem Dach.

»Nach der Zerschlagung des Inkaheeres wurde Francisco Pizarro Vizekönig von Peru. Doch das neideten ihm einige seiner Gefolgsleute. Sie rebellierten und Pizarro ließ Diego de Almagro, ihren Anführer, der einmal einer seiner ältesten Freunde gewesen war, zum Tod verurteilen. Unter der Leitung des Sohnes des Verurteilten schlugen die Rebellen zurück und der Streit endete schließlich mit der Ermordung Francisco Pizarros. Diejenigen, die übrig blieben, zeigten uns, dass sie von nun an die Herren im Land waren«, begann Roca. »Berauscht von der Macht, feierten sie ihren Sieg. Sie hetzten Bluthunde auf alle, die sich ihren Befehlen zu widersetzen versuchten, und jeder konnte erkennen, wie viel Spaß ihnen diese Hatz machte. Sie erniedrigten uns und taten unseren Frauen und Töchtern Gewalt an. Wie die Sklaven wurden wir gezwungen, in ihren Gold- und Silbergruben zu arbeiten, was viele von uns nicht überlebten. Dass sie gekommen waren, um uns das Heil des Christentums zu verkünden, hatten sie längst vergessen. Ihre Grausamkeit kannte keine Grenzen. Als sie entdeckten, wie gut ihnen das Gehirn der Lamas schmeckte, schlachteten sie unsere Herden und warfen das, was von einem Tier übrig blieb, ihren Hunden vor, obwohl wir beinahe vor Hunger starben, denn sie hatten auch unsere Kornspeicher geleert. Für sie waren wir keine Menschen wie sie selbst, sondern Menschen zweiter Ordnung. In einer Notlage hätten sich viele von ihnen eher für die Rettung ihres Pferdes entschieden als für die eines Indios. Wie Bettler zogen wir frierend über die Sierras. Niemand unterschied mehr zwischen denen, die für, und denen, die gegen die Spanier gekämpft hatten. Wer am Leben bleiben wollte, musste stehlen, aber wenn er ertappt wurde, prügelten sie ihn zu Tode. Doch unter den spanischen Herren gab es einen, der alles mit großem Entsetzen beobachtete. Er war Jesuit und hieß Bartolome de las Casas. Voller Empörung verfasste er eine Denkschrift, die mit den Worten schloss: ›Der Heilige Vater hat den spanischen Herrschern das Eroberungsrecht unter der ausdrücklichen

Bedingung zugestanden, die Heiden zu bekehren. Diese Bedingung wird nicht erfüllt. So wird der Allmächtige jene zur Rechenschaft ziehen, welche die Schuld daran tragen, dass dieser heilige Auftrag mit Füßen getreten wird.‹ Er reiste nach Spanien zurück und schilderte die Missstände vor einer vom Kaiser einberufenen Versammlung. Seine letzten Worte waren: ›Gott will nicht, dass Böses geschehe, damit Gutes daraus erwachse.‹« Roca räusperte sich.

»Da«, brummte Gonzalez und schob ihm den Bierkrug hin. »Trink einen Schluck!«

»Und was geschah dann?«, wollte Eusebio wissen.

»Der Kaiser nahm sich die Worte des Priesters zu Herzen. Er erließ strenge Gesetze, in denen unter anderem stand, dass niemand die Indios gegen ihren Willen zur Arbeit zwingen dürfe.«

»Und wurde dann alles besser?«, fragte José.

»Nicht wesentlich!«, seufzte Roca. »Aber das erzähl ich euch ein andermal.«

3.

Am nächsten Morgen schlug das Wetter plötzlich um. Es wurde warm. Ein stürmischer Wind schob dicke Wolken über die Gipfel der Anden. Gegen Mittag begann es zu regnen. Als die Kinder am frühen Nachmittag von der Schule heimkamen, war der kleine Fluss gefährlich angeschwollen. Maria musste Juanito gut zureden, bevor er auf den ersten Stein sprang. Doch nicht er glitt aus, sondern Manolo. Im letzten Augenblick erwischte ihn Maria noch an einem Zipfel seines Ponchos.

»Pass doch auf!«, schimpfte sie ärgerlich. »Bist wahrhaftig alt genug, um zu wissen, wie man's richtig macht.«

Alle anderen Kinder aus ihrem Dorf kamen gut hinüber.

Am Abend begegnete ihr der alte Roca auf der Straße, als sie die Stute bewegte. Er betrachtete das Pferd von allen Seiten, tastete nach ihrem Euter und nickte zufrieden.

»Ein paar Wochen noch«, sagte er. »Vielleicht vier oder fünf. Bei einem Erstlingsfohlen kann man's nie so genau sagen.«

»Und was ist mit dem Bein?«

»Es wird wieder gut.«

»Gut! Wirklich gut?«, rief Maria ungläubig. »Bist du sicher, dass sie es wieder richtig belasten kann?«

»Das bin ich«, bestätigte ihr der Alte.

In der Nacht hörte der Regen auf und am nächsten Morgen schien die Sonne.

Die höchsten Gipfel der Berge glänzten im Neuschnee. Die Landschaft war wie frisch gewaschen. Manolo, Maria und Juanito waren spät dran, als sie sich auf den Weg in die Schule machten. Die anderen Kinder waren früher losgegangen. Keines von ihnen war mehr zu sehen.

»Maria, Juanito!«, rief Manolo den Geschwistern zu. »Wir müssen uns eilen. Wetten, dass ich vor euch am Fluss bin?«

»Am Fluss vielleicht«, schrie Maria zurück, »aber nicht auf der anderen Seite.« Das Hüpfen über die Steine war ihre Stärke. Darin fühlte sie sich den anderen überlegen. Schon rannten sie los, liefen mit flatternden Ponchos und fliegenden Zöpfen den Weg entlang, auf dem Maria tagtäglich die Stute bewegte, sprangen über die Pfützen, die der Regen hinterlassen hatte, überholten sich, steigerten sich auf den letzten Metern, keuchten und erkannten viel zu spät, dass der Fluss über Nacht weiter angestiegen war und die gefährliche Strömung inzwischen die Trittsteine überspülte.
Manolo, der vor dem Mädchen am Ufer ankam, zögerte einen Augenblick, als ihm die Gefahr bewusst wurde. Das gab Maria die Möglichkeit, an ihm vorbeizuhuschen und auf den ersten Stein zu springen. Sie fand jeden Stein im Schlaf und kannte den Abstand zwischen ihnen mit nachtwandlerischer Sicherheit. Jeder Fuß traf den richtigen Tritt, auch wenn er nicht mehr genau erkennbar war, weil sich über ihm eine Welle wölbte. Hinter ihr gelang es Manolo, die Erinnerung an das Erlebnis vom Vortag zu verdrängen. Allen Mut zusammennehmend folgte er Maria, hüpfte von Stein zu Stein und war beinahe schon am anderen Ufer, als er abermals ausglitt und ins Wasser stürzte. Doch glücklicherweise riss es am Rand nicht mehr so stark wie in der Mitte. Seine Hand fand einen Griff, an dem er sich festklammern konnte. Maria kam ihm entgegen und zog ihn heraus. Sie waren so miteinander beschäftigt, dass sie Juanito völlig vergaßen. Er

war hinter ihnen zurückgeblieben. Sosehr er sich auch anstrengte, so sehr seine Lungen stachen, mit seinen kurzen Beinen schaffte er es nicht, Maria und Manolo einzuholen. Gerade als seine Schwester das andere Ufer erreichte, sprang er mit einem Satz auf den ersten Stein, während sein Fuß schon den nächsten anpeilte. Doch dann stürzte Manolo ins Wasser und er zuckte zusammen. Auf einen Schlag verließ ihn der Mut. Er zögerte kurz, verfehlte den nächsten Tritt, verlor das Gleichgewicht, schwankte ein paarmal vor und zurück und fiel dann mit einem Schrei in die eiskalte Strömung, genau dorthin, wo sie am tiefsten war und am meisten riss.

»Maria! Hilf mir, so hilf mir doch!«

Die Kälte war ein Schock. Er bekam keine Luft mehr. Ein ungeheuer starker Wirbel zog ihn nach unten, sein Kopf prallte auf einen Stein und er verlor das Bewusstsein.

Juanitos Schrei war für Maria, als stoße ihr jemand ein Messer in die Brust. Sie fuhr herum und sah weit unterhalb der Furt seinen Arm aus dem Wasser ragen. Die Strömung trieb ihn fort, immer weiter und weiter.

»Manolo, Manolo!«, schrie sie, »hilf mir! Juanito ertrinkt!«, und nahm den Wettlauf mit dem Fluss auf, raste, nein flog am Ufer entlang, achtete weder auf Löcher noch auf Steine, versuchte dabei, den Bruder nicht aus den Augen zu verlieren, schrie und schrie, während ihr die Tränen übers Gesicht liefen, und hoffte, dass sich Manolo eilen möge, rief Gott, die Mutter Maria, Inti, Pachamama und alle guten Geister an, doch niemand half ihr,

die Strömung war schneller. Juanitos aufgeblähte Jacke entfernte sich immer weiter von ihr.
Doch dann verfing sich plötzlich sein Körper zwischen zwei Steinen, hing eingeklemmt und drehte sich langsam. Das gab Maria die Zeit, die sie brauchte, um nachzukommen. Ohne lange zu überlegen, stürzte sie sich ins Wasser, schnappte sich ein Bein und zog und zerrte.
»Manolo, Manolo, wo bist du? Er stirbt. Hilf mir, so hilf mir doch!«, keuchte sie verzweifelt. Manolo holte sie ein und zu zweit schafften sie es, den Jungen ans Ufer zu ziehen. Schlaff lag der kleine Körper vor ihnen auf dem Boden. Auf dem totenbleichen Gesicht klebten die nassen Haare und aus dem halb offenen Mund rieselte Wasser.
»Juanito, wach auf, wach auf!«, schrie Maria in der Hoffnung, dass er sie hören könnte, packte und schüttelte ihn. »Wir sollten ihn an den Füßen hochhalten, damit das Wasser wieder aus ihm herauslaufen kann«, schlug Manolo vor. Sie versuchten, ihn hochzuheben, doch ihre Kräfte reichten nicht aus. Dann entdeckte Maria eine kleine Bodenerhebung in ihrer Nähe. Sie zogen den Jungen dorthin und lagerten ihn mit dem Kopf nach unten.
»Lauf ins Dorf und hol Hilfe! Schnell! Schnell!«, rief Maria. Manolo rannte los. Er musste zuerst zurück, um den Fluss bei der richtigen Furt zu überqueren, nahm sich zusammen und sprang langsam und konzentriert von Stein zu Stein. Obwohl ihm der nasse Poncho um die Beine schlug, kam es ihm später vor, als ob er den Weg vom

Fluss zum Dorf noch nie so schnell hinter sich gebracht hätte. Als er die ersten Hütten erreichte, begann er zu schreien: »Hilfe, Hilfe!«

Doch die Dorfstraße war wie leer gefegt. Alle Bewohner schienen unterwegs zu sein. Dann tauchte auf einmal der Kopf des alten Roca hinter der Mauer eines Pferchs auf.

»Was ist?«, fragte er, weil er die Worte nicht richtig verstanden hatte.

»Schnell, schnell!«, keuchte Manolo, blieb nach Luft ringend stehen und versuchte, ihm so kurz wie möglich zu erklären, was vorgefallen war. »Juanito«, stammelte er, »in den Fluss gefallen, herausgezogen, rührt sich nicht mehr, stirbt, ist vielleicht schon tot . . .« Roca hatte schon nach den ersten Worten begriffen, dass Eile nottat. Er packte Manolo am Arm und zog ihn mit sich.

»Wohin?«

»Unterhalb der Furt, dort, wo der Fluss eine Biegung macht.«

Als sie die Unglücksstelle erreichten, kniete Maria auf der Brust ihres Bruders und versuchte, das Wasser aus seinen Lungen zu pressen.

»Gut so«, lobte sie der Alte. »Das hätte ich auch nicht anders gemacht.« Er löste sie ab, legte seine großen schwieligen Hände um den Brustkorb des Jungen, presste ihn zusammen und ließ ihn wieder los, sodass es in seinem Inneren gurgelte und Luft und Wasser im Rhythmus des Atmens entweichen konnten.

»Komm schon«, beschwor ihn der alte Mann, »spuck den

Fluss wieder aus und atme!« Danach wechselte er die Sprache und redete in einem alten, Maria und Manolo unverständlichen Dialekt auf Juanito ein, bettelte, flehte und hielt keinen Augenblick in seinen Bemühungen inne. Seine Stimme wurde zu einem Singsang, den seine Hände mit ihrem Takt unterstützten. »Komm schon, komm schon, spuck den Fluss wieder aus und atme!«
Und plötzlich begannen die Lider des Jungen zu flattern. Wie kleine Schmetterlinge huschten die Wimpern auf und ab.
»Roca, er wacht auf!«, flüsterte Maria, immer noch voller Angst, dass sie sich täuschen könnte. »Er lebt.« Der Alte hörte nicht auf das, was sie sagte. Nichts konnte sein Tun unterbrechen, nichts sein Lied und nichts den Takt seiner Hände.
Aber jetzt bemerkte es auch Manolo, der sich ein wenig abseits erschöpft niedergelassen hatte. »Schau mal, er schlägt die Augen auf!«
Erst als Juanito zu husten und zu spucken begann, waren sie sicher, dass der Junge überleben würde. Roca lud ihn sich auf den Rücken und so kehrten sie ins Dorf zurück, brachten ihn seiner Mutter und legten ihn auf sein Lager.
»Heilige Maria Muttergottes!«, rief Luisa und rang die Hände. »Was ist passiert?«
»Zieh ihm die nassen Sachen aus!«, befahl ihr der alte Mann, »und leg ein paar Steine ins Feuer. Ich bringe dir eine Medizin, aus der du ihm einen Tee kochen kannst.«

Sie zogen dem Jungen die Kleider vom Leib, deckten ihn mit ihren wärmsten Decken zu und schoben ihm die heißen Steine an die Füße. Inzwischen musste Maria der Mutter berichten, warum und wieso das alles passiert war.
»Noch ist er nicht über den Berg!«, sagte Roca, als er Luisa die Medizin übergab. »Er wird Fieber bekommen.« Doch sie glaubte ihm nicht.

4.

In Windeseile verbreitete sich die Unglücksnachricht im Dorf. Manolo erzählte es seiner Mutter und Teresa gab sie an Eusebios Frau weiter. So ging die Geschichte von Mund zu Mund und von Hütte zu Hütte, veränderte sich und bauschte sich auf, wie die Zuckerwatte, die man auf dem Markt kaufen konnte.
Später wusste niemand mehr genau, wer als Erster auf den Gedanken kam, dass Juanitos Unfall eine andere Ursache haben könnte. Wäre es nicht möglich, dass er aufgrund einer Verhexung auf den Steinen ausgeglitten war, weil jemand Gonzalez und Luisa Böses wünschte? Vielleicht hatte dieser Jemand das Pferd zu ihnen geschickt? Steckte in ihm vielleicht ein böser Geist? War es gar mit einem Fluch beladen? Uralter Aberglaube wurde tief aus der Erinnerung geholt. Das Pferd war fremd. Es passte nicht zu ihnen und störte. Misstrauen gegen alles, was

ihnen fremd war, schürte den Verdacht. In ihrem Hass gab es für die Männer nur eine Lösung: Die Stute musste erschlagen werden. Mit ihr würde auch das Böse getötet. Sie ergriffen Knüppel, Macheten und was sie sonst gerade zur Hand hatten und eilten zu Gonzalez' Pferch, um ihr Vorhaben in die Tat umzusetzen. Weder Eusebio noch José waren in der Lage, sie davon abzubringen.

Luisa schreckte hoch, als sie das aufgeregte Stimmengewirr vernahm.

»Was ist das?«, fragte sie Roca, der an Juanitos Lager hockte und seine Herzschläge zählte. Er hob den Kopf und lauschte. Der Lärm kam näher. Er konnte nichts Gutes bedeuten.

»Wollen die zu uns?«, fragte er.

»Ich weiß nicht«, sagte Luisa.

»Wo ist Gonzalez?«

»Er füttert die Schweine.«

»Geh und sag ihm, er soll das Pferd einsperren! So viele Menschen ist es nicht gewöhnt.« Roca ging hinaus und stellte sich der aufgebrachten Menge in den Weg.

»Was wollt ihr?«

»Das Pferd. Wir wollen das Pferd erschlagen. Es ist an allem schuld!«

»An was soll es schuld sein?«

»Am Unglück des Jungen. Um weiteres Unheil abzuwenden, müssen wir es töten. Sonst tötet es uns.«

»Wer sagt das?«

Betroffen schwiegen die Männer und überlegten.

»Kehrt um und lasst das Pferd in Ruhe! Am Unfall Juanitos ist es nicht schuld. Wollt ihr Gonzalez in doppeltes Unglück stürzen? Er hat diesem Pferd zusammen mit Eusebio und José einen Stall gebaut und es versorgt, obwohl es verletzt war. Jetzt hoffen er und seine Freunde, es für einen guten Preis zu verkaufen. Er braucht das Geld dringender denn je . . .« Gonzalez, der hinter der Mauer des Innenhofs der Auseinandersetzung gefolgt war, stand auf einmal neben Roca,

». . . um eine Brücke über den Fluss zu bauen«, vollendete er den angefangenen Satz des Alten, »damit wir alle den Fluss in Zukunft ohne Gefahr überqueren können. Wenn ihr die Stute erschlagt, tötet ihr auch das Fohlen. Dann gibt niemand mehr auch nur einen einzigen Sol für sie und ihr schadet nicht nur mir, Eusebio und José, sondern allen.«

»Gonzalez hat recht«, murmelte eine Stimme.

»Und wenn die Stute erst tot ist, nützt sie niemandem mehr«, fügte ein anderer hinzu. Da schwoll das Gemurmel wieder an. Jeder beriet sich mit seinem Nachbarn und nach kurzer Zeit senkten die Männer die Knüppel und schoben ihre Macheten zurück in die Scheiden. Beschämt ließen sie die Köpfe hängen, drehten sich um und gingen heim. Bald war es wieder still im Dorf. In einem Hof meckerte eine Ziege, grunzte ein Schwein und einige Hühner kratzten in der Erde vor den Häusern.

An diesem Tag ging Maria nicht mit der Stute spazieren. Sie hockte sich zu ihr in den Pferch. »Ich bin schuld an al-

lem«, sagte sie zu ihr. »Ich allein. Warum hab ich diese dumme Wette angenommen? Beinahe wäre Juanito ertrunken. Ich bin schuld, nicht du.« Zum ersten Mal konnte sie weinen. Sie legte den Kopf auf die Knie und schluchzte leise, während das Pferd in ihren Haaren schnoberte. »Hier im Dorf sagen sie, du hättest einen bösen Zauber von den Bergen mit heruntergebracht. Und dabei hast du mit Juanitos Sturz doch gar nichts zu tun.« Als die Stute einen ihrer Zöpfe ins Maul nahm und an ihm zupfte, drehte das Mädchen den Kopf zur Seite und blickte direkt in ein wimpernüberschattetes Pferdeauge, unergründlich tief und dunkel, wie ein Brunnen.
»Ach, wenn ich nur wüsste, woher du gekommen bist!« Sie malte sich aus, wie es wäre, wenn ihr Vater das Pferd nicht verkaufen müsste, und wusste doch, dass dies nicht möglich war. Erst als sie hörte, dass nach ihr gerufen wurde, stand sie auf und ging ins Haus.
In der Nacht bekam Juanito Fieber. Seine Stirn glühte und in immer kürzeren Abständen schüttelte ihn ein trockener Husten. Luisa saß an seinem Bett und legte ihm nasse Tücher auf die Stirn. Aus den Kräutern des alten Roca hatte sie Tee gekocht, den sie Juanito ab und zu einflößte. Gegen Morgen ließ das Fieber etwas nach. Da suchte auch die Mutter ihr Lager auf, um ein wenig zu schlafen. Sie schlief immer noch, als Maria aufstand, das Herdfeuer anfachte und dem Vater etwas zum Essen hinstellte. Juanito lag mit hochrotem Kopf unter seinen Decken und atmete schwer. Das Mädchen fütterte das Pferd

und die Schweine, warf den Ziegen und Lamas etwas von den Maisblättern vor, die sein Vater gestern heimgebracht hatte, und machte sich, als es Zeit dafür war, zusammen mit Manolo auf den Weg in die Schule.

Als die Lehrerin sie fragte, warum sie am Tag zuvor gefehlt hatte und wo Juanito bliebe, musste Maria ihr alles erzählen. Die Lehrerin und alle anderen Schüler hörten ihr still zu.

»Roca sagt, erst wenn er das Fieber überstanden hat, können wir hoffen, dass er nicht stirbt«, flüsterte sie am Ende.

»Er wird es überstehen«, tröstete sie die Lehrerin. »Er ist ein kräftiger kleiner Junge.«

Am Abend war Juanitos Fieber wieder angestiegen. Luisa und Roca wechselten sich an seinem Lager ab, flößten ihm Tee ein und wischten ihm nach jedem Hustenanfall den Schleim von den Lippen.

»Geh zu dem Pferd, Maria«, sagte Roca zu Maria, die hilflos herumstand, »geh und führ es spazieren. Es braucht dringend Bewegung.« Dankbar für die Ablenkung, ging das Mädchen hinaus, legte der Stute das Halfter an und machte sich mit ihr auf den Weg zum Fluss. Dass einige Frauen hinter ihm hertuschelten, bemerkte es nicht.

»Da ist das Teufelspferd«, raunte eine der anderen zu. »Der Alte kann sagen, was er will, dieses Vieh ist verflucht. Es bringt Unheil.«

»Wenn es irgendwem gehören würde, hätte der sich schon längst gemeldet«, zischte die andere zurück. »Dass so ein Tier keinen Besitzer hat, kann ich nicht glauben.«

»Etwas stimmt nicht mit ihm. Es hat Gonzalez, Eusebio und José völlig verhext. Mit den Kosten für das Futter verschulden sie sich. Ist euch nicht aufgefallen, wie mager ihre Lamas sind. Sie sehen aus, als ob ihre Knochen nur noch durch das Fell zusammengehalten würden.«
»Vielleicht wär's doch besser gewesen, wenn die Männer das Pferd erschlagen hätten.«
»Aber die Brücke! Gonzalez versprach, dass er von dem Geld, das er für es bekommt, Zement und Eisenträger für die Brücke kaufen will.«
»Du kannst doch nicht so dumm sein zu glauben, dass das Geld, das man für ein Pferd bekommt, ausreicht, um davon eine Brücke zu bauen!«
Es war gut, dass Maria das alles nicht hören konnte.

5.

In den nächsten Tagen stieg das Fieber weiter. Juanito begann zu fantasieren.
»Nein, nein, nicht!«, schrie er verzweifelt und riss sich das feuchte Tuch von der Stirn. »Die Steine – aus Eis –, ich will nicht!«
Luisa und Roca wechselten sich an seinem Lager ab. Auf dem Hocker neben dem Teetopf lag immer der Rosenkranz.
»Heilige Muttergottes!«, betete sie. »Du Gebenedeite unter den Frauen.«

In diesen Tagen kümmerte sich Maria um alles. Sie kochte, holte Wasser und Holz, fütterte die Schweine und das Pferd. Die Arbeit tat ihr gut. Sie lenkte ab. Erst wenn alles getan war und sie sich erschöpft auf der Bank niederließ, überfiel sie die Verzweiflung und drohte, sie zu ersticken. Nicht einmal Teresa, die manchmal zu Besuch kam, konnte sie trösten. Nur der alte Roca wusste dann noch Rat.

»Geh mit dem Pferd spazieren!«, sagte er dann oder: »Du könntest es mal ein wenig bürsten und seine Hufe reinigen!«

Dass der Bauch der Stute runder und runder wurde, fiel dem Mädchen nicht auf. Es konnte an nichts anderes denken als an Juanito und daran, dass er vielleicht sterben musste und sie schuld daran war.

Die kleine Elena fühlte sich vernachlässigt. Sie schrie mehr als sonst. Erst als sich Maria das Kind auf den Rücken band und überallhin mitnahm, beruhigte sie sich ein wenig. Gonzalez vermied es, sich lange im Haus aufzuhalten, weil er weder das Leiden Juanitos noch das Elend Luisas mit ansehen konnte. Deshalb trieb er die Herde aus und hütete sie irgendwo, wo es etwas zu fressen gab. Und wenn er nichts Besseres zu tun hatte, holte er eine Branntweinflasche aus ihrem Versteck und betrank sich.

In seinen Fieberträumen wurde Juanito von den Geistern der Berge, des Eises und Wassers gehetzt. Er jammerte und bettelte, man möge das Feuer löschen, in dessen

Flammen er grässliche Fratzen sah. Inti und Pachamama erschienen ihm. Er schrie, dass der Kondor auf seiner Brust hocke, verlangte, dass man ihn vertreiben solle, und warf sich auf seinem Lager hin und her. Entsetzt beobachtete Maria, dass seine unstet herumirrenden Augen niemanden erkannten. Jedes Mal, wenn er einen Hustenanfall bekam, spürte sie einen Schmerz in der Brust, als ob sie es selbst sei, die husten musste, und nicht ihr kleiner Bruder. Die Unfähigkeit, ihm seine Leiden abzunehmen, war für sie fast unerträglich.

Doch dann, eines Nachts, niemand wusste genau, wie viele Tage und Nächte vergangen waren, niemand hatte mehr damit gerechnet, schlief Juanito ein, und als er am nächsten Morgen die Augen aufschlug und seine Mutter am Herd stehen sah, sagte er laut und deutlich: »Mama!«

»Jetzt hat er es überstanden«, stellte der alte Roca zufrieden fest.

Noch am gleichen Abend könnte Luisa Juanito dazu überreden, etwas zu essen. Von da an ging es aufwärts mit ihm. Der Husten klang allmählich ab und Maria musste ihm erzählen, wie es dem Pferd ging und was sonst noch alles passiert war. Teresa und Manolo besuchten ihn und bald auch Eusebio und José. Manchmal kamen sie alle zusammen. Dann war die Hütte so voll wie an den Abenden, an denen ihnen Roca die Geschichte der Inkas erzählt hatte. Das brachte Maria auf den Gedanken, den Alten zu fragen, ob er ihnen nicht sagen

könnte, wie es weitergegangen sei, weitergegangen mit den Indios und weiter mit den spanischen Pferden.
Es schien, als habe der Alte diese Frage schon lange erwartet. Er begann:
»Das alte Land ›Tahuantinsuyo‹ der Inkas erhielt von den Spaniern den Namen ›Peru‹. Es wurde von einem Vizekönig regiert. Nachdem der Jesuit las Casas dem spanischen Hof die Missstände geschildert hatte, erließ der Kaiser Gesetze zum Schutz der Indios. Doch sie wurden nur wenig beachtet. Der Vizekönig konnte den spanischen Edelleuten Gebiete zuteilen, die aus einem oder mehreren Dörfern bestanden. Die Dorfbewohner mussten ihrem Herren einen jährlichen Tribut entrichten. In den meisten Fällen machten sich diese Herren auf Kosten ihrer Bauern ein schönes Leben, und wenn sie mit dem Tribut nicht auskamen, verlangten sie ihn einfach ein zweites Mal. Als sich die Nachricht in Spanien verbreitete, in Peru gäbe es Gold und Silber in Hülle und Fülle, kamen viele Menschen übers Meer, weil sie hofften, dort reich zu werden. Sie erwarben Land und ließen die Indios ihre Felder bewirtschaften. Nur die spanischen Landbesitzer und die von ihnen beauftragten Aufseher durften reiten. Sie nannten sich ›Caballeros‹, was so viel wie ›die Herren zu Pferde‹ bedeutet. Auf einem Pferd sitzend, überragten ihre Köpfe die des einfachen Volks, das zu Fuß gehen musste, und erinnerten es ständig daran, dass sie es waren, die die Macht in Händen hielten. Das war hier nicht anders wie überall auf der ganzen Welt. Unter-

einander konnten sich die Reiter nur noch durch die Schönheit ihrer Pferde und die Pracht des Zaumzeugs unterscheiden, das damals zum Teil aus reinem Silber bestand. Selbstverständlich gab es ein Gesetz, wonach es keinem Indio erlaubt war, ein Pferd zu besitzen.«

»Aber heute ist das doch anders?«, unterbrach Manolo den alten Mann.

»Denk doch mal nach«, sagte Roca, »damals waren Zäune unbekannt. Die Pferde liefen auf den Weiden der großen Haciendas frei herum. War es da nicht leicht, eines oder mehrere von ihnen zu stehlen? Kannte sich ein Indio nicht viel besser in den Bergen aus als ein spanischer Edelmann? Vielleicht bemerkte der den Verlust überhaupt nicht oder er machte ihm nichts aus. Der Dieb brachte das Pferd dann in eine weit entfernte Gegend, in die sich kein Spanier verirrte. Auch die Indios lernten den weichen gebrochenen Passgang schätzen, mit dem man ohne Mühe weite Strecken zurücklegen konnte. Doch das Leben dieser gestohlenen Pferde war wesentlich härter als das derjenigen, mit denen ein Haciendero seiner Eitelkeit und seinem Stolz Genüge tat. Deshalb wurden ihre Stuten nur mit den edelsten Hengsten gepaart. Schönheit, Eleganz, weite und hohe Schritte waren maßgebend für die Zucht, nicht Ausdauer und Gesundheit.

Nach einigen Hundert Jahren gab es zwei verschiedene Typen von Pferden in Peru: die schönen und stolzen Paradepferde sowie die kleinen unscheinbaren, rauen Bergponys. Heutzutage gibt es keinen Vizekönig mehr und das Verbot, dass sich die Indios keine Pferde halten dürfen, hat keine Gültigkeit mehr. Doch die meisten von ihnen können es sich nicht leisten. Deshalb befinden sich die großen Pferdezuchten immer noch in der Hand der reichen Landbesitzer, die ihre Pferde als ein Zeichen ihrer Männlichkeit, ihrer Macht und ihres Reichtums betrachten.«

»Und unser Pferd«, fragte Maria, »gehört es nun zu den edlen Paradepferden oder zu den Indianerponys?«

»Diese Frage kannst du dir leicht selbst beantworten, Maria«, erwiderte Roca. »Du musst es nur genau betrachten. Es ist ein hochgezüchtetes Haciendero-Pferd, eins von den teuren, für die hohe Preise bezahlt werden. Deshalb ist's auch so schwer zu erklären, warum es hier in den Bergen aufgetaucht ist.«

»Vielleicht ist es aus den Felsen herausgekommen, so wie Manco Capac und seine Geschwister«, sagte Juanito.

»Das glaube ich nicht«, antwortete Roca lächelnd. »Sicher gibt es noch eine andere Erklärung.«

6.

Bis der kleine Juanito so weit wiederhergestellt war, dass er in die Schule gehen konnte, vergingen etliche Wochen. In der Zwischenzeit hatten Gonzalez und einige andere Männer aus dem Dorf viele Steine zusammengetragen und in den Fluss geworfen, um den Übergang für die Kinder leichter werden zu lassen. Doch das nächste Hochwasser hatte sie zum größten Teil wieder weggerissen. Sie versuchten es aufs Neue, diesmal mit schweren Felsbrocken.

»Es hilft alles nichts, wir brauchen die Brücke«, sagte José.

»Steine gäb's genug, aber keinen Zement und keine Eisenträger«, stellte Eusebio fest und wischte sich den Schweiß von der Stirn.

Sie beobachteten, wie sich das Wasser einen Weg durch die Steine suchte. An einigen Stellen staute es sich vor ihnen und überspülte sie. Das war auch keine Lösung.

An Juanitos erstem Schultag begleitete Gonzalez die Kinder bis zum Fluss.

»Muss ich da wirklich rüber?«, jammerte Juanito.

»Komm, ich helf dir!«, ermunterte ihn Maria. Doch die Angst des Jungen war riesengroß, größer als der größte Felsbrocken, größer als der größte Berg. Da nahm ihn Gonzalez auf den Rücken und trug ihn durchs Wasser.

»Und wie komm ich wieder zurück?«

»Maria oder Manolo können mir Bescheid sagen, wenn du da bist. Dann hole ich dich wieder.«

Als Luisa davon erfuhr, sprach sie ein Machtwort: »So geht das nicht. Ich lass es nicht zu, dass der Junge den Fluss überquert, und immerzu rübertragen kannst du ihn auch nicht. Was braucht er lesen und schreiben zu können! Wenn er tot ist, nützt ihm das auch nichts mehr. Es wäre sowieso an der Zeit, dass die Kinder mit der Herde wieder in die Berge gehen.« Sie zeterte, bis ihr vor Zorn das Blut in den Kopf stieg.

»Eigentlich hast du recht«, pflichtete ihr Gonzalez bei.

So war es beschlossen, dass Maria und Juanito am nächsten Morgen die Lamas, Ziegen und Schafe aus dem Pferch holten und auf den alten Pfaden den Hang hochtrieben. Als Teresa sie gehen sah, schickte sie kurzerhand Manolo mit ihren Tieren hinterher.

Das Wetter war schön und trocken. Über den Bergen weitete sich ein tiefblauer Himmel. Die Tage wurden wieder länger. Am Morgen war es noch kalt, doch gegen Mittag wurde es heiß und die Kinder zogen ihre Jacken aus.

Als Erster entdeckte Juanito einen Kondor am Himmel.

»Da«, rief er, »und dort ist noch einer!«

Es waren zwei. Sie kreisten übereinander, schraubten sich in Spiralen höher, wechselten die Richtung, entfernten sich und verschwanden schließlich hinter einem Felsgrat.

»Ein Pärchen!«, rief Maria aufgeregt. »Es ist ein Pärchen!«

»Sicher haben sie irgendwo ein Nest. Ich würde gern wissen, wie das Nest von so einem riesigen Vogel aussieht«, seufzte Manolo.

»Das müssen wir Roca fragen. Der weiß das. Roca weiß alles.«

Dass es einmal eine Zeit ohne den alten Indio gegeben

hatte, hatten sie völlig vergessen. Und dass vielleicht einmal eine Zeit kommen würde, in der sie ohne ihn auskommen müssten, war unvorstellbar.
Gegen Mittag blies der Wind kleine pluderige Wolken über den Himmel. Die Berge hinter dem Pass verblassten in blauem Dunst.
»Ich kann es kaum erwarten, bis das Fohlen kommt«, sagte Maria nachdenklich. »Ob es auch einen weißen Dolch auf der Stirn trägt, wie seine Mutter?«
»Es wird sicher so schön wie sie?«, überlegte Juanito laut.
»Und sein Fell so schwarz wie ihres?«
»Und seine Augen so abgrundtief dunkel?«
»Ob es wie sie ein Passgänger wird?«
»Und sein Schweif und seine Mähne so lang werden wie ihre?«
»Und seine Nase leicht nach außen gebogen?«
»Und seine Beine so fein und so edel?«
»Ob es ein Hengst wird oder eine Stute?«
Niemand konnte ihre Fragen beantworten. Niemand. Nicht einmal Roca.
Als sie gegen Abend heimkamen, war Roca mit der Stute schon unterwegs.
Maria rannte ihm nach. Kurz bevor er den Fluss erreichte, holte sie ihn ein.
»Ich musste mit ihr gehen«, erklärte ihr der Alte, als er sah, wie enttäuscht sie war. »Sie braucht dringend Bewegung. Ich glaube, das Fohlen kommt bald.«
»Woran siehst du das?«

»In ihrem Euter ist Milch.«
»Und was heißt das?«
»Dass das Fohlen bereit ist.«
»Bereit?«
»Bereit, das Licht der Welt zu erblicken.«
»Intis Licht?«
»Ganz recht, das Licht des Sonnengottes Inti und die Erde Pachamamas.«

Das Fohlen

1.

Maria schreckte durch eine Berührung an ihrer Schulter hoch. Luisa stand vor ihr. Sie hielt ein kleines flackerndes Öllicht in der Hand. »Steh auf«, sagte sie. »Lauf zu Teresa und sag Roca Bescheid. Das Pferd ist unruhig.«
»Warum schickst du nicht . . .?«, seufzte Maria verschlafen.
»Er ist mal wieder betrunken«, sagte Luisa hart mit einem Blick auf das Lager, auf dem Gonzalez schnarchte.
Als das Mädchen an Teresas Tür klopfte, machte ihr Roca auf. Es schien ihr, als habe er auf diese Nachricht gewartet.
»Warum hast du mir nicht gesagt, dass ich bei ihr bleiben soll?« Marias Stimme klang vorwurfsvoll. »Ich hätte Wache halten können.«
»Viele Stuten lassen's nicht zu, dass ein Mensch in ihrer Nähe ist, wenn die Geburt bevorsteht«, erklärte ihr Roca, während er in seinen Poncho schlüpfte. »Sie fühlen sich gestört. Erst wenn die Wehen stark werden, dulden sie die Anwesenheit eines Menschen.«
»Schreien sie, wenn das Fohlen kommt?«
»Nein.«
Luisa hatte eine Öllampe bereitgestellt. Roca drehte die Flamme herunter, blickte Maria an und legte den Finger auf den Mund.

»Will auch mit«, murmelte Juanito, der aufgewacht war. Doch der Alte schüttelte den Kopf. »Nein«, sagte er und das klang so entschieden, dass ihm niemand zu widersprechen wagte.

Die Stute lag in ihrem Verschlag. Als sie hörte, dass Roca und das Mädchen kamen, stand sie auf. Sie schwitzte. Ihren Augen war der Schmerz anzusehen.

»Leg dich nur wieder hin!«, sagte Roca zu ihr. »Wir tun dir nichts. Brauchst keine Angst zu haben.« Er hängte die Lampe an einen Haken an der Decke, wo sie ein paarmal hin- und herschwang, bevor sie zur Ruhe kam.

Maria war in der Türöffnung stehen geblieben und beobachtete, wie sich die Stute ein paarmal um sich selbst drehte, die Beine einknickte und sich schließlich mit einem tiefen Seufzer auf die Seite fallen ließ.

»Braucht ihr etwas?« Luisas Stimme drang durch die Dunkelheit. Roca wehrte ab. »Nichts. Nur Ruhe.«

In zitternden Wellen liefen die Wehen über den Leib des Pferdes, wurden stärker und folgten in ständig kürzer werdenden Abständen aufeinander. Die Stute ächzte. Ihre Augen schienen aus den Höhlen zu quellen. Maria presste sich an die Holzwand, um nicht von ihren umherrudernden Beinen getroffen zu werden. Im Halbdunkel des kleinen Stalls konnte das Mädchen die Umrisse des Pferdes nur undeutlich erkennen. Es fühlte sich hilflos. Das Fohlen drängte hinaus. Die Stute musste es durchstehen. Maria hatte schon viele Ziegen und Lamas gebären sehen. Doch das war anders. Ziegen und Lamas gebaren oft im Stehen. Es ging schnell und gleich nach der Geburt standen die Kleinen auf und liefen hinter ihren Müttern her. Hier war das nicht so. Maria warf dem alten Roca einen flehenden Blick zu, aber der beachtete ihn nicht. Er zog seine Flöte unter dem Poncho hervor und begann zu spielen. Es war kein Lied im üblichen Sinn, kein Lied, in dem hohe und tiefe Klänge, schnelle und langsame miteinander harmonisieren, eher eine Folge von lang gezogenen, dicht nebeneinanderliegenden Tönen, die dem Rascheln des Windes im Gras, dem Raunen eines Baches, dem sanften Pfeifen eines Vogels und dem Getrommel des Regens auf dem Dach der Hütte ähnlich waren. Die Stute drehte die Öffnungen der Ohren in die Richtung, aus der die Geräusche kamen. Allmählich entspannte sie sich. Wie ein geheimnisvoller Zauber oder eine Beschwörung kam Maria das Flötenspiel des Alten vor. Leise schwebte die Melodie durch den kleinen Raum und beschwichtigte das Pferd. Sein Ächzen verstummte. Wortlos, in altgewohnter Weise redete es der Alte mit seinen Tönen an: Wenn der Schmerz beginnt, darfst du dich nicht wehren, meine Schöne, dann musst du mithelfen. Und wenn er nachlässt, dann sammle Kraft, atme langsam und erinnere dich dabei an die weiten Täler des Sommers mit ihrem würzigen Gras, durch das der Wind streicht!

Es sah so aus, als ob die Stute seine Anweisungen beherzigte. Nach einer weiteren Folge von Wehen erschienen inmitten eines Fruchtwassersturzbachs die Hufe des

Fohlens unter ihrem Schweif. So ist's gut, lobte sie der Alte. Mach weiter so, gleich hast du's geschafft. Ich sehe schon seine Nüstern.

Der Kopf des Fohlens folgte den Vordergliedmaßen. Eine lange blaue Zunge hing ihm aus dem Maul.

»Mein Gott! Es ist tot!«, rief Maria erschrocken.

Roca beruhigte sie. »Nein, nein!« Mit den nächsten Wehen rutschte das Fohlen ganz aus der Stute. »Siehst du, da ist es«, sagte der alte Mann und steckte seine Flöte wieder unter den Poncho. »Es lebt.« Mit einer Handbewegung streifte er dem Neugeborenen den Schleim aus Maul und Nüstern. Es nieste laut und zog die Zunge hinter die Lippen zurück. Dann hob es den Kopf. »Das Zeichen«, flüsterte Maria überrascht. »Es trägt den weißen Dolch auf der Stirn!« Das dunkle lockige Fell glänzte vor Nässe.

»Hol dir ein Büschel Maisstroh!«, befahl ihr Roca. »Und reib es trocken!«

Die erschöpfte Stute drehte den Kopf nach dem Neugeborenen um und wieherte leise. »Jaja, ich bring es dir schon.« Er packte das Fohlen an den Vorderbeinen und zog es so nahe an die Mutter heran, dass sie es mit der Zunge erreichte.

»Sieh mal! Sie beißt ihm die Hufe ab!«

»Aber nein. Sie frisst nur das weiche Horn, das ihr Inneres vor seinen Tritten schützte.«

»Oh, Roca!«, seufzte Maria glücklich. »Jetzt ist es da!« Die Spannung fiel von ihr ab und sie zitterte. Dass ihr

Tränen übers Gesicht rannen, spürte sie nicht. »Ich kann es noch gar nicht glauben.« Es fiel ihr nicht auf, dass Luisa ins Haus gerannt war.

»Gonzalez, Gonzalez!«, schrie sie, »steh auf, du besoffenes Schwein! Das Fohlen ist da!« Ihr Schrei brachte nicht nur Gonzalez schnell auf die Beine, sondern auch Juanito.

»Das Fohlen!«, kreischte er, »wirklich?«, sprang auf und rannte, so schnell er konnte, hinaus, weil er Angst hatte, etwas zu versäumen.

Gonzalez beschäftigten andere Dinge. Ihm genügte es, zu wissen, dass das Fohlen da war und dass es lebte. Wichtiger war, dass seine Freunde die Neuigkeit erfuhren. Hatten sie nicht an dem Erfolg des Unternehmens gezweifelt? Jetzt brauchten sie die Pferde nur noch auf den nächstbesten Markt zu bringen und sie dort zu verkaufen, dann waren sie reich, dann konnten sie sich so viel Branntwein kaufen, wie sie wollten, und nebenbei auch noch den Zement und die Eisenträger für die neue Brücke, vielleicht auch noch breitkrempige Strohhüte, die genauso aussahen wie die der reichen Hacienderos.

»Es ist ein Hengstfohlen«, sagte Roca zu Maria. Maria stand überwältigt vor Glück vor der Stute. Vielleicht wird er einmal so schön wie der schwarze, langmähnige Hengst des spanischen Hauptmanns, überlegte sie. Längst hatte sie den Gedanken daran, dass die Pferde verkauft werden sollten, tief in ihrem Inneren begraben. Für sie war der Plan ihres Vaters wie eine dicke schwarze

Wolke gewesen, die manchmal über den Bergen hochstieg. Hier wie da konnte man nichts anderes gegen sie tun, als hoffen, dass ein günstiger Wind den Ausbruch des Unheils verhinderte. Im Augenblick war die Zukunft bedeutungslos, nur die Gegenwart war wichtig.

Maria beobachtete, wie das Fohlen mit unsicheren langen Beinen aufzustehen versuchte, wie es immer wieder umfiel, bevor es schwankend auf allen vieren stand und um sein Gleichgewicht kämpfte, wie es schließlich zum Euter der Mutter fand, eine Zitze ins Maul nahm und laut schmatzend zu saugen begann. Es schluckte ein paarmal, dann verlor es die Zitze wieder und fiel um. Doch es gab nicht auf. Von seinen langen Tasthaaren tropfte Milch. Mit der Zeit wurde es sicherer und mutiger. Es lernte rasch, dass es die Beine breit hinstellen musste, um fester zu stehen und leichter unter dem Leib der Mutter das Euter zu erreichen. Es lernte, die Zitzen mit der Zunge festzuhalten, zu saugen und sich dabei nicht zu verschlucken. Befriedigt schlug sein kleines Schwänzchen hin und her.

Gonzalez, Eusebio und José schoben Maria zur Seite, um auch einen Blick auf das Fohlen zu erhaschen. Hinter ihnen tauchten die Köpfe Teresas und Manolos auf. Luisa war wieder ins Haus zurückgekehrt, weil sie die kleine Elena weinen hörte.

Hinter den Bergen stieg die Sonne hoch. Ihr Licht überzog die Hütten, die schlammigen Pferche und Abwassergräben mit einem Glanz, der ihre Armseligkeit vergessen machte. Luisa rief Gonzalez und die Kinder ins Haus und erinnerte sie daran, dass es an der Zeit war, die Herde auszutreiben.

»Geht nur«, tröstete Roca sie. »Ich pass auf das Kleine auf. Wenn ihr am Abend zurückkommt, springt es schon im Hof herum.«

Ein wenig enttäuscht folgten Maria und Juanito mit ihren Tieren der Herde Manolos. An jenem Tag interessierten sie sich weder für den Kondor noch dafür, wo er seinen Nistplatz hatte. Sie achteten auch nicht auf ihre Tiere, von denen sich einige im Laufe des Tages im unwegsamen Gelände verliefen. Als sie ihr Fehlen bemerkten, brauchten sie länger als sonst, um die Herde wieder zusammenzutreiben. Bei ihrer Rückkehr war die Sonne längst hinter den Bergen verschwunden und das Fohlen lag in dem kleinen Verschlag auf einem Büschel Maisstroh vor der Stute und schlief.

2.

»Wir müssen ihm einen Namen geben«, sagte Maria am Abend. Doch ihre Mutter war dagegen: »Nein. Wenn ihr das tut, gewöhnt ihr euch an das Tier. Dann bildet ihr euch ein, dass es hierbleiben kann. Auch die Stute hat keinen Namen.« Das gab dem Mädchen einen Stich.

Die Mutter hatte recht: Keinem von ihnen war aufgefallen, dass die Stute namenlos war. Keiner hatte das Bedürfnis verspürt, sie irgendwie anders zu nennen als »das Pferd« oder »die Stute«. Vielleicht hatte das etwas mit ihrem geheimnisvollen Auftauchen zu tun und damit, dass sich niemand erklären konnte, wie sie in die Berge gekommen war oder ob sie jemandem gehörte. Am anderen Tag sprach sie mit Roca darüber, den sie ein Stück die Dorfstraße entlangbegleitete.

»Ein Name macht vertraut«, entgegnete er. »Solange du nicht weißt, wie jemand heißt, bleibt er dir fremd.«

»Wie meinst du das mit dem Fremdsein?«

»Wenn du jemandem begegnest, den du mit Namen kennst, spürst du sofort, dass er dir nähersteht als die anderen, die grußlos an dir vorbeigehen.«

Maria verstand, was ihr der Alte damit sagen wollte.

Wenn es nach Gonzalez gegangen wäre, hätte er die beiden Pferde gleich am nächsten Tag mit der Herde in die Berge geschickt, doch Roca war dagegen.

»Das Fohlen ist noch viel zu unsicher auf den Beinen, um im Geröll herumzusteigen«, sagte er. »Du willst doch nicht, dass ihm etwas passiert? Ich führe die Stute später ein wenig hinaus, damit es sich bewegen kann.«

Knurrend gab Gonzalez nach und schickte die Kinder ohne die Pferde los.

»Aber ich würde so gern dabei sein, wenn das Fohlen zum ersten Mal hinausdarf«, widersetzte sich Maria.

»Ich warte, bis ihr zurück seid«, versprach ihr der Alte.

Es war ein schöner sonniger Tag. Die Luft prickelte und

auf allen Blättern glänzten Tautropfen. Hoch oben unter einer windzerzausten Wolke kreiste der Kondor.
»Er ist wieder allein«, stellte Manolo fest.
»Vielleicht sitzt das Weibchen auf einem Ei«, sagte Juanito.
»Vielleicht.«
Die Sonne wärmte die Steine. Die Kinder hockten sich hin und dösten ein.
»Wann glaubst du, wird dein Vater die Pferde auf den Markt bringen?«, fragte Manolo Maria. Doch daran wollte das Mädchen nicht denken. »Frag nicht so dumm«, schrie es Manolo an. »Was weiß denn ich!«
»Blöde Ziege!«, brummte der Junge beleidigt.
»Das geht erst, wenn das Fohlen so groß ist, dass es allein durch den Fluss gehen kann«, stellte Juanito fest. Der Fluss saß ihm tief in den Knochen. Sein Leben lang würde er die Angst nicht vergessen, die er ausgestanden hatte, als ihm das Wasser die Füße wegriss.
»Da hast du recht«, lenkte Maria getröstet ein. Das Fohlen musste kräftig sein, um der Strömung zu widerstehen. Der alte Roca würde schon wissen, wann es so weit war.
Die Sonne war noch weit von den Bergen im Westen entfernt, als Maria die anderen drängte, die Herde heimzutreiben.
»Das ist noch zu früh!«, begehrte Manolo auf. »Meine Lamas sind noch nicht satt.«
»Das ist mir egal«, sagte das Mädchen. »Ich will heim.«

»Ich weiß, ich weiß«, schimpfte Manolo. »Du hast nur das Fohlen im Kopf.«
»Na und! Besser das Fohlen als lauter Maisstroh!«
Beleidigt drehte sich der Junge um und lief weg. Doch es half ihm nichts. Als Maria und Juanito mit ihren Tieren den Heimweg antraten, ließen sich seine Ziegen, Schafe und Lamas nicht davon abhalten, hinter den anderen herzulaufen, und Manolo blieb nichts anderes übrig, als ihnen zu folgen.
»Ihr seid aber früh dran heute«, begrüßte sie Luisa.
»Ich will dabei sein, wenn Roca die Stute hinausführt«, erklärte ihr Maria.
»Das Fohlen, das Fohlen!«, spottete Manolo hinter ihrem Rücken. Luisa überhörte seine Bemerkung. »Dann eil dich!«, sagte sie. »Roca zieht ihr gerade das Halfter an.«
Maria überließ es ihrem kleinen Bruder, das Gatter zum Pferch zu schließen. Sie suchte Roca, der eben dabei war, mit der Stute den Hof zu verlassen.
»Vorsicht, Maria, du darfst es nicht erschrecken! Bewege dich ruhig!«
Er wartete, ob das Fohlen hinter der Mutter herlief, ließ die Stute noch ein paar Schritte weitergehen und wartete wieder. Das Fohlen zögerte. Es schlug die falsche Richtung ein und stieß mit der Nase an die Mauer. Erschrocken sprang es zurück, strauchelte, kämpfte um sein Gleichgewicht und fand schließlich den richtigen Ausgang, durch den es nach ein paar vorsichtigen Schritten in eine neue Freiheit hinaustrat. Maria kam es vor, als ob

es erst seine langen Beine ordnen müsste, bevor es einen Schritt vorwärtsging.

»Bleib hinter ihm, Maria«, sagte Roca und ging mit der Stute weiter. Es dauerte eine Weile, bis das Fohlen gelernt hatte, seine Beine ordentlich voreinanderzusetzen und wieder stehen zu bleiben. Die Ohren nach vorn gerichtet, die kleinen Nüstern weit aufgebläht, versuchte es, mit allen seinen Sinnen die ihm neue und unbekannte Welt zu begreifen: Ein Huhn lief gackernd und flügelschlagend davon, in einem Abwassergraben suhlte sich ein Ferkel und hinter einer Hütte jaulten Hunde. Ein halbes Dutzend Kinder kam schreiend und gestikulierend herbeigelaufen. Das war zu viel. Das Fohlen versuchte zu flüchten, doch als es das Wiehern seiner Mutter hörte, blieb es sofort wieder stehen, drehte den Kopf nach ihr um und äugte zu den Kindern hinüber, denen Roca durch einen Wink zu verstehen gab, sie sollten still sein und sich ihm nicht weiter nähern.

Gespannt beobachtete Maria das Schauspiel. Fast vergaß sie zu atmen. Dann, als das Fohlen sich langsam umdrehte und zu der Stute zurückkehrte, fiel ihr ein Stein vom Herzen. Es schien, als ob diese Erfahrung das Fohlen selbstsicherer gemacht hätte. Es versuchte, ein paar Schritte zu traben, aber es setzte nicht wie die anderen Pferde jeweils ein Vorder- und ein Hinterbein diagonal nach vorn, sondern jeweils die beiden Beine einer Seite.

»Es geht Pass wie ein Kamel«, erklärte Roca dem Mäd-

chen. »Der Passgang ist ihnen angeboren. Deshalb sind sie bequemer zu reiten als andere Pferde.«
»Und das war der Grund, warum die Spanier sie liebten«, sagte Maria bitter.
Gefolgt von der Schar der Dorfkinder, führte Roca die Stute bis in die Nähe des Flusses und wieder zurück.
»Von morgen an darf sie tagsüber in den Pferch. Dort kann sie sich frei bewegen und sich auch wälzen. Das möchte sie nämlich gern.«
»Woher weißt du das?«, wollte Maria wissen.
»Ich seh es ihr an«, sagte Roca lächelnd.
»Ah so!«, seufzte das Mädchen laut, weil es fast vergessen hätte, dass der Alte mehr von Pferden verstand als sie alle, dass er allen Lebewesen in die Seele blicken konnte und immer wusste, wo es ihnen wehtat und was sie quälte.
Plötzlich kam es ihr so vor, als ob er ihr in seiner wortlosen Art etwas zu erklären versuchte: Im Lauf deines Lebens wirst du noch viele andere Menschen kennenlernen. Ein paar von ihnen werden zu Freunden. Sie begleiten dich eine Zeit lang, aber irgendwann trennen sich eure Wege wieder. Es ist ein ewiges Begegnen und Abschiednehmen. Das tut oft weh, doch du wirst dich daran gewöhnen müssen. Niemand kann die Sonne oder den Mond aufhalten, wenn sie über den Himmel ziehen, niemand den Wind oder auch den Fluss, dessen Bestimmung es ist, ins Meer zu strömen.
Maria zuckte zusammen, weil es ihr vorkam, als habe er

ihre Gedanken gelesen. Er hatte ihr ohne einen einzigen Laut, ein einziges Wort, eine einzige Lippenbewegung darauf geantwortet. Ihr wurde bewusst, dass er sich auf die gleiche Weise mit dem Pferd verständigen konnte. Er hatte sich in es hineinversetzt und seine Ängste und Schmerzen erkannt. Die Welt um sich herum vergessend, war er auf seine heimliche Art mit ihm in Verbindung getreten und hatte ihm Ruhe und Zuversicht eingeflößt. In besonders schwierigen Situationen hatte ihm seine Flöte dabei geholfen. Das war sein geheimer Zauber. Sie erinnerte sich wieder daran, dass sie ihn einmal bei einem Krankenbesuch begleiten durfte. Die Kranke war eine alte Frau. Sie war entsetzlich abgemagert, wollte nichts essen, war zu schwach, um sich von ihrem Lager zu erheben, und nahm keinen Anteil mehr am Leben ihrer Familie. Als Roca sie fragte, ob ihr etwas wehtäte, schüttelte sie bloß den Kopf.

»Wie lange ist es her, dass diese Krankheit von dir Besitz ergriffen hat?«

»Ich weiß nicht genau«, flüsterte sie. »Sie begann, kurz nachdem Julio uns verließ. Er hatte andere, größere Pläne, als wir sie hier haben.«

»Dein Sohn Julio ist ein erwachsener Mann, der seine eigenen Entscheidungen treffen will«, gab Roca zu bedenken.

»Er ist ein Campesino, ein Bauer. Wer soll denn das Vieh versorgen und den Boden bearbeiten?«

»Du hast noch mehr Kinder. Er musste wissen, was er

will. Du kannst ihn nicht zwingen.« Danach verabschiedeten sie sich. »Solange du dich nicht damit abfinden kannst, wird sich dein Zustand nicht ändern. Überleg es dir! Ich komme mal wieder vorbei«, versprach er und verließ die Hütte. Und als Maria ihn daran erinnerte, dass er vergessen hatte, der Kranken eine Medizin zu geben, erklärte er ihr: »Sie braucht keine, weil sie gar nicht gesund werden will. Sie hofft, dass ihr Sohn zurückkehrt, wenn er von ihrer Krankheit erfährt, und erst wenn sie einsieht, dass er sich von ihr nicht erpressen lässt, wird es ihr besser gehen.«
Damals hatte Maria darüber gestaunt, wie klug er war und wie gut er die Seelen der Menschen kannte.

3.

Die Tage flossen ereignislos dahin. Das Wetter war schön und gegen Mittag brannte die Sonne auf die Rücken der Männer und Frauen, die auf ihren Feldern arbeiteten.
Maria, Juanito und Manolo trieben jeden Morgen ihre Tiere aus und kehrten erst gegen Abend wieder zurück. Weit über ihnen kreisten die beiden Kondore. Ihre scharfen Augen beobachteten das Land unter ihnen. Die Kinder, die Hütten und Felder waren klein und unbedeutend für sie. Wichtig war nur ihr Junges, das hoch droben auf einer Felskante hockte und zu fressen verlangte.

José, Eusebio und Gonzalez steckten häufiger als sonst ihre Köpfe zusammen. Maria entging nicht, dass sich ihre Unterhaltung um den Verkauf der Stute und des Fohlens drehte. Sie konnten es nicht erwarten, den Lohn für ihre Mühe einzukassieren. Doch der alte Roca erklärte ihnen immer wieder, dass der richtige Zeitpunkt noch nicht gekommen sei. Da war die Furt, für die das Fohlen noch zu klein und zu schwach war. Dann fand er, dass die Stute immer noch etwas lahmte und man ein lahmendes Pferd schlecht anbieten könne. Später stellte er fest, dass das Fohlen zu mager sei und dass sie warten müssten, bis es Mais- oder Gerstenkörner kauen könne. So blieb den Männern nichts anderes übrig, als weiter ihrer Arbeit nachzugehen, ihre Felder mit dem Grabstock zu bearbeiten, zu säen, zu ernten, die Ziegen zu melken, die Lamas zu scheren und die Überschüsse auf den Markt zu bringen, denn sie wagten es nicht, sich Rocas Anweisungen zu widersetzen. Dazu hatten sie zu großen Respekt vor ihm.
Auch Luisa, Teresa und die anderen Frauen des Dorfes hätten die Stute und das Fohlen lieber heute als morgen verkauft. In einigen Wochen wollten sie ihre Kinder wieder in die Schule schicken, und das bedeutete, dass sie Tag für Tag den Fluss überqueren mussten. Das Geld, das die Männer für die beiden Pferde bekommen würden, müsste sofort für eine Brücke verwendet werden. Dafür würden sie schon sorgen, wenn es erst so weit war. Doch leider war es noch nicht so weit.

Davon, dass Eusebio, José und Gonzalez auf dem Markt die Kunde von einem sagenhaften Fohlen unter die Leute brachten, ahnten die Frauen nichts. Vor allem, wenn ihre Männer zu viel getrunken hatten, verwandelte sich der kleine Hengst im Handumdrehen in eines der Pferde, die nur von reichen Hacienderos geritten werden. Sie gaben damit an, dass seine Mähne weit übers Buggelenk reichte und sein langer Schweif den Staub von der Straße kehrte. Sie protzten, dass er den schmalen Kopf mit der gebogenen Nase und den feurig blitzenden Augen viel höher trüge als alle anderen Pferde. Auch dass er, verborgen unter dem langen Schopf, einen weißen Fleck auf der Stirn hätte, der wie ein Dolch geformt war und jenem Fleck glich, der auch vor mehr als vierhundert Jahren schon den berühmten Hengst eines ebenso berühmten spanischen Capitans kennzeichnete, verschwiegen sie nicht.
Die meisten Zuhörer lachten über ihre Geschichte. Dass vor mehr als einem Jahr das Gerücht umging, eine Stute sei, unerklärlich für alle, aus den Bergen heruntergekommen, hatten sie längst vergessen. Und sie hatten auch vergessen, dass sich einige Monate vor diesem Ereignis ein Fremder nach einem Pferd erkundigt hatte, das mit einem Transporter auf dem Pass verunglückt sei. Alles Mögliche wurden die betrunkenen Männer genannt, Angeber, Märchenerzähler und Lügner, doch Eusebio, José und Gonzalez ärgerten sich nicht darüber, wussten sie doch, dass in allem, was sie erzählten, die Wahrheit ver-

borgen war. Sie blickten sich an, lachten mit den anderen und dachten, denen werden wir's noch zeigen, die werden staunen, bis ihnen die Augen aus den Köpfen fallen.
Unter denen, die ihnen zuhörten, befand sich auch der Händler Pablo, dem José jedes Jahr die Zinsen für einen Kredit zahlen musste. Schon lange wartete er auf eine Gelegenheit, die ganze Summe zurückzubekommen. Selbst in Form eines Pferdes würde er sie nehmen und Josés Schuld als getilgt betrachten. Diese Hoffnung beflügelte ihn, als er von der Sache erfuhr.
Einige Tage später machte er sich auf den Weg und besuchte das Dorf, in dem die drei Männer lebten, um sich mit eigenen Augen von dem Wahrheitsgehalt der Geschichte zu überzeugen.
Als Erster lief ihm José in die Arme. »Du wi-willst doch nicht etwa zu mir?«, stotterte er erschrocken, weil er zu Recht annahm, dass der Händler gekommen sei, um seine Zinsen bei ihm einzufordern. Der Anteil am Unterhalt des Pferdes hatte ihm nicht erlaubt, Überschüsse seiner Ernte zu verkaufen, und deshalb war es ihm unmöglich, den fälligen Zins zu begleichen.
»Ihr habt auf dem Markt neulich von einem Hengst erzählt . . .«, sagte Pablo.
»Jaja, ich weiß!«, unterbrach ihn José erleichtert. »Interessiert Ihr Euch für ihn? Kommt mit! Ich kann ihn Euch zeigen.« Die Stute und das Fohlen befanden sich in Gonzalez' Pferch. Eusebio und Gonzalez eilten herbei, als sie José mit dem Händler kommen sahen.

»Er interessiert sich für unsere Pferde«, sagte José.
»Ein Käufer?«, zischte ihm Eusebio ins Ohr.
»Vielleicht.«
Doch Pablo, der gewöhnlich nur mit dem, was die Bauern brauchten, Handel trieb, mit Töpfen, Plastikeimern, billigen Stoffen, Macheten, in Ausnahmefällen auch mit Schweinen oder Rindern, verstand von Pferden kaum etwas. Weil ihm jedoch seine Erfahrung sagte, dass es immer schlecht war zu zeigen, wie wenig man von einer Sache verstand, legte er sein gerissenes Gesicht in Falten, schob sich den Strohhut ins Genick und sagte: »Das soll das Prachtpferd sein, von dem ihr uns erzählt habt! Da kann ich nur lachen. Es hat viel zu dünne Beine, ist mager, hat keine Muskeln, hebt seine Knie unnötig hoch beim Laufen und verbraucht dabei viel zu viel Kraft. Das ist kein Hengst, der etwas aushält. Der ist nichts wert.«
»Aber das ist doch eine Stute«, sagte Luisa, die eben mit der kleinen Elena vom Feld heimgekehrt und, als sie den Händler erkannte, neugierig stehen geblieben war.
»Aber, aber . . .«, stotterte Pablo erstaunt.
»Das Fohlen ist der Hengst«, entschuldigte José das Missverständnis.
»Das könnt ihr euch an den Hut stecken«, sagte der Händler voller Verachtung. »Niemals wird aus ihm ein Reitpferd für einen Haciendero. Dazu ist es viel zu hässlich.« Empört wendete er sich ab. »Und wegen so was hab ich nun den weiten Weg auf mich genommen«, schimpfte er wütend.

»Aber der weiße Fleck«, schrie Gonzalez enttäuscht hinter ihm her. »Zum Zeichen seiner edlen Abstammung trägt es doch den Dolch auf der Stirn!«
»Was schert mich ein Fleck auf der Stirn eines Gauls«, brüllte Pablo zurück. »Der beweist gar nichts.«
Betroffen blieben die drei Männer und Luisa am Rand des Pferchs stehen. Was wurde aus ihren Träumen, aus all dem, was sie sich von dem Geld für die Pferde hatten kaufen wollen, aus den Eisenträgern, dem Zement für die Brücke und vielleicht auch einem gebrauchten Lieferwagen. Nichts. Ein paar Worte hatten alles zerstört.
Stumm kehrten sie in ihre Häuser zurück. Doch der Zorn schwelte in ihnen weiter, wie Glut in einem nassen Holzstück, und sie suchten einen Schuldigen. Roca war es, der ihnen das alles eingebrockt hatte. Er war an allem schuld. Hatten sie nicht auf ihn gehört, ihm vertraut und die ganze Mühsal auf sich genommen, nur weil er behauptet hatte, die Stute und das Fohlen seien Rassepferde und deshalb äußerst wertvoll?
Es war kein Zufall, dass sich alle drei, ohne es vorher ausgemacht zu haben, am Abend bei Teresa einfanden. Sie saß mit Roca, Manolo und Maria am Tisch und löffelte Bohnensuppe aus einer Schüssel. Luisa hatte das Mädchen zu Roca geschickt, um ihm vom Besuch des Händlers zu berichten. Deshalb wusste er Bescheid, als er die finsteren Mienen der Männer sah. Auch Teresa ahnte nichts Gutes. »Setzt euch!«, sagte sie und stellte den Branntweinkrug auf den Tisch neben die flackernde

Lampe. Doch weder Gonzalez noch Eusebio oder José machten Anstalten, die Einladung anzunehmen.

»Du hast uns belogen, Roca!«, begann Gonzalez. »Belogen und betrogen. Damals, als du uns eingeredet hast, wir könnten einen hohen Preis für das Pferd verlangen, wenn es gesund wäre und ein gesundes Fohlen bekäme, haben wir dir geglaubt. Jetzt ist die Stute gesund und hat ein schönes Fohlen auf die Welt gebracht, aber wir müssen erfahren, dass beide nichts wert und möglicherweise auch unverkäuflich sind.«

»Wir haben einen Stall für die Stute gebaut und sie ein Jahr lang durchgefüttert«, schimpfte Eusebio. »Du weißt, wie viele Entbehrungen wir dafür auf uns nehmen mussten. Und jetzt sollen wir nur den Schlachtwert für sie bekommen? Mit dem Futter für sie hätten wir leicht ein halbes Dutzend Schweine mästen können.«

Während die Männer sprachen, starrte Maria erschrocken zu Roca hinüber. Er hatte seinen Löffel auf den Tisch gelegt und machte nicht die geringsten Anstalten, sich zu verteidigen. Mit unbeweglicher Miene sah er den dreien ins Gesicht.

»Wer kommt für unseren Schaden auf?«, wollte José wissen, weil er sich an seine Schulden erinnerte. »Du etwa?«

»Hört auf zu schimpfen!«, rief Teresa und sprang hoch, weil sie die Vorwürfe nicht mehr mit anhören konnte. »Ihr vergesst, wie viel Gutes Roca euch getan hat. Wie viele Kranke er geheilt und wie viele verletzte Tiere er wieder gesund gemacht hat. Juanito wäre ohne ihn wahrscheinlich gestorben. Was fällt euch ein, ihm wegen des Pferdes Vorwürfe zu machen! Ihr seid schrecklich undankbar. Pater Ignacio . . .«

»Lass Pater Ignacio aus dem Spiel«, unterbrach sie José wütend. »Der hat nichts damit zu tun und misch dich nicht in Männerangelegenheiten.«

»Männerangelegenheiten!«, keifte Teresa zurück. »Dass ich nicht lache. Er redet von Männerangelegenheiten. Wer hat uns denn diesen Händler geschickt? Ich etwa? Wer hat auf dem Markt von einem Pferd geprahlt, nach dem sich jeder reiche Haciendero die Finger abschlecken würde? Sind das etwa Luisa oder ich gewesen?«

»Hört auf zu streiten«, beschwichtigte Eusebio. »Roca ist alt. Wir waren dumm, ihm alles zu glauben.« Mit diesen Worten drehte er sich um und verließ die Hütte. Die anderen folgten ihm. Das kleine Öllicht flackerte im Zugwind.

»Tut mir leid, Roca«, murmelte Teresa verstört. »Tut mir sehr leid. So viel Undankbarkeit gehört bestraft. Am liebsten würde ich ihnen meinen Besen um die versoffenen Köpfe schlagen.«

»Lass gut sein, Teresa«, sagte Roca müde. »Niemand kann aus seiner Haut.«

4.

»Warum können wir die Stute nicht selbst behalten?«, fragte Maria die Mutter am Abend. »Wir könnten auf ihr zum Markt reiten oder ihr unsere Waren aufladen? Und für das Fohlen findet sich vielleicht jemand, wenn es ausgewachsen ist.«

Luisa schüttelte den Kopf. »Das geht nicht«, sagte sie. »Wir sind arme Bauern. Ein Pferd können wir uns nicht leisten. Und vergiss auch nicht, dass Pferde dieser Art in wärmere Gegenden gehören, als wir sie hier haben. Sie passen nicht ins Gebirge.«

»Aber bevor sie geschlachtet wird . . .?«

Da zuckte Luisa nur die Schultern. »Ich weiß nicht, ob sie das wirklich tun. Geh schlafen! Morgen ist auch noch ein Tag.«

In dieser Nacht betranken sich Gonzalez, José und Eusebio so sehr, dass sie den ganzen folgenden Tag benötigten, um ihren Rausch auszuschlafen. Am Abend beschlossen sie dann gemeinsam, die Stute mit dem Fohlen, allen Unkenrufen zum Trotz, auf dem nächsten, größeren Markt anzubieten, der in zwei Wochen stattfinden sollte. Dort wollten sie sie verkaufen.

Das schöne Wetter hielt an. Es wurde heiß und an sonnenbeschienenen Hängen färbte sich das Gras gelb. Maria, Manolo und Juanito trieben jeden Morgen ihre Herde hinauf auf die abgeernteten Terrassenfelder oder noch höher. Doch während sie sonst den ganzen Tag geschwatzt und gelacht, sich kleine Flöten geschnitzt und alle möglichen Spiele ausgedacht hatten, gingen sie von nun an schweigsam ihrer Arbeit nach. Sie beachteten nicht den Kondor und fragten sich auch nicht, ob sein

Junges schon fliegen könnte. Dagegen hatten die Lamas und Ziegen ein schweres Leben. Die Kinder erlaubten ihnen nicht, aus ihrem Blickfeld zu verschwinden, und wenn doch einmal ein Tier hinter einem Felsblock verschwand, dann rannten Maria oder Manolo gleich hinter ihm her und holten es wieder zurück. Vor allem das Mädchen vermied es, über die Pferde zu reden.

In diesen Tagen war Roca keine Hilfe für sie. Der Alte ging seiner Arbeit nach. Er besuchte die Kranken, verband Wunden und kümmerte sich um die Pferde, wie er es immer getan hatte, nur ein wenig wortkarger als sonst. Doch niemand fiel auf, dass er keine Kräuter mehr sammelte.

Gonzalez hatte Luisa mitgeteilt, dass er, José und Eusebio die Pferde zum Markt bringen würden. Und am Ton seiner Stimme war zu erkennen gewesen, dass es niemand wagen sollte, ihm zu widersprechen. Nur Maria hatte ihn schüchtern gefragt: »Und das Fohlen, glaubst du, es kommt durch den Fluss, ohne Schaden zu nehmen?«

»Wenn nicht, werden wir es tragen«, hatte ihr Gonzalez mürrisch geantwortet. »So schwer ist es noch nicht und zurück muss es ja nicht mehr.«

»Darf ich euch begleiten?«

Doch gerade als Gonzalez Nein sagen wollte, erinnerte er sich daran, dass seine Tochter viel für die Stute getan hatte und dass er ihr diese Bitte schlecht abschlagen könne.

Am Abend vor dem Markt traf Maria den alten Roca im

Hof. Er hockte auf der Mauer und spielte Flöte. Das Mädchen setzte sich neben ihn, hörte ihm zu und beobachtete dabei die Pferde. Die Stute stand völlig entspannt da und lauschte. Nur das Fohlen stampfte ab und zu mit dem Fuß auf den Boden oder vertrieb eine lästige Fliege. Wieder drängte sich Maria der Gedanke auf, dass sich der Alte durch die Flöte mit dem Pferd unterhielt. Doch die Sprache der Flötentöne blieb ihr unverständlich. Es war eine Sprache, die nur ein Zauberer zu beherrschen schien.

Erst als Roca sein Instrument wieder unter den Poncho schob, wagte sie, ihn danach zu fragen: »Was hast du ihr erzählt?«

Der alte Mann lächelte.

»Alles Mögliche«, sagte er, dann sah er sie an und fügte hinzu: »Du bist klug, Maria, klüger als viele andere in diesem Dorf. Außerdem hast du eine gute Hand mit Tieren.«

»Ich würde die Stute so gern behalten«, entgegnete das Mädchen traurig.

»Das hat keinen Sinn. Ihr könnt nichts anfangen mit ihr und ein nutzloses Pferd könnt ihr euch nicht leisten.«

»Aber wir könnten doch jedes Jahr ein Fohlen verkaufen.«

»Hier in der Nähe gibt's keine Zuchthengste«, erklärte ihr Roca. »Und außerdem ist das Klima hier nichts für sie und der harte steinige Boden auch nichts. Du hast dich an sie gewöhnt, und wenn du sie behalten willst, dann denkst du nur an dich selbst, nicht daran, dass sie es anderswo vielleicht besser haben könnte als hier, und auch nicht daran, wie nötig ihr das Geld braucht, um diese Brücke zu bauen. Finde dich damit ab, dass sie und das Fohlen verkauft werden müssen.«

»Aber mein Vater, Eusebio und José meinen, dass sie nur den Schlachtpreis für sie bekommen«, seufzte das Mädchen.

»Das wird nicht passieren«, versicherte ihr Roca. »Da bin ich sicher.«

In der untergehenden Sonne glänzte das Fell der Stute seidig. »Wenn du ihr noch etwas Gutes tun willst, dann bürste ihr Mähne und Schweif. Ich werde nach ihren Hufen sehen.«

Als Luisa ihre Tochter zum Abendessen rief, waren Mähne und Schweif der Stute sauber entsträhnt und gebürstet. Der alte Roca hatte ihr und dem Fohlen die Hufe gefeilt und eingefettet.

Maria schlief schlecht in dieser Nacht. Es war noch dunkel, als ihre Mutter sie weckte und ihr den Sonntagsrock und das bunte gewebte Tuch hinlegte. Auch Luisa zog wieder viele Röcke übereinander an.

Schon lange hatte sie mit den Frauen von José und Eusebio ausgemacht, die Männer nicht allein auf den Markt gehen zu lassen. Ihre Befürchtung, dass sie den Erlös für die Pferde sofort in Branntwein anlegen würden, war sicher nicht unberechtigt.

Maria konnte nicht verhindern, dass Juanito aufwachte,

als sie das gemeinsame Lager verließ. Seine Entrüstung war groß, als er begriff, dass man ihn allein zurücklassen wollte. Er fühlte sich hintergangen.

»Wenn Maria mitdarf, will ich auch mit«, brüllte er. »Manolo kann unsere Lamas zusammen mit seinen hüten. Dazu braucht er mich nicht. Wenn ihr mich nicht mitnehmt, dann schleiche ich mich heimlich hinter euch her.«

»Heilige Muttergottes!«, rief Luisa erschrocken. »Das wirst du nicht tun.« Obwohl der Fluss in dieser Jahreszeit nur wenig Wasser führte, steckte ihr immer noch die Angst in den Knochen, Juanito könnte, wenn er über die Steine sprang, abermals ausgleiten und von der Strömung mitgerissen werden. Wer sollte ihm dann zu Hilfe kommen?

»Das tu ich doch!«, schrie Juanito wütend.

»Das tust du nicht!«

»Doch!«

Da gab Luisa auf. »Meinetwegen! Aber wenn du Unsinn machst, setzt es Prügel!«

Manolo war alles andere als begeistert, dass er allein mit den Tieren in die Berge gehen sollte. Doch als sich Teresa bereit erklärte, ihn zu begleiten, war alles nur noch halb so schlimm.

Außer Gonzalez, Eusebio und José mit ihren Familien wollten noch andere Dorfbewohner auf den Markt. Ein paar von ihnen hatten Lamas dabei, auf deren Rücken Lasten aufgeschnallt waren, einige andere Ziegen, die sie auf dem Markt verkaufen wollten.

Als sie aufbrachen, kündigte ein roter Streifen über dem östlichen Bergkamm schon die Sonne an. Ihre ersten Strahlen ließen die schmale Sichel des Mondes verblassen. Ein frischer Windhauch veranlasste Maria, sich ihr Wolltuch enger um die Schultern zu ziehen.

Nur ungern hatte Gonzalez ihr erlaubt, die Stute zu führen, aber es war ihm nichts anderes übrig geblieben, als sein Versuch, ihr das Halfter anzulegen, scheiterte. Sie hatte erschreckt den Kopf hochgeworfen und einen Sprung zur Seite gemacht, weil ihr seine vom Umgang mit Grabstock und Machete grob gewordenen Hände ungewohnt waren. Er versuchte es wieder und wieder und jeder Versuch steigerte seine Wut. Schließlich warf er Maria das Halfter zu. Von ihr ließ sich das Pferd alles gefallen. Ihre sanfte Stimme und die weichen Mädchenhände beruhigten sie. Das Fohlen lief frei hinter ihnen her.

Vor Teresas Haus erwartete sie der alte Roca. Er hatte Maria versprochen, sie bis zum Fluss zu begleiten und ihnen zu helfen, das Fohlen durch die Strömung zu bringen. Niemand hatte daran gedacht, ihn zu fragen, ob er nicht mit auf den Markt gehen wollte, und weder Gonzalez, noch Eusebio oder José waren auf den Gedanken gekommen, ihm einen Anteil am Erlös der Pferde anzubieten.

»Warte, bis alle anderen Tiere den Fluss überquert haben«, sagte er zu Maria, »und halte dich mit der Stute so dicht hinter ihnen, dass sie ihr die Sicht auf die Strömung verdecken!«

Die Lamas waren erfahren. Sie kannten jeden Tritt. Mit

hocherhobenen Köpfen stapften sie durchs Wasser. Für Maria war es keine Schwierigkeit, ihnen zu folgen. Die Stute hatte während ihres Aufenthalts im Gebirge viele reißende Bäche durchquert. Sie hatten ihrem verletzten Bein wohlgetan. Die Reißen des Wassers, die Strudel und das Rauschen machten ihr nichts aus. Das Fohlen hielt sich eine Weile hinter ihr. Dann, als Wasser hochspritzte, erschrak es und sprang mit einem Satz zurück. Nur mit Mühe konnte der alte Roca den neben ihm gehenden Gonzalez daran hindern, Gewalt anzuwenden. »Lass das!«, rief er in einem Ton, den dieser noch nie von ihm gehört hatte. »Geh zur Seite. Du machst ihm Angst. Kümmere dich lieber um Juanito!«
Maria war mit der Stute am anderen Ufer stehen geblieben. Auf das Wiehern des Pferdes antwortete das Fohlen mit einem angstvollen Schrei. Schon stand es bis über die Fesseln im Wasser, prallte zurück, nahm erneut einen Anlauf, sprang dann mit allen vieren zugleich mitten in die Strömung, strauchelte dort einen Augenblick, kämpfte um sein Gleichgewicht und erreichte schließlich die andere Seite mit drei Sätzen, wo es gleich seine Nase unter den Bauch seiner Mutter schob und schmatzend zu trinken begann. Gonzalez nahm Juanito auf den Rücken und stapfte hinterher. Nur Roca blieb zurück.
»Adios, Maria!«, rief er. »Und denk dran, was ich dir gesagt habe: Alles wird gut gehen!«
»Roca, Roca!«, schrie Maria zurück. »Bitte komm mit auf den Markt!«

»Das geht nicht, Maria. Ich hab noch zu tun!«
»Roca, adios, adios!« Juanito winkte ihm zu.
Während der alte Mann am Ufer stehen blieb und ihnen noch lange nachsah, gingen sie weiter. Und als sich Maria nach einer Weile noch einmal umdrehte, sah sie eine immer kleiner werdende dunkle Gestalt am Ufer stehen. Wenn sie nicht gewusst hätte, dass es der alte Indio war, hätte sie ihn für einen knorrigen Baum halten können.

5.

Inzwischen hatte der enttäuschte Pablo seiner Empörung Luft gemacht, indem er die Geschichte der Stute überall herumerzählte. Er schilderte genau, wie hässlich sie war, dünnbeinig, schwach, und dass der Hengst, von dem die drei betrunkenen Männer gesprochen hatten, in Wahrheit kaum ein paar Monate alt war. Unter denen, die diese Geschichte zum ersten Mal vernahmen, war ein Mann namens Alvaro, den seine Geschäfte manchmal in jene fruchtbaren Landstriche im Osten führten, in denen die Hacienderos auf ihren Plantagen nicht nur Baumwolle, Zuckerrohr oder Bananen anbauten, sondern auch edle Pferde züchteten.
Dass es hoch oben in den Bergen ein Pferd gab, das einigen Bauern zugelaufen war, dass es ein Fohlen auf die Welt gebracht hatte und nun verkauft werden sollte, erzählte Alvaro eines Tages einem der reichen Pferdezüch-

ter und schlug sich dabei auf die Schenkel vor Vergnügen. Grinsend berichtete er davon, dass diese dummen Campesinos sich einbildeten, ihr Pferd sei ein Nachkomme von de Sotos berühmtem Hengst, denn es trüge einen ähnlichen weißen Fleck auf der Stirn wie dieser. Zu seinem größten Erstaunen fuhr der Haciendero wie elektrisiert in die Höhe: »Hat der Fleck die Form eines Dolches?«

»Das weiß ich nicht. Ich hab das Pferd nicht mit eigenen Augen gesehen. Aber warum fragt Ihr mich das?«

»Weil ich dann vielleicht wüsste, wem es gehört.«

»Und wer ist das?«

Doch das wollte der Haciendero lieber für sich behalten. Er nahm dem Mann das Versprechen ab herauszufinden, wann und wo die Bauern das Pferd verkaufen wollten, und sagte ihm für diese Nachricht ein großzügiges Trinkgeld zu. Ein wenig erstaunt ging Alvaro auf seine Bitte ein. Ein paar Tage später gab er die gewünschte Information an den Haciendero weiter und verabredete sich mit ihm an dem angegebenen Tag in dem Ort, in dem der Markt stattfinden sollte.

Die Sonne stand bereits hoch über den Gipfeln der Anden, als Gonzalez, José, Eusebio und die anderen Bauern mit ihren Frauen, bepackten Lamas, der Stute und dem Fohlen den Markt erreichten. Das Fohlen war noch nie eine so lange Strecke gelaufen. Es war müde. Gonzalez zeigte Maria einen schattigen Platz am Rand des Marktes, an dem sie mit den Pferden auf ihn warten sollte. Dann stürzte er sich zusammen mit allen anderen ins Marktgewühl. Er, Eusebio und José wollten sich nach Käufern für das Pferd umsehen und die Frauen wollten einkaufen und sich mit anderen Frauen unterhalten. Luisa schloss sich ihnen an. Elena hing zufrieden in ihrem Tuch auf dem Rücken der Mutter und nuckelte am Daumen.

»Ich bleib bei dir«, sagte Juanito zu Maria. Doch das Mädchen war so in Gedanken, dass es seine Anwesenheit kaum wahrnahm. Das Fohlen hatte sich niedergelegt. Es stützte die Nase auf dem Boden auf und schlief ein. Die Stute senkte den Kopf und döste. Sie war viel zu erschöpft, um sich vom Lärm des Marktes aus der Ruhe bringen zu lassen. Auch als ein Windstoß Staub hochwirbelte und die Ponchos und Röcke der Marktbesucher zum Flattern brachte, störte sie das nicht. Auf der gegenüberliegenden Seite des Platzes heulte ein Motor auf, begann zu stottern und starb wieder ab.

Maria entging es, dass sich ihnen drei Männer und ein Mädchen näherten. Auch Juanito bemerkte sie nicht. Einer der Männer war Alvaro. Die beiden anderen trugen leichte elegante Hüte aus Stroh, an denen auch ein unbeteiligter Beobachter erkennen konnte, dass ihre Besitzer wohlhabend waren. Ihre Stiefel, die Hosen und Gürtel mit den großen Schnallen aus Silber sah man in dieser Gegend nur selten. Das Mädchen in ihrer Begleitung trug Jeans und Pullover.

»Ist das die Stute, von der du erzählt hast?«, fragte der größere der beiden Alvaro. In diesem Augenblick wurde Maria auf die drei aufmerksam. Sie sah sie erschrocken an.
»Ich weiß nicht, Señor«, antwortete Alvaro. »Ich hab Ihnen doch gesagt, dass ich das Pferd nicht kenne. Aber da hier auf dem Markt kein anderes zu sehen ist, muss es das richtige sein. Wir brauchen nur nachzusehen, ob es das Zeichen trägt.«
Der zweite Fremde, ein kleiner dicker Mann mit einem mächtigen Schnauzbart und Doppelkinn, stand schweigend daneben und ließ kein Auge von der Stute. »Wenn mich nicht alles täuscht . . .«, murmelte er verstört. »Aber das kann nicht sein! Man hat mir versichert, sie sei mit dem Auto verbrannt.«
»Was meint Ihr?«, wollte sein Begleiter wissen. »Kommt sie Euch bekannt vor? Wir sollten nachsehen, ob sie das Zeichen trägt.«
»Darf ich das machen, Papa?«, fragte ihn das Mädchen.
»Nein, lass! Das kann Garcia tun!« Doch als der Dicke hastig versuchte, der Stute den Schopf zur Seite zu schieben, schreckte sie zurück.
»Fassen Sie sie nicht an«, rief Maria empört. »Sie ist keine Fremden gewöhnt.«
»Was wollen Sie überhaupt?«, begehrte Juanito auf. »Das ist unser Pferd.«
»Sei still!«, fuhr ihn seine Schwester an. »Mach dich lieber auf die Suche nach unserem Vater!« Juanito rannte

davon, während Maria dem Pferd mit einer zärtlichen Handbewegung über ein Auge strich und dabei ihre Schopfhaare zur Seite schob.

»Jesus Christus!«, ächzte der Dicke, der Garcia hieß. »Sie ist es. Sie ist das Pferd, das ich verloren geglaubt hatte.«

»Das kann jeder behaupten«, höhnte eine Stimme hinter ihm. Gonzalez, José und Eusebio waren auf der Suche nach einem Käufer erfolglos geblieben. Sie wollten gerade zu den Pferden zurückkehren, als ihnen Juanito über den Weg lief.

»Kommt schnell!«, hatte er ihnen zugerufen. »Bei Maria sind drei Männer, die sich für unsere Pferde interessieren!« Da hatten sie sich beeilt.

»Aber das Zeichen auf ihrer Stirn ist das Zeichen des berühmten Hengstes von de Soto. Alle seine Nachkommen tragen den weißen Fleck in Form eines Dolches in der Mitte zwischen den Augen«, rief Señor Garcia entrüstet und lief rot an vor Ärger. »Die Stute gehört mir.«

»Und das Fohlen?«, fragte der Haciendero.

». . . muss das Fohlen sein, das ihr bei mir bestellt habt, Señor.«

Das fremde Mädchen stand stumm neben ihrem Vater. Ihre Blicke wanderten von einem zum anderen, dann zu der Stute, zu ihrem Fohlen und von dort zu Maria, die den Halfterstrick so fest umklammerte, dass ihre Fingerknöchel weiß wurden.

»Wie könnt Ihr behaupten, das Pferd gehöre Euch!«, schrie Gonzalez wütend. »Wir haben es in den Bergen gefunden, gefüttert, gesund gepflegt und darauf gewartet, bis es sein Fohlen bekam. Ihr könnt die beiden kaufen, wenn Ihr wollt, aber wegnehmen lassen wir sie uns nicht!«

»Das wollen wir doch sehen!«, trumpfte Señor Garcia auf. »Señorita Francesca, bitte holt einen Polizisten!« Das Mädchen zögerte und sah seinen Vater an. Erst als der den Wunsch des Dicken bestätigte, drehte sie sich um, lief davon und kehrte schon kurze Zeit später mit einem der Polizisten zurück, die ständig über den Marktplatz patrouillierten und auf Taschendiebe achteten.

»Was gibt's?«, fragte er mürrisch.

Der Haciendero ergriff das Wort: »Diese drei Männer bieten zwei Pferde zum Verkauf an, die ihnen gar nicht gehören. Señor Garcia erklärte, die Stute sei ihm vor mehr als einem Jahr bei einem Autounfall abhandengekommen.«

»Wer sei ihm abhandengekommen?«, fragte der Polizist begriffsstutzig.

»Die Stute. Bei einem Unfall«, wiederholte Señor Garcia geduldig.

»Und das Fohlen?«

»Das hat sie erst später bekommen.«

»Das verstehe ich nicht«, sagte der Polizist. »Dann gehört Ihnen die Stute, aber das Fohlen nicht?«

»Aber verstehen Sie denn nicht? Die Stute war trächtig«, erklärte ihm Señor Garcia gereizt.

»Ich glaube, das ist ein Fall, den nur unser Chef lösen

kann«, stellte der Polizist missmutig fest. Er ließ es sich nicht nehmen, die Männer zur Polizeistation zu begleiten. Francesca hatte ihren Vater um die Erlaubnis gebeten, bei den Pferden bleiben zu dürfen. Maria war das nicht recht gewesen, denn das fremde Mädchen war die Tochter des Mannes, der ihre Stute haben wollte. Feindselig und schweigend wendete sie ihr den Rücken zu und beschäftigte sich mit dem Fohlen. Juanito war anders. Ihm gefiel Francesca. Sie hatte ein freundliches Gesicht. Ohne auf die bösen Blicke seiner Schwester zu achten, begann er mit ihr ein Gespräch.

»Habt ihr viele Pferde bei euch zu Hause?«, fragte er sie.

Francesca lachte. »Ja, ziemlich viele.«

»Wozu braucht ihr dann noch unsere Stute?«

»Ich glaube, du weißt nicht, dass alle ihre Vorfahren berühmte Pferde waren. Für einen Züchter ist sie sehr wertvoll.«

»Aber Señor Garcia behauptet doch, sie gehöre ihm und nicht euch.«

»Señor Garcia ist ein Pferdehändler«, erklärte ihm Francesca. »Mein Vater wollte die Stute schon lange von ihm kaufen. Aber er wollte sie nicht hergeben und versprach ihm stattdessen ein Fohlen von ihr. Damit musste mein Vater einverstanden sein. Señor Garcia schickte die Stute zu einem berühmten Deckhengst, aber leider verunglückte sie auf der Heimfahrt.«

»Aber wenn sie verunglückt ist, dann ist sie doch tot«, sagte Juanito.

»Es ist überhaupt nicht sicher, ob das sein Pferd ist«, mischte sich Maria in das Gespräch der beiden. »Er behauptet es, aber kann er es auch beweisen?«
Die gleiche Frage stellte der örtliche Polizeichef dem Pferdehändler. Er hockte mit ausgestreckten Beinen hinter seinem großen Schreibtisch und zeigte, dass er sich der Macht, die ihm seine Stellung verlieh, sehr bewusst war.
»Aber sie hat doch denselben unverwechselbaren Fleck auf der Stirn wie ihr Vater«, antwortete der Haciendero anstelle des Händlers.
»Das genügt nicht«, erwiderte der Polizeichef. »So einen weißen Fleck können viele Pferde haben.«
»Aber der Unfall! Ihr müsstet Euch doch an den Unfall erinnern!«, rief Señor Garcia entrüstet. Der Polizeichef schüttelte den Kopf. »Wissen Sie, wie viele Unfälle in einem Jahr auf der Passstraße passieren?«, sagte er. »Es sind so viele, dass niemand von mir verlangen kann, alle im Kopf zu behalten . . .«
»Aber in Ihren Akten müsste er doch zu finden sein«, unterbrach ihn der Haciendero.
»Alles, was ich dort vielleicht finden könnte, wäre eine Notiz über den Unfall eines Lastwagens, von dem wir nicht wissen, was er geladen hatte, weil er, genau wie alle anderen, bei seinem Sturz in die Schlucht explodierte.«
»Aber es ist mein Pferd. Da ist kein Irrtum möglich.«
»Er lügt!«, rief Gonzalez, der hinter ihm stand. Der Poli-

zeichef überhörte den Zwischenruf. »Dann müsst Ihr mir einen Beweis bringen. Trägt es kein Brandzeichen?«

»Nein.«

»Aber wenn es ein so edles Pferd ist, wie Ihr behauptet, dann habt Ihr vielleicht irgendein Papier, mit dem Ihr nachweisen könnt, dass es Euer Eigentum ist und nicht das irgendeines anderen.«

Gespannt sahen Alvaro und der Haciendero Señor Garcia an. Doch der hob bloß die Schultern und ließ sie wieder fallen. »Nachdem ich annehmen musste, das Pferd sei umgekommen, habe ich alles verbrannt.«

»Ja, dann«, beendete der Polizeichef das Gespräch und zuckte bedauernd mit den Schultern, »dann kann ich auch nichts für Sie tun: Es bleibt Ihnen nur der Weg zum Gericht. Allerdings halte ich es für sehr unwahrscheinlich, dass ein weißer Fleck auf der Stirn eines Pferdes von einem Richter als Beweis anerkannt wird.« Er stand auf und deutete eine Verbeugung in Richtung des Hacienderos an. »Adios, meine Herren.«

Auf dem Rückweg hielt der Haciendero Señor Garcia ein wenig zurück. »Wir müssen eine Lösung finden. Die Campesinos wollen Geld sehen, also geben wir es ihnen.«

»Aber ich kann doch nicht mein eigenes Pferd zurückkaufen?«, zischte ihm der Pferdehändler zu.

»Lassen Sie mich nur machen. Ich kaufe den drei Männern die Stute mit dem Fohlen ab und versuche, einen günstigen Preis auszuhandeln. Die Differenz zwischen diesem und dem wahren Wert gebe ich Ihnen später.«

»Damit bin ich eine gute Zuchtstute los«, jammerte Señor Garcia. »Ich wollte sie gar nicht verkaufen.«
»Aber Sie hatten sie doch sowieso schon verloren gegeben«, gab ihm der Haciendero zu bedenken. »Sie sollten froh sein, überhaupt noch etwas für sie zu bekommen.«
Zähneknirschend erklärte sich Señor Garcia mit seinem Vorschlag einverstanden.
Inzwischen war auch Luisa zu den Kindern zurückgekehrt. »Was ist?«, fragte sie, als sie das fremde Mädchen bei ihnen stehen sah.
»Da sind drei Männer gekommen, die behaupten, unsere Stute gehöre einem von ihnen. Jetzt streiten sie sich um das Pferd«, flüsterte Maria. »Ein Polizist hat sie mitgenommen.«
»Reg dich nicht auf!«, versuchte ihre Mutter, sie zu trösten. »Männer streiten gern.«
»Aber sie streiten sich um unsere Stute und würden sie uns am liebsten wegnehmen«, klagte Maria.
»Das geht nicht so leicht«, sagte Luisa. »Sie werden sich schon einig werden.« Dann wendete sie sich dem fremden Mädchen zu. »Und wer ist das?«
»Das ist Francesca«, rief Juanito übereifrig. »Sie ist die Tochter des Hacienderos, der die Pferde kaufen will. Sie ist nett und hat viele Pferde zu Hause!«
Da lachte Luisa und auch Maria konnte ein Lächeln nicht unterdrücken. Widerwillig musste sie zugeben, dass auch sie Francesca inzwischen netter fand als zu Anfang.
Auf dem Weg zurück zu den Pferden war es Gonzalez,

José und Eusebio klar geworden, dass ihr Pferd wirklich etwas Besonderes sein musste. Roca hatte recht gehabt. Sie konnten einen hohen Preis für die beiden verlangen.
Und so kam es dann auch. Gonzalez, Eusebio und José ließen sich nicht so schnell übers Ohr hauen und verlangten einen mehr als doppelt so hohen Preis für die beiden Pferde, als sie vorher untereinander ausgemacht hatten. Sie spielten sich gegenseitig die Bälle zu, indem einer den anderen fragte, ob er mit dem Gebot einverstanden sei, woraufhin der andere nur den Kopf schüttelte. Sie trumpften damit auf, dass sie lieber auf einen Verkauf verzichten, als die Pferde zu einem Schleuderpreis abgeben würden, drehten sich um und taten, als ob sie jegliches Interesse an dem Handel verloren hätten, gaben Maria die Anweisung, die Stute wieder heimzuführen, und erhielten schließlich einen unglaublich hohen Preis für sie, einen viel höheren jedenfalls, als sie es in ihren kühnsten Träumen erwartet hatten. Handeln konnten sie. Das musste man ihnen lassen.
Dabei ahnten sie nicht, dass sich der Haciendero insgeheim die Hände rieb über die Dummheit der Campesinos, denen die oft schwindelerregend hohen Preise unbekannt waren, die von den Züchtern für ein solches Rassepferd verlangt und bezahlt wurden.
Für Maria und Juanito, die so etwas zum ersten Mal miterlebten, war es, als übergösse man sie zuerst mit heißem und gleich darauf mit eiskaltem Wasser. Einmal hofften sie, dass sich das Geschäft zerschlagen würde

und sie die Pferde wieder mit heimnehmen könnten, dann fürchteten sie, dass es doch zu einem Abschluss käme. Als der Haciendero ihrem Vater die Hand reichte und dieser einschlug, wurde ihnen bewusst, dass der Verkauf beschlossen war.

»Übernimm du sie, Francesca!«, sagte der Haciendero zu seiner Tochter. Dann zog er eine Brieftasche aus dem Jackett, zählte ein Bündel Geldscheine ab und hielt es Gonzalez hin. »Ihr habt ein gutes Geschäft gemacht«, brummte er anerkennend.

»Und Ihr ein gutes Pferd gekauft«, antwortete Gonzalez grinsend. Und als er Maria den Strick aus der Hand nahm und ihn der Tochter des Haciendero reichte, fiel ihm sein Traum wieder ein. Die Spanier haben uns unser Gold gestohlen, dachte er, da ist es nur recht und billig, wenn wir's uns wiederholen.

Maria strich der Stute sanft über die Augen. »Adios«, flüsterte sie. »Ich hätt dich gern behalten, aber Roca hat gesagt, dass du es dort, wo du hinkommst, besser haben wirst als bei uns. Und wenn Roca das sagt, dann stimmt es auch.« Und zu Francesca sagte sie: »Sei gut zu ihr. Sie wird es dir danken!«

»Ich verspreche es«, erwiderte Francesca. »Wenn du einmal in unsere Gegend kommst, kannst du sie ja besuchen.«

»Danke!«, murmelte Maria und wusste genau, dass sie dazu niemals Gelegenheit haben würde. Sie ging weg, während ihr die Stute mit einem langen Blick des Nichtverstehens nachblickte.

6.

Nur mit großer Mühe konnten Luisa und die beiden anderen Frauen ihre Männer davon abhalten, den Abschluss des Handels mit einigen Schlucken Branntwein zu begießen. Die kleine Elena half ihnen dabei, indem sie zu quengeln begann. Nur Maria und Juanito standen bleich und müde hinter der Mutter und sprachen kein Wort.

»Geht doch schon vor!«, brummte Gonzalez übellaunig.

»Das könnte dir so passen!«, keifte Luisa und fuhr nach einer kurzen Pause fort: »Wenn du mir das Geld mitgibst, tu ich's vielleicht.«

»Das Geld ist eine Sache unter uns Männern«, erklärte ihr Gonzalez wütend. »Das geht euch nichts an.«

»Und was ist mit Teresas Anteil? Ist das auch Männersache?«

Da gab sich Gonzalez geschlagen, und weil José und Eusebio keine Lust hatten, ohne Gonzalez eine Bar aufzusuchen, schlossen sie sich ihnen an.

Der Heimweg kam den Kindern viel weiter vor als der Hinweg. Die Sonne stand tief über den Gipfeln im Westen und zog alle Schatten in die Länge. Der kühle Bergwind trieb die Hitze aus dem Boden und erfrischte Menschen und Tiere. Juanitos Füße wurden so schwer wie die großen Steine am Wegrand. Er schleppte sich hinter Maria her, und als er nicht weitergehen konnte, nahm ihn Gonzales auf den Rücken. Auch Maria war müde.

Die Gedanken in ihrem Kopf drehten sich ständig im Kreis. Ob sie gerade dabei waren, die Stute auf einen Lastwagen zu verladen, überlegte sie. Ob sich ein Pferd an einen Unfall erinnert und vor dem Verladen Angst hat? Ob ihr das Fohlen freiwillig folgt oder gezwungen werden muss? Hoffentlich macht ihr die lange Fahrt über den Pass nichts aus. Doch dann fiel ihr Francescas Versprechen ein und sie hoffte, dass sie es halten würde.

Als sie das Dorf erreichten, war es fast völlig dunkel. Maria und Juanito waren viel zu müde, um noch etwas essen zu können. »Irgendwer muss es Roca sagen . . .«, murmelte das Mädchen noch, bevor ihr die Augen zufielen. Doch weder Gonzalez noch Luisa hatten Lust, zu Teresa hinüberzugehen. Gonzalez, weil er es irgendwie geschafft hatte, sich doch noch eine Flasche Branntwein zu kaufen, und Luisa, weil Elena zu schreien begann und gefüttert werden wollte.

Am anderen Morgen zogen die Kinder mit der Herde hinaus, wie immer. Vor ihrem Pferch stand schon Manolo mit seiner Herde und wartete auf sie.

»Roca ist weg«, sagte er. »Gestern Mittag noch hab ich ihn auf dem Pfad gesehen, der rauf ins Hochtal führt und am Gletscher endet, und da hab ich angenommen, er war auf der Suche nach frischen Kräutern. Doch er kam am Abend nicht heim.«

»Wir müssen ihn suchen«, rief Maria erschrocken. »Vielleicht ist ihm was passiert.«

»Ich glaube nicht«, erklärte ihr Manolo. »Meine Mutter

hat heute Morgen auf dem Tisch einen Zettel gefunden. Wartet, ich hab ihn dabei.« Manolo wühlte in seinen Hosentaschen und zog dann ein verknittertes Stück Papier heraus.

»Komm schon«, rief Maria ungeduldig und riss ihm die Nachricht aus der Hand. Dann las sie stumm, was der alte Roca mit ungelenker Hand geschrieben hatte. Während sie las, stockte ihr der Atem, das Blut schoss ihr in den Kopf und ihr Herz schlug schneller und schneller.

»Maria, was ist?«, beschwerte sich Juanito. »Lies vor!« Und Maria begann, mit leiser Stimme zu lesen:

»Liebe Teresa, meine Aufgabe ist erfüllt. Die Stute hat ihr Fohlen bekommen und ihr Bein ist geheilt. Dir habe ich gezeigt, wie man Kranke behandelt. Von nun an kannst du das übernehmen. Sorge dafür, dass Gonzalez und die anderen Männer rasch eine Brücke bauen. Vielleicht reicht das Geld doch noch für einen gebrauchten Lieferwagen. Ich gehe in die Berge zurück, aus denen ich zu euch gekommen bin und in denen der Schöpfergott Viracocha sehnlichst den Tag erwartet, in sein Reich Tahuantinsuyo heimkehren zu dürfen. Wenn das geschieht, wird auch Inti, der goldene Falke, wieder auf die Erde zurückkommen. Sag Maria, ich wäre stets bei ihr, auch wenn sie mich nicht sehen kann. Allen anderen richte aus, dass ich dafür sorgen werde, dass sich die Erdmutter selbst um ihre Ernten kümmern wird, damit sie gut ausfallen. Alles Gute, Roca.«

Niemand sprach, nachdem das Mädchen geendet hatte.

Nur das Meckern einer Ziege unterbrach die Stille. Unter dem Huf eines Lamas löste sich ein Stein und kollerte ins Tal. Hoch über allem schrieben drei Kondore unsichtbare Schriftzeichen in den Sommerhimmel und an den Berghängen öffneten die Andenblumen ihre rosafarbenen Blütenkelche.

Überall ging das Leben weiter, als ob nichts geschehen wäre. Für die drei Kinder wurden die Berge ringsum zum Mahnmal für all das Unrecht, das die spanischen Herren ihren Ahnen angetan hatten. Doch nur Maria wusste, dass das Wissen des alten Mannes sehr viel mehr wog als der Goldschatz des Atahualpa und dass sie und alle anderen, die mit ihm zusammengekommen waren, es auch wie einen solchen bewahren sollten. Die fragenden Augen der Stute, die sie noch lange in ihren Träumen verfolgten, verblassten allmählich. Zurück blieb nur die Erinnerung.

Angela Waidmann

Im Bann des Schattenpferdes

Eine uralte Burg direkt am Meer. Und noch dazu ein ganzes Gestüt voller Pferde – Jannika hat das große Los gezogen! Doch eines Tages entdeckt sie direkt vor dem Burgtor einen freilaufenden Hengst. Der wunderschöne Falbe scheint niemandem zu gehören. Und er lässt sich nur von Jannika anfassen. Für das Mädchen beginnt ein Abenteuer, das sie sich nie hätte träumen lassen.

Arena

184 Seiten.
Arena-Taschenbuch.
ISBN 978-3-401-50157-4
www.arena-verlag.de